LE CORBILLARD DE JULES

Alphonse Boudard est né à Paris le 17 décembre 1925. Apprenti dans une fonderie typographique durant l'Occupation, il rejoint la Résistance en 1943, puis combat avec les Commandos de France de la 1re Armée. De 1944 à 1962, il traverse une période ingrate, entre prisons et sanatoriums.
La Métamorphose des cloportes, *en 1962, marque son irruption en littérature. C'est le début d'une carrière éclatante, que le Prix Renaudot consacre lorsqu'il couronne, en 1977,* Les Combattants du petit bonheur. *Romancier, mémorialiste, scénariste, auteur dramatique, Alphonse Boudard nous a également donné un ouvrage d'historien :* La Fermeture, *témoignant ainsi de l'ampleur de son registre.*

Il s'agit juste d'une petite histoire, la suite aux *Combattants du petit bonheur* qui fut couronné Renaudot en 1977. On y retrouve bien sûr le héros, le conteur inlassable qui nous rapporte l'aventure du pauvre Jules Ribourdoir, mort au champ d'honneur sur le front de Lorraine en septembre 1944 et que son papa, patron boucher de son état, ramène dans sa vieille camionnette à gazogène afin de lui donner une sépulture décente dans le caveau familial à Gentilly. L'itinéraire est tortueux, semé d'embûches dans cette France fraîchement libérée où le général de Gaulle lui-même avait bien du mal à reconnaître les siens. Le pitoyable corbillard de Jules se fraie un difficile passage entre l'armée américaine, les divers groupes de francs-tireurs, les faux héros, les vrais tordus, la suspicion et les enthousiasmes éphémères.
N'allez pas croire que vous allez vous morfondre pendant ce voyage... Pedro l'anarchiste, Jean-Paul le blondinet et Phonphonse, les soldats d'escorte, gardent l'humeur joyeuse. Il y a le vin, la boustiffe, les filles de rencontre, les bonnes plaisanteries caserneuses. On a vingt ans... beau convoyer un copain mort, la vie vous prend à bras-le-corps.
Bien sûr, de temps en temps, le souvenir d'une rafale de mitraillette vous remonte à la mémoire... Une rafale partie pourquoi... Savoir ?... Pour assouvir une vengeance inutile, se passer le goût du meurtre... ou simplement parce que c'est la guerre et qu'il faut bien tuer quelques innocents.
Le corbillard parviendra tout de même à bon cimetière. Pour la plus grande gloire de son père, on enterrera Jules sous les fleurs de rhétorique du camarade Jacques Duclos déplacé tout spécialement pour honorer comme il se doit un petit soldat mort pour la France réconciliée avec sa classe ouvrière.

Paru dans Le Livre de Poche :

LE CAFÉ DU PAUVRE.
L'HÔPITAL.
CINOCHE.
LA MÉTAMORPHOSE DES CLOPORTES.
LA FERMETURE.
LA CERISE.
LA MÉTHODE À MIMILE
(en collaboration avec Luc Étienne).
BLEUBITE.

ALPHONSE BOUDARD

Le Corbillard de Jules

ROMAN

LA TABLE RONDE

A LOUIS NUCERA
mon amitié.

« Et c'est un long détail d'actions toutes noires
Dont on pourrait former des volumes d'histoires. »

MOLIÈRE, *Tartuffe*.

Qu'est-ce que c'est que ce corbillard avec un Jules à l'intérieur? Un pamphlet sur la fin des hommes?... Jules mis en bière par les dames du M.L.F., les ministresses de la condition? Non pas... pas tout à fait! Encore une minute, mesdames les bourrelles!

Alors, vous racontez toujours votre vie... tranche à tranche! Vous n'en finissez plus! Ce qu'on va me lancer dans les guibolles, les délicats détracteurs... que finalement je suis bon à nib, que j'ai pas la moindre imagination. On me l'a déjà susurré... qu'après avoir raconté toutes mes campagnes militaires, mes méfaits divers, mes châtiments et mes douleurs, je n'aurais vraiment plus rien à déconner.

Voire! Pour les œuvres de pure fiction, j'ai toujours le septième art, le cher cinoche et ses dérivés, les téléfilms payés au tarif des femmes de ménage. En outre, je me sens tout à fait capable d'œuvrer dans le roman faux-policier, les caleçonnades dites érotiques, les récits de bonnes aventures! J'ai même d'autres tours dans mon sac à malices que je ne tiens pas à révéler.

Ici, il s'agit donc de poursuivre un grand ensemble de biographie romanesque... je cherche un titre... Les Gonzes de mauvaise volonté... *ou plutôt, je préfère,* Les Chroniques de mauvaises compagnies. *Ça correspond mieux, il me semble, c'est plus guilleret, plus villonesque, plus conforme à ma mentalité tout de même restée malfrate.*

On va me trouver, mes vieux lecteurs, un peu pousse-au-col, prétentiard... seulement le cycle, réfléchissez, ça peut m'attirer les professeurs. Sans eux, point de salut. Vous n'êtes un auteur, un écrivain digne de ce nom, que lorsque la classe intellectuelle, les universitaires, les estudiantins et tines s'intéressent à vos salades. Etre pris au sérieux par les gens qui travaillent dans l'intelligence, ça implique le plus souvent d'être abscons, obscur, trouducuteur de sentences... « Mon œuvre... ma pensée profonde!... » Qu'on vous suppose à la recherche de votre identité, de votre moi-moi... *là, c'est la gloire, les traductions en volapük, les exégèses à l'infini de la moindre de vos cartes postales de vacances. Je vais faire de mon mieux pour ne pas trop démériter, faire un peu la pige à Babarthes.*

Alors, je plonge... j'annonce donc mes Chroniques de mauvaises compagnies. *Ce* Corbillard *est en quelque sorte le quatrième tome. Je ne suis pas l'ordre chronologique, toutes mes excuses! Le premier volume n'est pas encore écrit... des souvenirs de ma plus tendre enfance, ma mère... des choses assez délicates qu'il faut encore laisser mûrir. Le deuxième, c'est* Les Combattants du petit bonheur... *l'apprentissage de la vie, mes chères études dans les rues du XIII*^e^ *arrondissement au temps des bottes et des fifres de l'Occupation. Le troisième, c'est* Bleubite *paru en 1966 sous le titre* Les Matadors *pour des raisons de bienséance, une petite promenade truando-guerrière! Le quatrième, c'est donc ce Jules dans son corbillard, une manière d'accommoder les restes de la guerre trente ans après.*

J'ai prévu les cinquième et sixième tomes sur la période suivante, le retour à la vie civile au temps de la foire d'empoigne, la chourave... les expédients pour subsister, les amours à la petite semaine[1]. Au bout de ça, le septième : L'Hôpital, *mon combat de huit ans contre les bacilles de Koch qui faisaient leurs derniers ravages en ce temps-là. Le huitième,* La Cerise, *c'est la prison, seulement la prison, toute la prison et son noir cortège. Le neuvième, c'est mon premier livre publié,* La Métamorphose des Cloportes... *l'attente au bord de l'oued que le cadavre de mes ennemis passe... (il en reste encore et je ne désespère pas.)*

Le dixième, je l'ai au frigo, presque tout écrit... des histoires de copains et de coquins. Je veux le fignoler, revoir des bricoles, quelques adverbes, des sonorités qui ne me conviennent pas tout à fait... la cuisine plumitive habituelle sans laquelle le magnétophone suffirait. Ça s'appellera sans doute Vulcanos *ou* La Lanterne magique, *j'ai encore le temps de réfléchir.*

Le onzième a paru sous le titre Cinoche. *Il s'agit de la tragi-comédie de la création artistique au cinéma... presque une farce pourtant bien réelle.*

J'ai prévu un douzième avec toutes sortes de souvenirs, de croquis glanés au ras du bitume, au coin de la rue, dans les rades au fil de la mémoire... Avec toujours des personnages hauts en gueule, des gentils petits mecs, des mémères et des belles gonzesses... tout le monde sur le pont des soupirs!

Le treizième, je me gratte? Ça porte malheur, je risque de refermer mon parapluie avant de le

1. Paru sous le titre : *Le Café du pauvre.*

finir. Je me contenterai peut-être de douze titres... pas si mal, je trouve.

A mes débuts, un petit critique trouvait que je manquais de souffle, il faisait – ô délicatesse! – un rapprochement entre mes écrits et mes poumons endommagés que je soignais encore à l'époque à coups massifs d'antibiotiques et de cisailles chirurgicales. Je réussis tout de même à tenir le parcours. Voyez, le petit critique, sa malveillance lui obscurcissait le jugement. Puisque j'avais un petit talent de raconteur d'histoires, autant en faire profiter le maximum de gens.

Pour observer les choses et les êtres, je me suis trouvé depuis mon enfance dans des situations favorables. J'ai ouvert les yeux chez des paysans pauvres du Loiret... toute ma prime enfance carrément à la glaise. Après ça, les rues du XIIIe, l'argot, l'usine, les petits potes du prolétariat... J'ai connu la guerre très jeune, fréquenté toutes sortes de voyous, frôlé plusieurs fois la mort... traîné les petits boulots, les commissariats, les bancs d'infamie, les prisons, tous les hôpitaux et sanas possibles, sauf les luxueux. Ça vous fait une sorte d'université tout ça. Les enseignants, je peux peut-être leur enseigner quelques bricoles... Je ne cours pas après l'aventure, c'est plutôt elle qui me fait du gringue. Dans un sens, je suis privilégié.

A. B.

... beau faire, s'escrimer, il glisse Jules, on n'arrive pas à le caler correct. De guerre lasse, on le retient avec nos grolles comme on peut. On finit par se le repasser, on se le pousse en se marrant, on n'a plus le respect de rien, on fait une sorte de partie de baby-foot avec Jean-Paul, dit maintenant Blondinet, et Pedro le Catalan. C'est pas possible de rester des heures entières en gravité, surtout à nos âges. On n'est déjà pas si confortable, s'il fallait être triste de surcroît ça serait à se couper la bébête. Les rafales nous parviennent à travers les interstices de la bâche... des choses humides et glacées. Vous vous relevez le col de la capote, le casque bien enfoncé sur la nuque... tout de même à la longue on devient spongieux, on se sent aquatique. Et les panards, s'ils sont au frais!... de se repousser Jules, ça leur donne de l'exercice, ils s'engourdiraient sans ça. On les sent déjà plus lerche.

Bing! Badaboum! Cahote, bringuebale... tressaute... le tape-cul, le tape-Jules! On se précipite par moments pour qu'il rebondisse pas trop haut. La route, faut dire, est tortueuse, trouée d'obus, du passage des chars, boueuse, cloaqueuse... on se la répercute dans les miches, les reins au moindre paveton.

– On aurait dû l'attacher... le bloquer avec les sacs de charbon de bois.

Il a raison, Jean-Paul, on serait au risque qu'il nous glisse entre les pattes... aille se répandre sur la route, se briser son pardingue en sapin déjà bien vermoulu. Je m'en ressens pas de le rafistoler sous la flotte, ça me suffit comme ça les croquemort-party! On s'est bégalé, nous autres, on a bien mérité de tout, de la France Eternelle, du Parti des travailleurs, de la camaraderie, de l'humanité et peut-être du Seigneur, cet enfoiré qui nous abandonne les trois quarts du temps... qui nous laisse aux prises avec les intempéries, les restrictions, la folie actuelle des hommes. J'en ai ma claque, une fatigue en chape de plomb sur les osselets, mais ça risque pas que je m'endorme. Vraoum! On saute tous les trois... les cinq, si je compte Jules et puis son dab au volant... C'est un trou, dites, un cratère... un V2 qui nous l'a fait, une sorte de Bertha... le gros Karl, le canon spécial du Führer qui devait anéantir Paris. On rattrape Jules, on a la présence Pedro et moi... on le plaque, on s'aplatit dessus. Jean-Paul, il se bidonne, le nave! Il psalmodie, bougonne : « Merde! Merde! Merde! » Il sait dire que ça, lui... « Merde! Merde! Merde! » à propos de n'importe quoi, pour s'étonner ou se réjouir. Il s'épuise pas dans les vocables... il se fend... Merde! Merde! Merde!

On a repris du lisse, la route va mieux, merci pour elle! Ça n'empêche qu'on avance à combien?... vingt-cinq, trente à l'heure de moyenne. De nos jours, Bernard Hinault, contre la montre, on aurait du mal à lui filer le train. Nous sommes loin d'imaginer les uns les autres, dans le futur, nos autoroutes... les performances des Durand Duchnock Duchemol à leur volant du week-end. L'avenir, on n'y pense pas souvent, j'avoue, on s'en coince la gaufre! Jules comme inquiétude nous suffit... qu'il parvienne à Reims en état, sans se ramasser dans les gadoues, ça me semble déjà le bout du monde. A considérer toujours le bon côté des choses, on peut s'estimer joisse d'être pour ainsi dire les miches à tous vents sous cette bâche... l'odeur s'évapore dans les bourrasques. Par moments tout de même je renifle quelque chose, des effluves m'arrivent aux naseaux. Savoir au juste si c'est Jules ou le sang séché dont est couverte la camionnette... le plancher imbibé? A moins que ce soit une impression... que je me fasse encore des idées. Tout ça se mêle avec les odeurs du gazo... de charbon de bois... ce teuf-teuf de pénurie. Ça, c'est un arôme plutôt rassurant... un relent de je ne sais quoi... de chemin de fer à vapeur... de grandes vacances avant-guerrières!

Nous sommes partis depuis pas des bottes... même pas une plombe... ça nous paraît interminable. La flotte s'est mise à tomber dru, on distingue par les interstices plus rien, ni les arbres, les maisons, le paysage... on avance dans la purée. On est où au juste? Je me bile un peu s'il ne s'est pas gouré le dab... s'il ne remonte pas vers le Nord-Est... qu'on se retrouve soudain parmi nos farouches ennemis. Il me fait un effet, comment dire, pas tellement sérieux le papa de Jules sur bien des points et, entre autres, qu'il ait le sens inné de l'orientation. C'était son fils qui était boy-scout, il m'avait dit... patrouille des Alouettes, je me souviens de ça je ne sais trop pourquoi. Pas eu le temps de bien le connaître, ce garçon. On a couché ensemble quinze vingt jours... côte à côte dans la grange. N'allez pas croire, émancipés sexuels lecteurs fin de XXe siècle, que nous pédalâmes. Point n'y songeâmes. Nous n'étions alors que des patriotes engagés tous les deux pour sauver l'honneur de la France outragée, violée, sodomisée pour ainsi dire par les soudards du IIIe Reich. Qu'elle ne se soit pas tellement débattue, qu'elle y ait pris un peu de plaisir, on n'avait pas bien entendu... si c'était des gémissements de douleur ou de volupté! On était trop dans l'enfance encore pour se rendre compte. On n'avait pas l'esprit à ça! Tout soupeser, analyser, ça vous vient avec les rides, le gras du bide. On apprend peu à peu l'ambiguïté des choses, du comportement de nos parents, de nos éducateurs et de la Mère Patrie. Au certif, on nous en avait enseigné surtout de belles à son sujet. Qu'elle était libératrice, civilisatrice, égalitariste, fraternelle et bons de la Semeuse. On ne pouvait pas laisser ça là... l'affront à réparer, on était parti tout de suite. Jules, lui, il était à présent total héros. Plus à chiquer, chicaner, contestailler ses mérites, son réel courage au combat. « Il s'est élancé... » ce que j'ai relaté à son père et puis... vraouf! l'explosion de la mine... Jules emporté avec la gerbe de feu, d'herbe, de terre... vraouf! Si je fus témoin, direct derrière... tout à fait aux premières loges! Vraouf!... Je me suis aplati dans les ronces. Sur l'instant, on ne se rend pas compte si c'est une mine ou un obus. Pas eu le loisir d'aller recueillir son ultime souffle à ce pote... sa phrase finale... s'il a dit le prénom d'une jeune fille... babillé maman ou quoi. Peu probable... la mine teutonne, il se l'est prise, le pauvre, plein bide, pleine poitrine! Il a été projeté en l'air... revenu au sol bouillie, meurtri... boucherie! Ça fait drôle d'ailleurs puisque c'était son métier la boucherie précisément... que depuis sa sortie de la communale, à quatorze ans, son papa l'avait initié à tuer, dépecer les bêtes... découper le rosbif. L'impression que je garde... que ça le passionnait pas excessif louchébem comme profession... il en jactait pas d'enthousiasme. Pourtant, vu l'époque, c'était le métier à se bourrer les lessiveuses de biffetons, de lingots, d'écus d'or. Certains, dans la section, s'étonnaient qu'il soye là avec nous, loquedus soldats de la revanche. « T'es une vraie patate!... » Il s'expliquait laconique... qu'il fallait bien qu'il fasse son devoir! Des choses qu'aujourd'hui plus personne ne profère sans se faire cueillir de rigolade. Vous le peindre, portraiturer même rapide, ce Jules, ça devient difficile. Il s'enfonce parmi tant de gueules passées sous le pont des ans, des soupirs, des événements. Je le fais revivre et je dois être bien le seul. Il était plutôt genre timide, le teint rose, les tifs en brosse. Ça me revient pas non plus l'éblouissement de son intellect, les propos spirituels qu'il aurait tenus? Il est vrai qu'à dix-huit ans, rare qu'on brille d'humour, de saillies percutantes. On répète plutôt des choses entendues la veille et qu'on croit drôles, originales. On s'affirme, on essaye, à la gueulante en groupe, on gesticule désordonné. C'est pas tellement plus facile d'être jeune que vieux.

Enfin ce Jules Ribourdoir, maintenant héros le plus pur, dans la camionnette paternelle, s'il avait pas mis le pied sur une mine *made in Germany*, ça me paraît pas qu'il serait devenu sublissime penseur profond... généticien... chimiste Nobel... réformateur de poésie... hardi dramaturge des périphéries! Malgré son peu d'ardeur à l'étal, probable qu'il y serait resté, qu'il y serait encore rubicond, grisonnant aujourd'hui, peut-être chauve... Mais ne vaut-il pas mieux vivre vieux chauve que de mourir chevelu à dix-huit ans dans les luzernes?

Il faisait donc, Jules, son dernier voyage... Il fait, je vous replace dans une sorte de présent afin que vous viviez plus intense cette aventure. Je vous y place, à côté de moi, dans ce gazogène bringuebalant, puant, fumant sous les hallebardes de décembre. On l'emmène à Gentilly où son dab veut qu'il repose parmi tous les Ribourdoir dans le caveau familial.

Jean-Paul, lui, il est là parce que c'est son ami d'enfance, qu'ils sont de la même rue, la même école, les mêmes premières branlettes. On est de la fête – façon de dire – avec Pedro pour les honneurs, le présentez-armes ! au cimetière. Légitime, n'est-ce pas, nous qui fûmes volontaires en septembre pour le ramener du no man's land entre les lignes chleues et ricaines. On s'était repliés sur Rezonville après notre attaque foirée lamentable sur Gravelotte. Ça me ramène peu de temps après la mort du capitaine, l'ancien de la Gestapo, Louis Herlier et l'autre affreux assassin, le Marco Gaspard, les héros de *Bleubite*. Vous êtes dans la suite... la petite suite pour mitraillette... mes fidèles qui me suivez livre à livre avec une patience que j'admire.

Un copain, ça se faisait pas de laisser son cadavre chez l'ennemi, ventre ouvert en pâture aux mulots, belettes, corbeaux nécrophages ! Fallait qu'on aille récupérer son corps, tout le monde était bien d'avis qu'on pourrait pas laisser Jules Ribourdoir sans sépulture. Pedro, dès qu'il y avait un tabac quelconque, un coup fourré, une opération glandilleuse, il en était, il se portait volontaire aux avant-postes :

– Puisqu'on est à la guerre, c'est pour se faire touer !

Ses genres de propos. Il éclatait d'un grand rire blanc dans sa face en lame de couteau, basanée, mal rasée la plupart du temps. Il m'influençait, le con, il me prestigeait, si je puis me permettre le néologisme. Ça s'était décidé comme ça... « On peut pas laisser Joules chez les fachistes. » Il disait pas les Boches comme nous, ou les Fritz, les Chleus, les Frisés... depuis l'Espagne, il assimilait tous les ennemis, tous dans le même sac... les fachistes! Ça faisait sept huit ans qu'il était en piste, lui, en guerre. Il avait appris le maniement d'armes en Catalogne, contre Franco le fils de poute! Il partait en diatribe avec des noms... de villes, de batailles, de personnages... Teruel, Bilbao, Guadalajara... Juan Negrin... Le Caudillo! José Diaz... la Centourie Dimitrov! Il proférait des insultes les plus variées, les plus grossières à leur égard. Il glaviotait son mépris. Je me rappelle plus bien ses raisons... pourquoi il en voulait si fort à Dolores Ibarruri, la pourtant Sainte Pasionaria du Frente Popular! Il la traînait, elle tout particulier, dans le jus de fiente, il l'encoulait vingt fois par jour avec un cactous... un fer rougi à blanc... comme oune couré, la salope!

– J'ai rêvé cette nouit qué j'avais oune bite énorme d'oune mètre. J'encoulais Dolores, ça loui réssortait par devant et ça rentrait dans le coul dé Franco!

Il tempérait son fanatisme de rigolade... pour les vrais de vrais, les purs de la croisade prolétarienne, il était déjà suspect rien que par sa tenue, sa jactance. Notre armée, *Le Groupe Tactique Lorraine*, nettement c'était le Parti communiste qui drivait les compagnies, les sections. Un peu partout des officiers F.T.P., des anciens aussi d'Espagne, mais eux tout à fait orthodoxes. Pedro, s'il était en quart à leur endroit! Il m'avait en lousdoc affranchi... qu'il fallait se la donner à mort... qu'un beau matin on pouvait se retrouver étiquetés hitléro-trotskistes... anarcho-réactionnaires... au fond d'une cave et salut ma mère! Douze balles ou bien « oune seule dans la nouque », par économie!

J'y reviendrai à ce méli-mélodrame politique. Pour l'instant, on est donc volontaires pour reprendre Jules à l'ennemi.

– Tou viens avec moi?

Je mets le point d'interrogation, mais il était tout

à fait exclu que je puisse dire non... ne pas lui filer le train. Déjà il était harnaché, un casque amerloque, un blouson, des bottes de Fritz sur un froc kaki de l'armée 40. La tonalité qui me reste de Pedro, c'est le noir... ses cheveux frisés qui s'échappaient de tous les bonnets, les calots, les casques les plus larges... son teint, sa barbe, je vous ai dit. Ce qui atténuait un peu sa tronche de bandit mexicain... ses yeux plutôt globuleux, batraciens, qui contredisaient ses paroles incendiaires. Il faisait partie de ces hommes qui font déjà sales à midi tant leurs poils poussent vite et dru. Pourtant il avait toujours une sorte d'élégance. Les extrêmes se touchent, maintes fois j'ai pu vérifier la justesse de l'adage... les anars rejoignent souvent d'attitude, d'allure, les aristocrates... et les communistes les petits bourgeois qu'ils exècrent.

Noir, il était donc comme son drapeau, comme la mort qu'il défiait! Noir il reste dans ma mémoire, comme certaines mignonnes restent roses ou bleu pastel, certains matons caca d'oie... tels chiens de chiourme qui vous encrassent la souvenance.

Pour aller chercher les morts avec une civière, on s'affublait d'un brassard Croix-Rouge... interdiction d'emporter son flingue. Pedro, tout de même, il se planquait toujours un calibre sous son blouson... un P 38 si je me souviens. C'était un expert en armes, un tireur d'élite, flingueur presque de western. Les Croix-Rouge, il n'y croyait pas beaucoup plus qu'à la Vierge Marie pour chasser les démons vert-de-gris. Qu'on se fasse alpaguer dans les broussailles par une de leurs patrouilles, il nous voyait pas autrement ensuite qu'en passoire sanguinolente. Les Chleus du secteur maintenant savaient qu'avec les soldats de Patton il y avait des éléments français issus de ce qu'ils appelaient dans leurs journaux le terrorisme. Pas un pli... aucun prisonnier. Enfin le bruit courait, personne n'était revenu de leurs lignes pour nous le confirmer. Pedro, ça le stimulait plutôt... à la guerre, on devrait jamais faire de prisonniers... sa théorie... qu'ainsi tout le monde se battrait mieux! Je finissais par dire comme lui, j'épousais de plus en plus sa philosophie anarcho-dingue. C'était la première, en réalité, qui me séduisait vraiment.

Jules, on l'a ramené sous cette pluie fine qui nous imbibait depuis des semaines... désarticulé, affreux, un pantin sanglant boueux. Etait-ce bien lui, je me le demande encore? L'ironie que ça serait, toute cette histoire, le périple dans la camionnette du louchébem avec un Jules qui ne serait pas Jules. Ça vous entraîne à réfléchir sur la fragilité des choses, des témoignages, et puis aussi qu'en fin de compte il ne reste que les symboles et les cymbales... le cérémonial... Jules Ribourdoir dans le caveau de famille! Dieu s'y retrouvera au Jugement... il aura des surprises tout de même!

A trois jours d'intervalle, on reconnaît déjà plus un champ de bataille. Notre offensive avec le commandant Kerloch, on se l'était fait couper net... aux obus de mortier... mitrailleuses lourdes en tirs croisés... les mines anti-personnel jonchant le parcours. Sur le terrain, petit soldat, on n'y entrave jamais que pouic. On court, on saute, on reste à plat dans les fossés... on mouille son calcif... on repart la fiente au fion, je vous résume. Ce n'est que le lendemain qu'on pavoise bravache dans l'héroïsme. Ça se gonfle par la suite de plus en plus nos récits épiques et pique et colégramme... ça se termine sur les écrans scope et couleurs. Je vous les découpe, vingt ans après. Dialogue à présent à la commande, je suis spécialiste, jamais ma vedette ne s'oublie dans son pantalon. Si j'osais ce semblant de réalisme, je me ferais recevoir les grandes largeurs... mon scénario piétiné par le mégalo-metteur en scène !

Fort heureux, dans cette mission, on n'a rencontré âme qui survive... même pas un blessé sanglant se traînant au bord de la route comme dans Victor... son père au sourire si doux ! Tout le monde, on aurait dit, se désintéressait du secteur. Ça tombait bien, j'avais du mal à m'y reconnaître... la nuit, sur la fin septembre, vous dégringole vite sur la soie. On tâtonnait dans les broussailles, parmi les ronces, les taillis. On s'enfonçait dans les flaques d'eau. Dans le lointain, ça grondait... les canons... un roulement... le fond sonore de la guerre. On s'avançait trop, il semblait. Pedro, il s'impatientait... « Où il est ton Joules ? » Je me rappelais l'endroit sans bien m'en rappeler. Ce qui arrive souvent. On se remémore tellement un événement exceptionnel – ou le croit-on – qu'on finit par s'inventer des arbres, des ombres, des menaces. Simultanément je mouillais, moi aussi, de mettre mon pied gauche sur une mine. Les Chleus, question de ce genre farces et attrapes, ils étaient incomparables. Ils vous réservaient des surprises à n'en plus finir. Fallait se la donner de tout, des mottes de terre, des arbrisseaux, des gros cailloux... dans les villages, c'était des pièges à l'infini, derrière les portes, dans les celliers, les casiers à bouteilles... partout ! Une chaîne de chiottes que vous tiriez après votre caca... Badaboum ! vous vous retrouviez même pas torché devant Dieu le Père ! Il en circulait de sévères aux veillées des popotes. Les Rangers de la IIIe Armée y avaient laissé des plumes, des scalps, des jambes, des bras, des yeux, des têtes, mille menus morceaux. On nous avait dit que maintenant il n'y avait plus rien dans le coin où nous errions. Tout avait sauté pendant notre offensive bidon. Dans nos

lourdes pertes, ça représentait une bonne partie.
– Si tou dois mourir, tou mourras.

Il me rassurait de la sorte, Pedro, lui il y allait bon pied dans les herbages, les trous d'obus... inconscient, téméraire... souverain. Je vous passe les détails, on a dégauchi enfin un cadavre, le seul dans le coin qui ne pouvait donc être que ce pauvre Jules puisque tous les autres avaient été ramassés la veille. Vraiment pas à contempler... kaki, rouge et fiente... le bide arraché, le thorax! De tronche, sincère, je ne le reconnaissais pas... boursouflé, gonflé par la pluie, la mort déjà bien au travail la salope! Il avait encore son casque, le modèle français de 14. Par prudence on s'était accroupis... devant nous un espace découvert permettait à un bon tireur de la Wehrmacht de nous ajuster. Sans doute s'étaient-ils repliés eux aussi... ce morceau de terrain ne présentait vraiment aucun intérêt. L'idée de l'occuper, de s'y retrancher, n'avait pu germer que dans une tronche d'un chef d'îlot de la Défense Passive comme le commandant Kerloch. La gloriole l'avait saisi, ce nave, comme la débauche certains sexagénaires vertueux jusqu'alors. Les promotions éclair de la Libération, rare qu'elles aient été gagnées au feu réel de l'ennemi, fallait reconnaître. Seuls les anciens des Brigades Internationales avaient l'expérience de la guerre. Kerloch, sa plaisanterie, il l'avait payée cash d'une rafale en pleine poitrine. On ne pouvait pas lui reprocher de s'être planqué pour nous expédier au casse-pipe. Malheureusement il n'avait pas été le seul à morfler, une douzaine de copains étaient restés dans les herbages et les bosquets et puis Jules Ribourdoir pour faire treize comme les œufs, bon compte bonne mesure!
– Si c'est pas loui, ça chie pas.

On se l'est chargé sur le brancard, ce macchabée gluant dégueulasse. Ç'aurait dû tout de suite me plonger dans les abîmes métaphysiques sur le chemin du retour... n'est-ce pas... ce que nous sommes?... où allons-nous?... la fragilité de l'humaine condition! Il était lourd, la vache, avec son casque, ses grolles... toute la flotte que ses fringues, sa capote avaient absorbée. Entre le poids à se trimbaler, la trouille, la pluie, vous ne pensez plus, vous êtes pour ainsi dire une bête, je ne veux pas tricher. A ma place, sans doute, Maurice Clavel tutti fils Mauriac, vous torcheraient du transcendantal, de l'absolu au bout du Bic... Kierkegaard, Hegel, grand-papa Sartre à la rescousse en citations éperdues. Avec Pedro, c'était pas le genre, il pressait l'allure... la hâte de rentrer, d'apercevoir les premières maisons de Rezonville.

Au dab, je lui avais dit d'abord la vérité... la mine sous le pied de son fils... Schraoum! la gerbe de feu, d'éclats... l'horreur résultante. Juste sur notre mission j'avais un peu forcé la note, que le corps était carrément dans les lignes allemandes, le secteur infesté de S.S... qu'on s'était fait allumer... que si son Jules était en caisse, promis aux honneurs du caveau de Gentilly, c'était au péril de nos pauvres vies miteuses.

– Vous êtes des braves petits gars!

Emu aux larmes coulant sur sa grosse bouille couperosée. Il reniflait dans sa moustache... le modèle juste entre Hitler et la gauloise... toute rouquine de tabagie. Son physique respirait sa profession, on le subodorait facile aiguisant son grand couteau sur le fusil : « Et avec ça, madame Bichu, vous ne voulez pas un petit rôti de veau en réclame? »... On le voyait pas antiquaire, par exemple, ou professeur de violon... il faisait pas le genre, aujourd'hui, technocrate. Lui, en tout cas, il n'avait pas souffert des restrictions sous la botte, question bide il pavoisait, il provoquait profiteur. Je ne pouvais pas m'empêcher de l'imaginer à la tâche, l'abattage clandestin, les livraisons de barbaque dès potron-minet. Cette époque, la viande valait presque son poids d'or. Ce monsieur Ribourdoir, probable qu'il avait mis dans sa cave un drôle de magot à gauche, une ou deux de ces fameuses lessiveuses pleines de biffetons, de lingaresses!

– Tou parles!

Pedro, ça lui laissait pas le poil d'un doute qu'il s'était soucré, que ça serait pas la peine sinon de se salir les pognes dans le sang de bœuf uniquement par idéal. En tout cas, avec cézig, on ne pâtissait pas sur le plan bectance. A côté de lui, à l'avant, il avait ses provisions... du lard, des saucisses, des boîtes de sardines, du chocolat, du gruyère. Il nous nourrissait copieux, tartinait lui-même nos casse-croûte... les rillettes de Connerré, coupait les tranches de jambon cru. La mort au champ d'honneur de son enfant, ça lui détériorait pas l'appétit. Il y allait de la mandibule et puis il s'arrosait la dalle, il avait prévu un long parcours en boutanches. On se les repassait bonne franquette au goulot, à la régalade.

– Buvez donc, les petits gars!

Il avait l'accent d'où, de quelle cambrousse? Difficile à repérer, il roulait un peu les r... Ça servait plus à rien de se cailler la laitance, Jules était mort, on le transportait, il nous en voulait pas, ce dab, qu'on bâfre et qu'on se marre... c'était de notre âge. Certain que son fils chéri en eût fait autant si ç'avait été moi, par exemple, à sa place dans le cercueil. Sans doute, seulement moi je serais resté à Rezonville dans le petit cimetière de bouseux... ma grand-mère, je vois pas bien comment elle aurait pu me faire revenir en camionnette. Ça me tracassait, ça, par moments, la peine qu'elle aurait s'il m'arrivait de me faire étendre. Ma mère aussi mais à un degré moindre. Avant de partir sauver la France, elle, elle m'avait pas caché que toutes mes prouesses patriotiques, mes barricaderies, elle trouvait ça ridicule, absurde, la déconnante intégrale. « On n'a qu'une vie... tout le reste, c'est des histoires, mon petit! » Sa courte philosophie... la sagesse même, je trouve aujourd'hui. En septembre 44, rien ne pouvait me retenir... tout ce que pouvaient nous dire les vieux, les adultes, c'était de la chansonnette démodée. Et puis nos chefs, nos gradés, certains avaient passé l'âge des embardées juvéniles... alors?

Dès le début de notre odyssée, M. Ribourdoir m'avait pris à part... lorsque nous étions encore à la caserne de Montmédy... dans la cour... pour me suggérer en lousdoc de modifier un peu mon récit. La mine, il trouvait pas que ça soit très glorieux, ça faisait un peu accident bête! Qu'est-ce que ça me coûtait de parler de mitrailleuse... de rafale... Jules qui tombe blessé à mort mais qui continue de tirer... qui repousse l'ennemi, etc.

– Vous me comprenez? C'est pas pour moi, bien sûr, mais dans le quartier, la clientèle, les gens, ils ne sont pas toujours si bienveillants!

Ça me dérangeait pas le moins de mentir, tartariner... c'est le propre du combattant nouveau ou ancien. Petit à petit, on finit par y croire vraiment à ce Fritz qu'on a soi-disant poignardé... les uns les autres on s'entraide à la hâblerie, aux fanfaronnades guerrières. A nos lucarnes télévisées, à présent, si ça débagoule de l'exploit, tous les vioques de la dernière... réseau *Fulgurance*... tous silencieux sous la torture, dérailleurs de trains, étrangleurs d'S.S... « Pendant quatre ans, nous vécûmes d'ombre, de sang et d'espoir! »

Pedro, s'il a entravé aussi la coupure... que le petit Jules à son papa on allait le lui accommoder aux oignons nouveaux... le faire rissoler épique. Seul Jean-Paul, néo-blondinet – je vous expliquerai plus loin pourquoi *néo* – filait mal le train, ce branque. « Je croyais qu'il avait sauté sur une mine! » Son étonnement, son exclamation, là, dans la camionnette qui roule maintenant son train peinard sur une portion de route à peu près lisse.

– Tou y étais pas, qu'est-ce que tou en sais?

Je suis bien seul à pouvoir authentifier l'acte. Sa citation à titre posthume pour la Croix de Guerre n'est pas encore rédigée. On peut rester dans les généralités, le vague. « S'est porté en avant dans un élan patriotique irrésistible! » Le dab, ça le consolera. Enfin ça le console déjà. Je le trouve pas excessif éploré, à vrai dire... ou alors il est si stoïque qu'il ne nous montre pas grand-chose. Il se requinque à la côtelette froide... le jinjin... nous, on n'a rien contre! On ne lit pas lerche dans ses yeux bleus tant ils sont enfouis dans la graisse... deux petits points qui nous scrutent tout de même! Aujourd'hui je me rends mieux compte... il avait des yeux tiroir-caisse, ce papa... la lueur du profit immédiat... une certaine méfiance paysanne. Je le revois pas si beau, il est vrai que j'ai plus d'expérience et puis je connais à peu près le fin mot de l'histoire... ses motivations profondes.

– J'en ai rien à foutre qu'il soit mort comme ci ou comme ça!... c'est triste, voilà tout.

Jean-Paul, fallait que je le fasse jacter un peu plus, puisqu'ils étaient du même quartier avec Jules, il devait connaître le daron, savoir des choses. Comme ça, d'instinct, pour me faire une idée, ne pas rester gogo cave, tout avaler sans rien comprendre. Avec Herlier et Gaspard, au cours de mes récentes mésaventures, j'avais appris davantage à me méfier des gens.

– Il devait manquer de rien chez lui.

Ça le fait se fendre, ce bovidé, ma réflexion l'air de rien. Il me répond... « Ça serait malheureux!... » Quelque chose de ce genre, et puis il s'allume la cigarette qu'il vient de se rouler soigneux. Je crois pas qu'il ait fait de la discrétion un principe, cézig, non, il n'aime pas parler c'est marre ! Qu'il réfléchisse plus pour autant... je n'ose me prononcer. Certains silencieux, on n'imagine pas qu'ils gambergent tellement... plutôt, ça leur dérange le bon fonctionnement digestif de s'élocuter à tu et à cor, à cri et à toi.

On aurait pu pieuter à Rezonville puisque les Américains avaient pris Metz. Ça nous donnait un peu de regret de ne pas avoir participé à l'assaut final. On avait tout de même piétiné avec eux pendant un mois devant la ville. Les Allemands tenaient encore dans les forts Saint-Quentin, Jeanne d'Arc. Ils poursuivaient mollement leurs tirs d'artillerie... quelques obus pétaient encore par-ci par-là, mais les risques n'étaient pas énormes. On avait dégotté une piaule avec un toit, des matelas... on pouvait donc attendre l'aurore pour partir. Reims, en temps ordinaire, avec un véhicule normal, une route goudronnée, ça faisait pas un pli qu'on y serait parvenu en deux heures au plus. Mais il se faisait de douces illuses, m'sieur Ribourdoir, il imaginait pas les traquenards du chemin, les surprises du chef d'itinéraire, les embûches des temps troublés. Là-bas, il avait son point de chute chez les sœurs rémoises de l'Annonciation. Il avait l'adresse... il suffisait de tirer la cloche, elles nous ouvraient grand leur portail... on ballottait Jules dans la chapelle, enfin sous la protection de la Très Sainte Vierge Marie !

D'aller pieuter chez les frangines, Pedro ça lui chiffonnait les principes. Il prétendait que pendant la guerre civile dans son pays, religieux et religieuses, il les avait martyrisés un peu.

– Pour les aider à monter plous vite au ciel.

Sans doute qu'il en rajoutait comme déjà on le faisait à propos de la mort de Jules. Il se vantait même d'avoir sodomisé quelques nonnes, de s'être fait soucer par des moinillons avant de les flinguer dans la cour de leur monastère. A l'évocation, il se fendait, le monstre. Jean-Paul, malgré tout, ça le faisait sortir de son mutisme, il renaudait, marmonnait que ça porte malheur de s'en prendre aux curés et aux sœurs. Ce qu'il raffolait surtout le Pedro... choquer le cavestron, scandaliser, péter sonore dans les endroits où il ne fallait surtout pas. Il nous racontait aussi ses chaudes-lances... des histoires de dames du monde avec autant de gonocoques *dans le coul qu'oune poutain du Sébasto*! Il s'était engagé à la F.A.I. ... *la Federacion Anarquista Iberia*... ouniquement pour emmerder son père, capitaine chez Franco... « *Oune raison majeure.* » Il avait débuté jeune à la mitraillette... dix-sept ans en 1937. A Grenade il avait connu la taule, l'attente des douze balles... l'évasion miraculeuse... la corde, la scie! Une existence romanesque à souhait. Certes il brodait, entorsait la vérité, poussait le bouchon surtout dans l'horreur, mais il devait tout de même y avoir du vrai... je l'avais vu à l'œuvre, il ne partait pas pour la castagne les clochettes grelottantes au cul. Il s'était pris d'amitié pour moi, probable parce que je l'écoutais bien, que j'étais réceptif à ses histoires, que je le chinais pas sur des détails, me marrais au bon moment. Il me promettait sa sœur quand la guerre serait finie, le fascisme vaincu partout. Une beauté, il me la décrivait... sa poitrine, ses yeux... une vraie Carmen... que si ça n'avait pas été sa sœur, il se la serait farcie le premier. « La vie, elle est mal faite! » il en tirait comme conclusion.

Brang! Le coup de frein sec... il a beau rouler guère plus vite qu'un tracteur avec ce gazogène, ça a fait glisser Jules. On est là, heureux, pour toujours le rattraper. La raison de ce coup de frein nous parvient en anglais... des voix nasillardes d'Amerloques. On soulève la bâche, ça pleut toujours comme dans un roman de Georges Simenon, mais de grosses torches électriques traversent la pluie, le vent, la nuit. Je distingue peu à peu des M.P. ... il font descendre m'sieur Ribourdoir. Je le vois s'extirper de la cabine, il a passé une espèce de cape de flic sur les épaules... un ciré à capuchon par-dessus sa canadienne. Il a du mal à s'expliquer avec les Ricains, il connaît broque de leur idiome. Déjà, ils soulèvent la bâche à l'arrière... Pof! on est pris dans les faisceaux lumineux, on est sous leurs projecteurs et puis Jules surtout! Ça alors, ça les intrigue les M.P.! Ils nous ordonnent avec des cris, des gestes de sortir. A peine à terre ils nous tâtent, nous palpent sous les bras comme des malfaiteurs.

– Escorte... C'est mon fils... mon baby mort... là... pan! pan!...

Il s'escrime le père Ribourdoir... s'agite... leur montre bien le cercueil. Combien sont-ils ces Military Police?... quatre, cinq... Ils patrouillent en jeep. On leur extirpe des papelards, notre ordre de mission barré tricolore... la croix de Lorraine. Deux d'entre eux sont montés dans notre char à bancs... ils tapent sur Jules avec la crosse de leurs Thompson. Tout de même ils vont pas l'ouvrir pour vérifier! Ils cherchent quoi au juste? Coton de s'expliquer, personne de nous parle anglais et, eux, ils ne font pas le moindre effort pour se mettre à notre diapason. Leur chef, c'est un géant énorme... tout en bide, en torse. Ça semble pas l'homme à plaisanter, s'efforcer de nous être aimable.

– Eféfay?...

Il nous questionne. On est plus tout à fait des F.F.I... mais pas encore des soldats français réguliers comme ceux du général Leclerc qui viennent d'entrer à Strasbourg. Comment lui expliquer, à ce brutus, là sous les hallebardes? On lui fait des gestes... qu'on revient du pan! pan! boum! boum!... Metz... Thionville...

– Avec le général Patton.

J'ajoute... il fait la grimace. « You, with general Patton?... » Ça lui paraît l'énormité, des minables de notre acabit avec les Rangers, les Patton's boys! Il balance aux autres un vanne et ils éclatent tous... l'énorme marrade. Il est vrai qu'on fait pas le poids, à nous considérer... nos tenues hétéroclites, soldats de l'an II nouveau modèle, comme nous appelle le colonel Fabien... avec nos casques 39, nos lourdes capotes à pans relevés! Ils nous éclairent les panards, ils remontent. On est symbolique en quelque sorte de l'état de la France à cette époque... la pagaille, la misère, la mendicité. On a juste de Gaulle qui nous cocorique la victoire, mais rien dans nos galtouses, nos fouilles... les fours de boulangerie en carafe... les ruines le long des voies de chemins de fer qui ne roulent plus. Nos libérateurs, on les amuse à l'occasion, nos filles et nos mères les sucent, nous on quémande... nos plus fringants combattants sont vêtus, armés de pied en char par leur intendance. Toujours cette désagréable impression d'être un miteux devant un riche... un malade, un stropia torgadu devant un homme pétant de santé. S'ils nous coincent comme ça toutes les dix quinze bornes, on n'arrivera jamais à Reims. Enfin, on finit par comprendre... le sergent veut qu'on suive leur jeep jusqu'au poste. Ils veulent nous tirer au clair, là-bas ils ont sans doute un interprète. Le papa de Jules, ça le faisait groumer toutes ces salades. Donner un fils tout entier à la cause des démocraties et puis être traité de la sorte... comme des gueux, des parias. « Avec les Boches, c'était pas pire! » Il envoie sa tirade bougonne en remontant à son volant. Les M.P. lui font de grands gestes... il faut qu'il fasse demi-tour... Ya! Ya! Ils braillent, ils sont à la fois ironiques, menaçants... tellement sûrs d'eux que ça vous laisse un curieux sentiment au fond du cœur. On les a pourtant attendus, ces tantes, acclamés, couverts de fleurs dans leurs blindés... et ils se conduisent en maîtres, en occupants, il a raison m'sieur Ribourdoir.

Tout le long de cette campagne de deux mois en Lorraine, j'ai eu le temps de me les apprécier ces Amerloques! On les indispose, ma certitude, surtout nous autres, les hommes du Régiment de Marche. Ça a pavoisé de la faucille et du marteau... le drapeau rouge sur nos véhicules... les poings tendus... *L'Internationale* en guise de Madelon. Une drôle d'armée, toutes les engeances, les uniformes les plus divers... *Compagnie Saint-Just... Commune de Paris... Octobre Rouge*! Le général Patton, c'était pas tant fait pour le séduire... French boys... communistes! Catalogués... il nous voulait pas au milieu de sa IIIe Armée pour foutre le cirque, la terreur dans les villages libérés. On devait sérieux, dans les petits rapports, lui amplifier nos fredaines pillardes, paillardes, épuratrices. Je venais de vivre une curieuse épopée guerrière, éducative à tous égards sur les humains, leurs capacités cruelles. Je me déplumais de toutes mes illuses... je muais. Si je me sortais de cette aventure avec toute ma tête et mes jambes, je risquais plus de me fourvoyer dans les croyances, d'aller aux meetings, aux commémorations des grands jours. Remontés dans la camionnette avec Jean-Paul et Pedro, on se posait des questions. Depuis notre départ de Montmédy y avait peut-être eu du nouveau. C'était plutôt tendu l'ambiance au moment où nous nous sommes embarqués pour aller déterrer Jules à Rezonville. On nous avait annoncé des hitléro-trotskistes passés par les armes près d'un fortin de la ligne Maginot. Une histoire sombre de tracts lancés vers les lignes allemandes, invitant les feldgrau de bonne volonté à retourner leurs Mauser contre Adolf. *Prolétaires de tous les pays, tous unis contre le fascisme...* quelque chose de ce genre. Savoir le vrai du faux là-dedans. Pedro, ça lui avait rappelé l'Espagne, les militants du P.O.U.M. liquidés par les communistes orthodoxes... les sanglantes salades internes du camp républicain. Je n'y entravais pas lerche alors, mais il ressortait de ses explications que nous étions tous des hitléro-trotskistes en puissance. Je m'étais fait repérer, moi, avec cézig ancien de la F.A.I. ! On m'avait fait des réflexions... que j'avais mal réagi souventes fois... en anarchiste, en individualiste toujours dangereux, comme chacun ne le sait peut-être pas encore. Le dab avec sa camionnette, c'était l'aubaine, l'occasion de se faire la paire avec un ordre de mission en bonne et due... ne pas courir le risque de se faire agrafer en route, revenir à la caserne inculpé hitléro-trotskiste... se retrouver un joli matin contre un poteau près du blockhaus de Maginot. Depuis une quinzaine il était aussi question... les rumeurs, les propos de cantine... qu'on descende, tout le régiment, nos compagnies d'élite F.T.P., sur la capitale pour y mettre de l'ordre, liquider vraiment les traîtres de Vichy. Le bruit courait qu'à Drancy, à Fresnes, les collabos se gavaient de conserves américaines, de chocolat et de cigarettes blondes... que de Gaulle les gardait à l'abri pour en faire des mercenaires contre les travailleurs le moment opportun. Ça y allait sérieux aux jactances à propos du désarmement décidé des milices patriotiques. Savoir si on faisait partie du lot ou si nous étions considérés enfin comme une armée régulière? *That is the question.* Dans *L'Humanité,* on ne parlait que de nos exploits... « *Les vaillants soldats du colonel Fabien... nos petits combattants... l'avant-garde du prolétariat à l'assaut de la bête hitlérienne dans sa tanière.* » Nous étions à cette époque, juste l'après Libération... de troubles, de noirs désordres sur tout le territoire. On savait plus qui commandait qui... ce qui était légal, ne l'était pas... ne l'était plus d'un jour à l'autre ! Il se réglait des drôles de comptes un peu partout... des personnels, des politiques, patriotiques et trou du cul aussi bien sûr ! Les prisons étaient engorgées et parfois ceux qui les gardaient se retrouvaient dans le trou à la surprenante pour des motifs bien difficiles à comprendre. Ceux qui n'ont pas vécu ces événements, même à travers les livres les plus sérieux, n'y reconnaîtront jamais les leurs. Etaient déclarés collabos, bien souvent, des gens dont on voulait prendre la place, l'appartement, le buffet Henri II, le cosy-corner convoité. Par contre de fieffés malfrats, auxiliaires de la Gestapo, se pavanaient patriotes couverts de galons, de brassards, de médailles. Au sein de la Résistance, il y avait des conflits sournois, surtout entre les gaullistes et les communistes. Dans notre unité, la colonne *Tactique Lorraine,* c'était en majorité des F.T.P... presque tous les cadres membres du Parti... un embryon d'Armée Rouge française. On s'y croyait déjà... qu'on était les maîtres ! On avait perdu notion qu'à Paris de Gaulle avait tout de même pris les rênes vaille que vaille, qu'il contrôlait petit à petit la situasse, et aussi et surtout que l'armée américaine était là... bien là... avec ses divisions blindées, ses avions... son gigantesque matériel... et que c'était pas affiché qu'elle nous laisse prendre le pouvoir. Tout ça explique un peu la suite, le modus vivendi, les arrangements provisoires entre le parti communiste et le Général. Toutefois, la plupart des petits lascars à mitraillette, tous les vrais champions de la Sten... eux, ils se voyaient déjà en justiciers à Paris... se bégalant madame la marquise par-derrière et par-devant... se prélassant dans les lits à baldaquin, merde, y a pas de raison! Ils piaffaient tous du Grand Soir!

Nous arrivons donc au poste de la Military Police... ils sont installés à l'école communale d'un petit bled, sur la route de Verdun... Buzy, je crois me souvenir! Pour éviter d'être sur le parcours des convois américains, il a voulu prendre des petites routes, le dab louchébem... il prétendait qu'on serait peinard, qu'on éviterait les contrôles! Ça commençait à merveille son itinéraire... nous avions peut-être fait trente bornes depuis Rezonville... on était déjà quasiment en état d'arrestation...

Une salle de classe chauffée par un grand poêle... nous y voici, transis, l'air déjà coupable. Dès qu'on vous appréhende, j'ai pu constater, on se sent hors-la-loi. Ça sert à rien qu'il s'excite, m'sieur Ribourdoir... qu'il leur braille que son fils dans la camionnette est mort au champ d'honneur... ils s'en contrebranlent les Ricains! Des morts au champ d'honneur ils en ont à revendre en Normandie, un peu partout sur les routes de France! Ils sont vautrés dans le fond de la pièce sur des paillasses, une demi-douzaine, des types qui cuvent, que les M.P. ont ramassés... dans la même fournée sans doute, une mémère, une femme qu'on n'imagine pas se faisant lutiner par la troupe. Elle est sur une chaise, hébétée, échevelée... elle attend.

– Vous parlez américain?

On l'interroge. Elle nous fait signe que pas beaucoup. « Jouste ce qu'il faut pour se faire baiser », me murmure Pedro. Elle a dû comprendre, ça la réveille, elle sursaute.

– Dites, soyez un peu poli! Je suis pas là pour ce que vous croyez!

Pas le moment des incidents, des engueulades. Elle s'est dressée... elle nous accroche. Un M.P. la repousse.

– Shut up!

Qu'elle la ferme... c'est un balèze à tête de bœuf... sans ménagements, il l'envoie sur les roses... enfin dans le fond, près des viandes soûles qui ronflent. Le sergent, après s'être débarrassé de son casque, son imperméable, sa matraque... s'installe derrière le bureau... plus précisément le pupitre de l'instituteur calé sur l'estrade, près du tableau noir. Il intime lui aussi « *Shut up!* » au père indigné de Jules... de la mettre en veilleuse. Ça le fatigue d'entendre notre langue française pourtant si belle, si harmonieuse. Ils ont installé un téléphone de campagne sur le pupitre... il va appeler, le sergent, se rencarder à notre sujet je ne sais où... si l'on est pas des types en cavale, des pilleurs de tombes, des trafiquants, des miliciens? Ils ne comprennent pas lerche à toutes nos salades intestines, nos libérateurs. Qui est qui? De Gaulle? Pétain? Les communistes? Vercingétorix pourquoi pas? La tendance de nous foutre dans le même sac... Eféfay, on les emmerde! Ils ont confisqué provisoirement nos fusils, nos Mas 36... à Pedro, son Parabellum 9 mm... le Mauser récupéré sur un officier allemand à Paris, une arme à laquelle il tient plous qu'à oune femme. Le sergent a dû réclamer un interprète par téléphone, il nous fait signe d'attendre tranquille. On peut s'asseoir à quelques pupitres restés dans un coin. Nous aussi on a retiré nos casques, nos capotes, notre harnachement. Je vais près du poêle me réchauffer avec Jean-Paul. Le papa, il s'est résigné, il moufte plus, il s'éponge la pluie qui a coulé sur sa trogne. A la lumière, on ne peut pas dire que ça lui embellit la frime, j'arrive pas, malgré ses paroles cordiales, le genre bonne franquette qu'il se donne, à le trouver si sympathique, à le plaindre de son deuil. Je cherche la raison, le pourquoi d'une sorte de gêne, de mal à l'aise où il me met? Ses petits yeux peut-être, boutons de bottine, porcins au milieu de sa grosse bouille. Un Ricain nous offre des pipes, des *Lucky*, c'est le joyeux drille... il se marre sans arrêt celui-là... « Eféfay! O.K. Eféfay! » Il nous donne du feu... Et tout à coup il se fige, rengaine ses ratiches, son sourire Eisenhower! Il observe attentif Jean-Paul... j'entrave... ses tifs blonds platinés... cette teinture évidente, déjà ses racines sont brunes. Ça, ça l'intrigue le G.I.! Il fait part aux autres, au sergent de sa découverte. Je gamberge rapidos... bien sûr, ça leur paraît suspect cet Eféfay aux cheveux teints! Le sergent arrive l'inspecteur. Ça fait un peu mec en cavale, déguisement, complot ne sais-je! Il n'y avait pas pensé, Jean-Paul, le jour de cette farce... qu'ils sont revenus d'une perme de la journée de Belgique. La surprise, tout un groupe, douze blondinets au rassemblement le matin. Le sergent Sicault, il n'en revenait pas... tous ces hommes en blond de cinéma! Ça le faisait groumer, mais rien n'interdit dans le règlement des armées de campagne d'aller se faire teindre en blond... notre droit le plus strict! Dans l'ensemble, ça ne collait pas tant avec leurs tronches plébéiennes un peu bovines, faut bien reconnaître... des pifs retroussette ou cassés, des esgourdes plutôt feuilles de chou... certains déjà édentés, la gueule pleine de chicots. Le moins louche encore dans la bande c'était Jean-Paul avec sa frime bébé rose, et pourtant nos M.P. sont autour de lui... s'entretiennent de ses tifs, aucune gourance. Ils se demandent si c'est un espion, un Chleu évadé d'un camp... Dieu sait ce que peuvent imaginer ces fils de cow-boys du Colorado, du Kansas, de l'Oklahoma... quel scénario de western série B! Par la même occase, on est pris nous dans le même sac... tout leur devient douteux... la camionnette avec ce cercueil... le Parabellum de Pedro... le dab en civil à l'arrière sur le front. D'ici qu'ils nous fassent ouvrir la caisse pour savoir si elle n'est pas pleine de munitions, d'explosifs, y a pas de bornes! Je fais part à Pedro de mes réflexions. De son côté il a fonctionné kif, mais lui ça le fait rire une fois de plous.

– Ils nous prennent pour des fascistes!

Quel connard, ce Jean-Paul! A-t-on pareille idée saugrenue! Leur blague minable, ça n'avait amusé la caserne qu'une courte matinée. Les camarades du Parti, conscients et embrigadés, n'avaient pas tant apprécié. Ce qui leur manque à eux, comme à tous les doctrinaires, les convaincus de n'importe quoi... le sens un peu, je ne dis pas de l'humour, mais de la simple, franche et fraîche rigolade. A la réflexion profonde, je crois que c'est ça qui m'a le plus séparé, qui m'a rejeté tout de suite dans leurs ténèbres extérieures. Enfin, pour cet instant où je vous ramène, on est là dans ce poste, cette salle de classe et les M.P. en train de scruter Jean-Paul... sa blondinetterie factice. Papa Ribourdoir s'en mêle... il va leur expliquer en français des choses qu'ils ne comprennent pas... que Jean-Paul est un copain de son fils... celui qui est dans le cercueil, dans sa camionnette. Il leur fait des gestes... qu'ils étaient à Paris... Paris, il répète... à l'école... il leur montre les pupitres... ensemble. Le sergent, l'énorme, le tout en torse, ça finit par l'indisposer tous ses blablas, ces gesticulations.

– Shut up!

Péremptoire, le coup de gueule! Ça ne doit pas être la joyeuseté de se le farcir, cézig, comme chef pour faire ses classes. On sent que ses subalternes, à l'occase, il doit les castagner, tomber la vareuse… s'expliquer *entre hommes* tout en sachant bien, l'affreux, qu'il aura le dessus avec ses pognes battoirs à linge, ses biscotos, son crâne de gorille. Il donne l'impression qu'en lui tapant sur la gueule, on ne peut que s'y meurtrir les poings. Les G.I's vautrés, les cinq ou six dans le coin, sur leurs paillasses, eux ils doivent l'avoir pratiqué ce sergent Gras-Double… ils écrasent la bulle, ils cuvent peinards. Ça renifle la vinasse de leur côté. La mémère finira par nous expliquer qu'elle tient un débit de boissons à l'entrée du pays et que ces soldats se désaltéraient sagement chez elle… sans faire de barouf, ni femmes, ni rien, et cependant les M.P. se sont pointés, les ont embarqués, on peut dire sans précaution, à coups de bottes, matraques… par le fond des frocs… elle aussi dans la même fournée.

– Je vais vous dire, messieurs, j'ai eu les Allemands… bien forcé, je ne pouvais pas leur fermer la porte au nez. Eh bien, ils se conduisaient mieux… beaucoup plus gentlemen, je vous assure !

Je crois comprendre qu'elle n'avait pas le droit de rester ouvert après huit heures, ou de recevoir des soldats de l'U.S. Army dans son rade. On s'en cogne d'ailleurs des démêlés de cette bistrote avec les Ricains. On attend l'interprète avec impatience… qu'il arrive enfin, qu'on puisse se justifier. Le sergent nous a renvoyés à nos pupitres. Il est de moins en moins aimable… déjà Eféfay, il nous gobait pas lerche, mais s'il nous soupçonne d'être des Chleus, des parachutistes de la 5e Colonne, il ne va plus nous ménager. Pedro, lui, il s'est installé dans l'attente… il en a vu bien d'autres et des plus saignantes. Il m'explique qu'il ne se trouve pas si mal ici… que ça va s'arranger, que ça s'arrange toujours. Il a retiré ses pompes pour se réchauffer les pieds au poêle.

– Mais Jules? Jules est seul... C'est tout de même pas normal que Jules reste seul... dehors!

Je me retiens de lui répondre, à ce père aux abois, qu'il risque pas de se tirer son petit Jules... ça ne craint pas non plus qu'on le lui chourave. En fait, ce qu'il voudrait, qu'on monte la garde devant le gazo. Il trouve que c'est dégueulasse de laisser un mort pour la patrie, comme ça, dans sa camionnette comme un morceau de bœuf. On n'y peut rien, nous, il balancera ses griefs à l'interprète. Mais il ne se presse pas celui-là! Le sergent téléphone encore... savoir où et à qui? Les autres M.P. biberonnent un peu, se passent une bouteille de cognac pour se réchauffer les amygdales.

– T'aurais bien pu garder tes tifs comme ils étaient!

Le reproche qui me vient, que je lui glisse au faux blondinet. Il me pleurniche qu'il n'y est presque pour rien... que c'est les autres qui l'ont entraîné, un nommé Gustave si je vois qui c'est, un caporal de la IIe compagnie. Certes, je le connais ce Gustave, c'est un *Trompe-la-Mort*, un de nos débuts à la place de la République. Comme drille, il pouvait pas tomber plus mal, Jean-Paul... borné, castagneur, teigneux, va de la gueule, le caporal Gustave. Failli plusieurs fois me colleter avec lui. Il cherchait du suif à tout le monde. Ça me revient... une bagarre qu'il a déclenchée... je revois ça. On était en panne, un de nos camions de transport de troupes... un gazo de l'armée allemande. C'était après Rezonville, notre campagne gravelotteuse, on rejoignait la colonne Fabien, on allait s'y incorporer après la mort du commandant Kerloch. Nos véhicules, c'était la scaille... bric broc, récupéré des débris de la Wehrmacht... de nos réquisitions droite et gauche... de vieux autocars, autobus de la T.C.R.P. repeints en kaki... des tacots de la Marne... Un convoi de manouches. Les jeunes, c'était notre lot, toutes les dix, quinze bornes, on poussait les camions dans les côtes pour remettre le moteur en marche. Ça fumait, pétaradait, craquait, couinait, grinçait des essieux... les boudins couverts de rustines, les pneus lisses, la carrosserie rouillée, cabossée, les portières arrachées, la suspension à bout de course... toujours des histoires de culasse, de joints, de carter, d'embrayage nazebroque! On faisait la joie des Amerloques... ils nous doublaient, des colonnes interminables... toutes leurs tronches hilares qui sortaient de leurs G.M.C... « Eféfay! » Ils nous applaudissaient, nous jetaient des cibiches, des tablettes de chewing-gum... un peu comme à des clébards.

Ça avait commencé, l'engueulade dans le camion, à propos de quoi? Nulle importance! Gustave, toujours il prétendait qu'il avait fait ceci cela, tué les Allemands à la douzaine, baisé des filles plus belles les unes que les autres... des vedettes de cinéma. Vu sa tronche, sa chevelure plantée bas sur son front buté, son intellect rudimentaire... il se faisait chambrer d'autor. « Avec ta gueule d'empeigne, c'est ta pogne que t'as dû baiser! » Le genre de quolibet qu'il admettait pas. « Et ta gueule à toi, j'y chie dessus! » Sa vive repartie, sinon des plus spirituelles. Toujours est-il que ça finissait à coups de poings le plus souvent. Gustave, il profitait de sa force, il était baraqué plutôt armoire d'allure, il roulait de tous ses biscotos. Là, dans ce camion, c'était avec Pirollo qu'il s'enchablait. « Rital de mes couilles! » Pirollo, la seule chose qu'il admettait pas, les outrages à ses origines... macaroni, spaghetti... le régiment de mandolines! Pourtant séparé de son insulteur par plusieurs grivetons... nous étions tassés, debout... on se retenait comme on pouvait aux ridelles!... Ça fumait au propre comme au figuré justement. Le gazogène faisait des siennes... le mélangeur avait des ratés! On se distinguait plus bien et pourtant les deux antagonistes, à travers la fumée, les copains, s'insultaient, repoussaient tout le monde pour s'agrafer. Et tout à coup... un énorme soubresaut de notre guimbarde... un dérapage... une embardée vers le fossé dans un virage!... La culbute les uns sur les autres, les paquetages, les flingues, les munitions. Peu importe les causes de l'accident... multiples d'ailleurs, dans de pareils tacots tout était probable. On s'est extirpé vaille que pousse, dans la gadoue, l'odeur de roussi... les glapissements... quelques blessés légers, un bras cassé, je crois me souvenir. Pourtant Gustave et Pirollo, ça les avait pas calmés le moins! Au milieu du désastre, ils avaient réussi à s'empoigner, se bigorner la tronche... *Salope! Enculé, Pourri!* Ce qui émerge des cris divers. « Je vais te les faire bouffer mes macaronis, fumier!... je vais te les chier dans ta sale gueule! » On avait eu bien du mal à les séparer, les empêcher de s'égorger, même l'adjudant, le gros Blanquette, l'évadé d'Allemagne... toute son autorité n'y suffisait pas. « Nom de Dieu! Entre Français, se battre ainsi!... Une honte! Quatre jours!... Tous les deux quatre jours! » Le problème, jusqu'à ce qu'on aboutisse à Montmédy, c'était où on pouvait se les farcir les quatre jours de salle de police? Ça restait des menaces platoniques.

Fallait qu'il soye singulier loquedu, vraiment rien dans sa petite tête le Jean-Paul, pour s'être laissé influencer par le caporal Gustave. De Montmédy, on allait se baguenauder en perme un peu chez les Belges. On se faisait prendre en Dodge-stop par les Ricains pour aller jusqu'à la frontière, jusqu'à Virton. C'est là qu'ils s'étaient tous fait décolorer les tifs, chez un coiffeur pour dames. « J'ai pas pu faire autrement que les autres. » Sa philosopie à ce Jean-Paul... ça va être comme ça toute son existence... un mouton bêlant du troupeau. Il est bien emmerdé maintenant, il nous coince dans le poste des M.P. avec ses facéties capillaires. On ferait mieux de ronfler... l'interprète, j'ai pas l'impression qu'il sera là avant qu'il fasse jour. Ça sert à rien de se ronger les freins.

– Et ma femme qui m'attend! se lamente monsieur Ribourdoir...

... qu'elle doit se demander s'il ne lui est pas arrivé quelque chose à lui aussi? Par les temps qui se glandent, on peut tout redouter... les balles perdues mais pas pour tout le monde... les excités, les vengeurs de la patrie, les Chleus en offensive éclair comme ça va être sous peu, justement, dans les Ardennes. On se retrouve en carluche vite fait en ces périodes exaltantes d'idéal poussé au paroxysme. Les détrousseurs de grands chemins ont tous des alibis aux couleurs de la France. « Déjà tout le chagrin qu'elle a à cause du petit, si elle me perdait en plus! » Il se voit déjà cadavre lui aussi, fusillé par les M.P... il perd ses légumes. Il étale sur un pupitre encore son laissez-passer, l'ordre de mission signé du colonel Fabien. Les Amerloques s'ils s'en tapent le casque! « *Shut up!* » C'est tout ce qu'ils savent nous dire... qu'on ferme nos gueules de Franchouillards mendigots!

Bien sûr, on est repartis, on a repris la route avec Jules... déjà ce fut tout un tintouin pour remettre en route le gazo, l'allumer pour qu'il se réchauffe. Le dab, il se dégueulasse les mains, se noircit la tronche... il groume aussi pour une histoire de filtre qui filtre mal... Je ne vais pas vous décrire tout ça menu... des complications mécaniques qui n'intéressent plus personne puisque de nos jours tout pétarade à l'essence... la manne des dieux saoudiens! S'ils nous coupent le robinet, on reviendra peut-être aux vieux gazos, il sera temps alors de vous initier.

Il ne pleuvait plus, mais c'était le brouillard matinal, et ça caillait sec! La route s'était gelée aux aurores... avec nos pneus plutôt nazebroques, on allait patiner sur le verglas... le père Ribourdoir, fallait qu'il redouble de prudence. Pour s'extirper des M.P. ç'avait pas été de l'éclair au chocolat, des gâteries d'avant-guerre. L'interprète était encore plus soupçonneux que le sergent. Qu'est-ce qu'on foutait avec ce mort? Pourquoi l'enterrer à Paris? S'ils avaient fait de même, eux, on n'en aurait pas fini entre Cherbourg et New York... toute une flotte de cercueils sur l'océan Atlantique! Les mamans américaines, elles aussi, elles auraient bien voulu avoir leurs enfants dans les caveaux familiaux, mais c'était la guerre. On ne l'avait pas encore gagnée... on avait pu se rendre compte puisque nous prétendions avoir combattu avec la IIIe Armée du déjà glorieux général Patton. Du poste où on nous avait conduits tous les quatre, jusqu'à Etain devant un capitaine installé dans une maison bourgeoise, ils nous a vannés, l'interprète. Il se mêlait de ce qui ne le regardait pas. Le capitaine, celui-là plutôt différent des autres, un homme fin, à la voix mesurée, déjà assez âgé, dans les cinquante et quelques, les cheveux presque tout blancs. Il s'exprimait en un français un peu désuet, avec un accent légèrement campagnard. Il occupait un bureau genre notaire, vieillot, des meubles anciens, des classeurs en carton, des portraits de famille 1900 sur les murs.

– Messieurs, veuillez vous asseoir. Je vous écoute.

... s'expliquer... on ne faisait que ça... enfin monsieur Ribourdoir. Il est reparti dans ses malheurs. Son fils tombé à l'ennemi, etc... le caveau à Gentilly. Le capitaine l'écoutait d'une oreille distraite, il me semblait... derrière ses lunettes, il nous détaillait plutôt les uns les autres. Il nous fallait tout reprendre... raconter la teinture de Jean-Paul... « Une blague, mon capitaine, une surprise pour faire enrager l'adjudant ! » Il a fini par admettre, il a bien voulu sourire... daigner... hocher la tête. Il considérait nos faffes.

– C'est bien le colonel Fabien votre commandant d'unité ?

Oui, oui ! On s'apprête à lui faire l'éloge de notre chef... ses actions héroïques, dans la clandestinité... l'officier de la Kriegsmarine flingué au métro Barbès.

– C'est une unité du Parti communiste, n'est-ce pas ?

Il est rencardé, la vache... il sourit. On s'est pas bien rendu compte, lui, c'est un officier de la Sécurité Militaire... quelque chose comme ça. Je réponds que certains de nos officiers sont peut-être communistes mais qu'ils ne nous obligent pas à partager leurs opinions. Notre régiment est un régiment comme les autres... tout à fait. Le dab, il se croit même obligé de se dresser, de faire une petite tirade... que lui n'est pas communiste, qu'il aime avant tout le général de Gaulle. Le pitaine amerloque, j'ai l'impression qu'il n'est pas si dupe... l'essentiel, qu'il ne nous prenne pas pour des Fritz saboteurs des arrières de son armée. Depuis Montmédy, dans l'entourage de Patton, ils savent à quoi s'en tenir sur notre Colonne. Des Eféfay, déjà ils nous trouvaient pas si rassurants, mais des Eféfays communistes, plus question de subvenir à nos besoins en armes et en bouffe. On avait été brusquement livrés à nos croûtes et ça ne faisait que des miettes. L'obligation de tondre l'habitant, réquisitionner ses derniers poireaux, les quelques lapins, les œufs qu'il planquait. On avait abattu jusqu'à des vaches pour se nourrir. Dans toute la région, on nous aimait surtout en train de déguerpir. Ça murmurait qu'on était pas mieux que les Boches, des choses aimables de la sorte. Le capitaine distingué, à cheveux blancs, derrière ses lunettes, certain qu'il était au parfum de nos fredaines... les histoires de vaches et de volailles réquisitionnées n'étaient que broutilles... y avait tout le reste... le contentieux, des petites affaires épuratives bien plus gênantes... les équipes spéciales à la chasse aux collabos, de sacrées corridas... certaines au grand jour, d'autres plus sournoises. Après la chasse aux Juifs des Allemands, c'était le retour de flamme... la chasse aux maréchalistes. Sur tout le territoire ça s'en donnait qui mieux mieux, la délation, les lynchages, toutes les mémères suceuses de bites teutonnes – ou prétendues telles – tondues, les fusillades au coin de la rue... à l'orée des bois de justice expéditive. Ça se bégalait de la mitraillette. Cette période, j'ai gardé pour tout le restant de mes jours l'évidence que les hommes tout leur est bon pour se déchaîner leurs instincts sanguinaires. Les idéaux ne sont que des prétextes... l'essentiel c'est de poser des bombes, de violer la petite fille du voisin, pirater la commode Louis XV, humilier son semblable. Ça peut toujours être la fiesta dans ce domaine... on trouve toujours plus Juif que soi, plus collabo, plus nègre, plus bourgeois, plus sale gueule de fasciste assassin. Ce qui est le plus difficile à traverser... ces sortes de parenthèses de paix, d'abstinence, on s'y ennuie ferme et on fermente. Mais l'homme a des ressources utopiques, philanthropiques, des petites doctrines qui vont vous faire le bonheur universel... il finit toujours par se trouver une nouvelle bonne cause pour laquelle tuer, faire sauter la bombe sur le paillasson, brûler les panards des récalcitrants. En plus il se sent héroïque, il a le frisson, il défend les opprimés, il se sent généreux… il plane!

Ce capitaine américain, il avait probable reçu des consignes de nous avoir à l'œil. Avec Pedro, on ne pouvait pas lui expliquer que le Régiment de Marche on avait hâte de l'abandonner… que ça y sentait à présent tout à fait le roussi… que le prurit épurateur gagnait l'intérieur des sections avec ce nouveau terme d'hitléro-trotskiste… qu'on n'était plus solidaires du tout de nos chefs… de nos petits camarades au poing levé. Enfin, il nous a laissés repartir… avec nos faffes, nos flingues, notre bière. Le dab, en la circonstance, je l'ai catalogué plutôt obséquieux. Il se pliait pour le remercier, cet aimable capitaine, il l'assurait de son profond respect et qu'il n'était pas communiste… oh! pas du tout… n'est-ce pas qu'il était, lui, commerçant, un honorable commerçant, il ne pouvait pas adhérer aux perspectives de gens qui veulent abolir la propriété individuelle, la petite entreprise.

Ça n'en finira jamais ce voyage avec le corbillard à gazogène! On roule toujours aussi poussif, on cahote, sursaute on glisse aussi par moments! Jules, ils ont ouvert sa caisse, les Ricains, les M.P., pour constater qu'on transportait bien un cadavre… ils l'ont reclouée, il est toujours là entre nous. J'ai hâte qu'on arrive à Reims, là les pompes funèbres fonctionnent, il vont nous le prendre jusqu'à Paris, on n'aura plus qu'à frimer avec nos Mas 36, présenter les armes. Le dab nous a prévenus qu'à Gentilly il compte sur nous pour rendre les honneurs à son fils... une cérémonie est prévue à l'église, au cimetière. Morfales, on pense qu'ensuite il nous emmènera becter, qu'il fera bien les choses. Pedro, lui, il a pas l'intention de pousser jusque-là, dès Paris il a prévu de se faire la paire, s'évaporer dans les ruelles. Il me laisse entendre qu'il a des amis à retrouver, des anars de la F.A.I., de la C.N.T. comme lui. Ils veulent se préparer à l'attaque contre Franco qui ne saurait tarder dès qu'Adolf et Mussolini seront aplatis. C'était l'espoir à ce moment-là... que l'Espagne allait passer ensuite à la casserole antifasciste... c'était dans la logique des choses.

Aujourd'hui je me demande bien ce qu'il pense Pedro, s'il vit encore. Le déroulement des choses, ça n'a pas été ce qu'il avait prévu. Franco est mort de sa belle mort, tenant jusqu'à l'agonie les bouts de la corde du garrot. Le roi qui fait ensuite revenir Santiago et Dolores. Tel que je l'ai connu, il doit se marrer Pedro, il finissait toujours par s'en fendre des aléas, des coups fourrés ironiques de l'existence. Il a pas pu changer tellement de caractère. Un jour, dans les années 55-56, j'ai rencontré un ancien de la Colonne, un biturin qui pavoisait son penchant de toute la trogne, toute son haleine dès les aurores!... dans un troquet Porte de Choisy... le quartier n'était pas encore rénové building! Les circonstances de cette rencontre m'échappent... ce que je faisais là?

– Dis donc, t'étais pas à Gravelotte, toi, avec le commandant Kerloch?

Oui, oui... je nie pas, ne renie jamais rien! Mon interpellateur, coton de le retapisser... il marinait dans la vinasse depuis cette époque, la simple chose que je constatais. Bien obligé de boire avec cézig le verre des anciens, parler un peu des temps qui furent, où nous sauvâmes ensemble la France. Tu te rappelles d'Untel?... de Pierrot-la-grossebite?.. du lieutenant Merlin?... le petit Bruslein?... l'adjudant Blanquette?

– On l'appelait Blanquette-de-veau, c'te bonne paire!

Certes, on avait de l'esprit, le sens de la rigolade. Il est heureux de me revoir, cet alcoolo... de m'avoir reconnu.

– Et Pedro?... tu l'as jamais revu?

C'est moi qui lui pose la question. Il se creuse... lui, en général, il se rappelle de tous, il vient de me le prouver! Ah, oui, oui... L'Espagnol! Le dingue! L'anarcho? Mais oui, il se souvient à présent... On lui a dit qu'il était mort; *On*?... il ne sait plus qui, un ancien, un type du parti communiste, il croit bien... Mort comment?... Il lui semble qu'*on-du-parti-communiste* lui a parlé de douze balles... un truc de ce genre. Douze balles de qui?... il ne sait pas me dire. Franco probable, on ne voit pas bien sinon de qui. Tout est si vague dans sa tronche imbibée que je préfère le croire en vie Pedro. Certains aussi m'ont annoncé, moi... des anciens de ceci cela, cellotes, sections, commandos... mort au champ des bacilles de Koch et pourtant je les ai vaincus. Les ragots de comptoir, souventes fois, roulent sur le pire... ils se nourrissent de cafards, de cloportes, de bêtes des profondeurs humides.

– Par-delà les fusilla... a... ades... la Liberté nous attend, camarades!...

Il chantait, mon ancien des *Trompe-la-Mort*, dans le rade poisseux de l'avenue de Choisy... presque en face de l'église Saint-Hippolyte... ça me revient mieux... au coin de la rue de la Pointe d'Ivry! La patronne derrière son zinc, une grande brune les cheveux relevés, à travers la fumée de sa Gauloise, elle nous considérait, je sentais bien, avec une sorte de commisération. J'avais repris... « *Camarades... la Liberté nous attend!* »

Ça rebondit les souvenirs, les images d'une époque l'autre, ça saute allegro dix, vingt, trente piges... 55 et plof!... 44! Un matin la route est humide, il a plu toute la nuit mais le temps se lève, un pâle soleil perce la brume sur les champs, les prés, les bosquets. On marche au pas, par trois, sur une route lorraine. C'est donc ce Blanquette-de-veau, qui ne crache pas non plus sur le jinjin, qui drive la colonne. On a l'arme à la bretelle et on braille que la liberté nous attend. Blanquette qui nous l'a entonné. On était plutôt, nous, dans *les digue-du-cul, les morbaques motocyclistes, les filles de Camaret!* Blanquette, vibrant militant pur, il nous ramenait dans les eaux claires de l'espérance des lendemains qui chantent... « *Allons au-devant du matin.* »

Fixer ce jour?... Ça se situe sans doute après la mort de Kerloch, le premier enterrement de Jules. A Rezonville, on ne sillonnait pas la campagne en chantant, on risquait trop le canardage des 77 de la Wehrmacht. C'était donc du côté de Thionville... ou peut-être lorsque nous étions déjà à la caserne de Montmédy. Tant qu'on était resté le corps franc des *Trompe-la-Mort,* on n'avait pas eu trop de heurts avec les Ricains. On était indépendant, on menait notre guerre à la guise de Kerloch. Lui, son seul but, c'était la gloire... être au combat, représenter la France devant les Boches. Ça l'avait pris sur le tard, ce goût de l'aventure, au-delà de la trentaine, et il n'avait pas le physique de l'emploi... plutôt rondouillard, déjà moitié chauve, le visage lunaire, les yeux ronds, une moustache incertaine sous un pif en pied de marmite. Les langues malveillantes disaient qu'il fuyait une épouse virago. Ça explique parfois les engagements tant à la guerre que dans les partis politiques. Tout vous paraît suave en comparaison de certaines bonnes femmes... les pires dangers! Moi aussi dans un sens je m'échappais du quotidien... le travail imbécile... la monotonie du métro. Beau prétendre, la guerre on l'a tous souhaitée un jour... avec des prétextes différents, des alibis, des croisades, mais on l'a aimée, cette sanglante salope ! Un vice qu'on se cache soigneux même sous les tirades pacifistes. On joue le plus précieux... ses yeux, ses guibolles, sa santé, sa vie... comme ça, à une sorte de roulette russe. Bref, le commandant Kerloch il est tombé dans les labours à ce petit jeu, il a décroché la bonne balle... *Mauser garanti made in Germany !* Pof ! plein du front. Il aurait dû nous envoyer en offensive au-delà des carrières de Gravelotte sans prendre part à l'action. Les chefs conséquents, ils mettent pas leur vie en danger aussi bêtement. Ils se réservent pour exercer leur stratégie... les assauts, les replis élastiques, les mouvements de l'aile gauche. Fallait que sa mégère soit vraiment déplaisante, harpie intolérable pour qu'il aille se fourvoyer dans cette opération suicidaire. « En avant ! » J'étais trop loin, moi, mais les témoins proches l'ont bien entendu. Il est sorti de son trou comme dans les récits de Déroulède. « En avant ! » En face, un *sniper*, un tireur du Bel Adolf te l'a ajusté aussi sec. Pof !... La bonne bouille ronde de Kerloch dans l'herbe humide, la glaise lorraine. On a poursuivi l'offensive, nous autres, derrière... combien de temps ? Dix minutes, un quart d'heure. Avec Jules et quelques autres, on progressait dans un petit bois tout à fait à l'extrémité du bataillon. On se figurait être moins exposés... personne par là nous tirait dessus. C'était ma troisième opération vraiment guerrière, depuis ce jour où le capitaine Herlier s'était fait descendre après avoir flingué Marco Gaspard. Dire que j'avais moins les miches... je ne me rends plus compte aujourd'hui. Tout ça me reste dans la mémoire par bribes, tohu-bohu... du bruit... des explosions ! Je n'ai rien compris à aucune bataille avant de les lire dans les livres, sur les cartes. La première mine a été pour Jules, je vous ai narré.. l'explosion soudaine, la gerbe de feu, de terre... de sang! Plus de Jules... enfin juste ce que j'escorte dans la caisse, le Jules matière sans âme qui retourne aux éléments.

On a vaguement dormi dans la salle de l'école avec les M.P... les bras croisés sur les pupitres, comme lorsqu'on était mômes, mauvais élèves... ronfleurs du fin fond de la classe. En ces temps autoritaristes, l'instituteur nous réveillait avec une trique. Il s'approchait, monsieur Morel, sur la pointe des pieds avec sa baguette en osier. Paf! Le coup sur l'oreille, c'était sa spécialité pour nous apprendre l'orthographe, le participe passé, le Pas-de-Calais chef-lieu Arras! Mais que je revienne à mon gazo! On aurait bien voulu ronfler, on se tombait un peu sur l'épaule l'un l'autre avec le Blondinet... pas si fastoche avec le froid et puis les secousses, les cahots de la route qui nous meurtrissaient les meules! Par où passait-il le dab?... Il se méfiait de plus en plus des Amerloques. Le capitaine-cheveux-blancs-à-lunettes lui avait donné une sorte de laissez-passer, seulement ça le rassurait pas tout à fait.

– Avec des gens qui parlent pas comme nous, on peut jamais savoir ce qu'ils pensent.

Il avait des formules de cette eau, monsieur Ribourdoir, frappées au coin du bon sens au point qu'elles en devenaient des lapalissades. L'essentiel, qu'avant de remettre en route sa charrette à gazogène, il nous avait traités copieux, qu'on se requinque au moins la gaufre! Justement chez cette mémère arrêtée pour avoir laissé son débit de boissons ouvert au-delà du couvre-feu. Il avait fourni des saucisses, du lard... du frometon sorti des réserves qu'il gardait précieux près de lui dans la cabine. Pour le reste, le pinard, les légumes, le bricheton... il faisait l'enchanteur Merlin... au doux froissement des biffetons, les victuailles apparaissaient. Des aubaines pareilles si on en profite! Le régime, les derniers temps à Montmédy, c'était des ratatouilles tristes de carottes et pommes de terre déshydratées. Je vous dirai ça le moment venu, pour l'instant on digère dans la camionnette. Mal, à cause du froid, des secousses, de la fatigue. Pedro, encore une fois le mieux en forme plaisante, se marre de notre mésaventure. Tout à coup même il pète... il en lâche une sèche et fracassante! D'habitude, Jean-Paul, ça l'épanouit l'échappement de perlouses, il y prend part, il s'efforce d'être à la hauteur. Et, là, il renaude... qu'est-ce qui lui prend?

– T'es dégueulasse... T'as même pas le respect des morts.

Ça l'indigne qu'on loufe si près de Jules, nous de sa garde d'honneur funèbre. Pedro lui rétorque... argumente que Jules, s'il nous aperçoit du ciel, il nous envie certainement.

– Il aimerait bien péter encore!

Pour une fois, Néo-Blondinet il n'est pas d'accord, il s'exprime enfin! Jules, lui, il l'a bien connu. C'était un garçon qui se retenait dans sa culotte, qui faisait pas ça devant tout le monde.

– Oune hypocrite...

Le débat ne risque pas de s'élever, mille et une excuses, ces camarades sont de simples soldats. Mais je ne vais pas m'étendre là-dessus. Jules d'ailleurs en verra d'autres, il n'est pas encore rendu à son caveau de Gentilly. Enfin Jean-Paul se rebiffe... il aimait bien Jules, lui, c'était un bon pote de toujours. Combien de fois, pendant l'Occupe, il chouravait dans la boutique des morceaux de barbaque pour les copains, les Alouettes de sa patrouille chez les boy-scouts.

– Son père, il le blairait pas tant que ça.

L'indication, la première, sur leurs rapports affectifs. Ça m'intéresse, je ne sais pourquoi, je ne suis pas encore, bien des années s'en faut, chroniqueur-romancier. Je m'efforce d'en savoir toujours davantage... l'intuition peut-être... mais j'aurais pu devenir juste concierge, me raconter n'en plus finir sur les bancs de square.

– Et sa mère?

Il me répond qu'elle est gentille sa mère, que c'est pas pareil et puis c'est marre, il se replonge dans sa torpeur bovine, y a plus mèche de lui extirper quoi que ce soit. Un coup de vent nous arrache soudain, nous soulève la toile tendue entre les ridelles. Pour raccrocher ça, les morceaux... une gymnastique épuisante... on glisse, on piétine Jules... on se cogne les uns aux autres... nos casques... on manque de se répandre sur la route! La saison, l'hiver qui s'approche, d'un certain côté nous est favorable. Si c'était encore l'été, les grosses chaleurs, Jules, on tiendrait pas près de lui avec un cercueil si déplorable... du sapin de caisse à savon... qualité guéguerre. Et encore c'était une veine qu'il ait une boîte. D'habitude, les morts du champ de bataille, on les enveloppe dans une toile de tente... le linceul des braves et régalez-vous dare-dare astibloches, annélides, vermines de toute sorte! Le surprenant à Rezonville, chez le menuisier, on avait trouvé en arrivant une réserve de cercueils. « Faut les mettre précieusement de côté », avait dit Kerloch. Prévoyant, notre chef, sans doute n'allait-il pas jusqu'à s'imaginer lui-même là-dedans. Et c'est ce qui fut pourtant... ses obsèques avec Jules et deux autres malchanceux.

Les autres, la veille, on les avait mis en terre dans les toiles, sans cérémonie... savoir pourquoi cette injustice... sans doute rien, le hasard!

Je revois la séquence... le ciel bas... la route très large, les maisons décapitées... la grisaille du ciel d'automne sur la Lorraine. Dans les lointains, tout de même, le roulement de la guerre... des tirs d'artillerie pour bien nous rappeler qu'on n'est pas ici en vacances... C'est maintenant le capitaine Robert qui a pris le commandement des *Trompe-la-Mort*... un pas très joyeux, pas très affable de faciès et même de silhouette. Un petit secco, les épaules un peu rentrées... les cheveux gominés, coiffés à la Tino... toujours une cigarette au coin de la bouche. Il a l'œil comme mort, un peu vide, il sourit vaguement. On a du mal à le cerner cézig... vous le portraiturer comme ça, rapidos. Il vient d'un maquis du Sud-Ouest... du côté de Castelnaudary. Là-bas, on le surnommait Robert le Diable. Ceux qui l'ont connu à l'action se répandent en éloges... que c'est le lascar gonflé, l'attaqueur des convois boches, le pas froid aux yeux, le mitrailleur sans peur, si ce n'est sans reproche comme on va voir! Il n'était pas à Paris, à la République... il est venu s'adjoindre aux *Trompe-la-Mort* une fois en Lorraine. Enfin, c'est notre nouveau chef... pas du tout le même genre que Kerloch, pas si bon enfant le moins qu'on puisse dire. Il est là, il ordonne sec... on est alignés, le fusil en berne. Nos quatre morts sont sur une charrette à foin... Comme nous n'avons pas de chevaux, on a mis des hommes dans les brancards... des prisonniers allemands, dépenaillés, abrutis de coups et de fatigue. Ils ne sont pas assez nombreux, assez costauds pour tirer l'engin, va falloir des volontaires pour les aider, les pousser au train. Tout est prévu, les moindres détails, c'est Binesco, le sergent-chef de mes *Combattants du petit bonheur* qui s'est métamorphosé ordonnateur des pompes funèbres. C'est pas l'homme à plaisanter question patrie, honneur le toutime, Binesco... il s'est fait lui aussi une certaine idée de la France, faut pas lui chanter la Marseillaise en breton. On avance vers le cimetière derrière la charrette. Il aurait tout de même mieux fait, Binesco, de faire porter les cercueils à l'épaule chacun par quatre hommes... c'eût été plus rapide, moins chienlit que cette cariole qui se coince dans les ornières de la route, qui grince, qui fait sauter les cercueils. Des Amerloques en jeep nous croisent... s'esclaffent, ces butors! Les Eféfays ont pas fini de les étonner. Tout de même ils se retiennent de nous jeter encore du chewing-gum.

Le cimetière, heureux, est tout près du village. Il a été un peu meurtri par les obus... le mur avec des brèches... des caveaux endommagés. Les fosses pour nos copains sont creusées. On s'aligne... on va les descendre revêtus de sapin. « Garde-à-voup!... Présentez... arrmes! » On présente et retentit alors une sonnerie. J'avais pas remarqué qu'on avait un clairon. Il sonne aux morts, il sonne pas bien juste, il couacque, mais le cœur y est. Le capitaine Robert, c'est pas dans ses aptitudes naturelles de prononcer l'oraison funèbre de son prédécesseur. Il l'expédie... trois phrases. Il a le style concis... quasiment télégraphique.

– Le commandant Kerloch et vos trois camarades sont morts pour la France. Tués par les Boches. Nous les vengerons!

Voilà tout... Fermez le ban! Encore le clairon foireux et on s'en retourne vers nos cantonnements au pas cadencé... on presse l'allure jusqu'au pas de course. La pluie s'est remise à tomber juste au moment où, nos morts, les prisonniers allemands commençaient à les recouvrir de terre. Jules était à côté de Kerloch... le trou à sa droite.

Pour le ressortir deux mois plus tard, on n'avait plus de prisonniers chleus. On a dû s'y coltiner avec Pedro et Jean-Paul... se relayer à la pelle et à la pioche! Un travail plutôt rebutant, sinistros, vu les décors, l'ambiance, le gris du ciel. Je comprends qu'ils soient si souvent poivrades les fossoyeurs... dans les vapeurs de la vinasse, ils ne se rendent plus bien compte des choses de la mort. Enfin, mon hypothèse. Il est vrai aussi qu'on doit s'habituer, comme les médecins avec la souffrance, les magistrats avec le crime... l'accoutumance, tout s'aplanit, même les agréments on les trouve trop naturels, on ne se méfie plus des retours de trique... les peuples aussi bien que les individus!

Le papa de Jules n'avait pas voulu regarder le spectacle tandis que nous creusions, il était resté à la mairie avec les Américains. Il se requinquait au cognac. Il en avait quelques bouteilles dans son gazo pour négocier un peu partout les complaisances. C'était une monnaie radieuse pour les GI's, dans leur ration K la boisson prévue était en sachets... *lemon... lemonade* en poudre au citron... prohibition totale de l'alcool dans l'U.S. Army. Alors ils étaient tous à la recherche de nos casse-poitrines nationaux... cognac... calva... nos petits marcs... nos eaux-de-vie de campagne. Ils faisaient pas tellement la différence entre nos plus fins armagnacs et d'affreuses mixtures 65°. Au goulot... historique! tous les Français d'alors les ont vus... la bouteille en pogne, titubant, défonçarès, hoquetant, roulant dans les caniveaux, les fossés du bord de la route. Leurs M.P. les finissaient à la matraque, les jetaient pantelants dans les Dodge, les G.M.C. A Rezonville maintenant ils avaient monté de grandes tentes... ils campaient hors du village que les Allemands canardaient encore au 77... leurs petites gâteries en schrapnells. Les habitants étaient autorisés à revenir retrouver leurs maisons souvent éventrées, en piteux état. En plus des obus, nous autres, on leur avait maltraité leurs meubles, leurs basses-cours... tout ce qui nous tombait sous la pogne y était passé. Déjà plein de souvenirs, ce bled, au moment où on charge Jules dans le gazo... qu'on lui a décrotté son pardingue en sapin le mieux possible. Fort heureux, il a pas eu le temps de pourrir, on le recouvre d'un morceau de toile kaki... et puis on va bouffer avec le dab, les Amerloques. Faut tout le temps penser à ça... la tortore, nous sommes d'abord des tubes digestifs... avant l'âme, les joies spirituelles, on doit passer à table... aboutir aux chiottes... repasser les plats! Surtout ces temps... on émergeait de la grande disette, on ne rêvait en dehors des fesses que de stèques-frites, calendos, bananes... sifflards, pain blanc, fromage de tête, côtelettes... ça nous faisait d'excellents thèmes de bavardages. Les enfants des super-marchés Mammouth ne peuvent pas imaginer ça. Il suffirait, remarquez, de quinze vingt jours sans boustiffe pour que leur compréhension s'ouvre. Je ne le souhaite nullement. On en arrive à des écrivains qui s'ennuient si ferme dans le monde de la consommation, la société permissive, qu'ils envient la guerre de 14... Verdun... les déportations via Buchenwald... « Au moins, père, vous avez eu cela! »

Question souffrance et mort et torture et trucs louches, nous, on n'avait pas à se plaindre. Rien que Rezonville, il s'y était déroulé des drôles de petites sauteries en ce septembre 44... des partouzes d'horreurs croquignolettes. Me revenait, me restait tout de même en travers de la mémoire cette affaire d'espionne. Une histoire tout à fait sombre, inavouable de bout en bout. Un matin, dans nos cagnas, nos cantonnements, nos bauges, le bruit a parcouru qu'une patrouille avait ramené cette nuit une espionne... le terme exact. Espionne?... Mata-Hari... Marthe Richard, ce que ça m'évoquait, une espionne! Des films que j'avais vus avec Edwige Feuillère, Véra Korène... aux Gobelins, au Cinéma des Familles rue de Tolbiac. C'était curieux, ça, une espionne dans ce bled où n'était restée qu'une centenaire, une pauvre gâteuse abandonnée par sa famille et qu'on nourrissait avec nos rations américaines. Toute la population de Vionville, Rezonville, Gravelotte, tous les villages avoisinants avaient été évacués. Par les Allemands, sans doute... on savait pas au juste à quel moment. Lorsque nous étions arrivés, toutes les piaules étaient déjà vides, abandonnées... plus qu'à piller, saccager, chier partout... vider les armoires, les commodes, les briser pour faire du feu... la soldatesque en action! Nous avions joué notre rôle, fallait pas nous en demander moins.

– Où elle est c't'espionne?

On se rencarde au messager, à celui qui nous apporte les rations. On est vautrés dans une grande pièce sur des matelas, des sacs de balles d'avoine, des paillasses. C'est là qu'on rote, pète, ronfle, se morfale, se branloche sous les couvertures la nuit venue. Au mur on a laissé les portraits de famille, les têtes de plouques endimanchés de noces d'avant le déluge de fer et d'acier. Certains font des cartons là-dedans, pour se marrer, à coups de flingue. « J'y crève un œil à ce con! » D'autres ajoutent des moustaches au crayon, des grosses bites dans la bouche de la mariée. Nous, un hasard, ceux de notre groupe, dans notre piaule, on est respectueux... on les a laissés intacts.

– Ben, elle est au P.C... Ils l'ont interrogée toute la nuit.

Il sort de la pièce, il se retourne, il se marre... ajoute :

– Ils ont pas dû s'ennuyer!

Xa veut dire ? Qu'ils se la sont passée en série ?... Ça m'a tout l'air. Les autres autour, mes cocombattants... ils ne se formalisent pas pour si peu. Une espionne, ça serait dommage de ne pas en profiter... surtout qu'on est sevrés, nous autres, on sert la patrie mais ce n'est pas une maîtresse qui nous gâte les roubignoles. On s'y ennuie le zob dans cette campagne merdeuse, pluvieuse, dans les sillons abreuvés du sang impur. Alors l'espionne, le caporal Gustave, il se demande s'il pourrait pas en croquer, tirer sa crampe, ça ne serait que justice. Il se récure, en attendant, entre les panards, le salingue... il sort des crottes, il en fait des boulettes qu'il lance aux copains.

Elle rôdait près des batteries américaines à la sortie du bourg. Ce qui se colporte, dehors, dans les autres cantonnements. Elle venait voir pour aller ensuite renseigner les Boches. La conclusion du capitaine Robert après une enquête sommaire, expéditive, sans preuve de rien. L'épisode se situe après la mort de Jules et du commandant Kerloch, un peu avant que nous soyons rattachés à l'armée Fabien. Ceux qui pieutent dans la maison près de la mairie l'ont entendue hurler, l'espionne ! La salope, elle a fini par avouer, ils l'ont travaillée sévère... la patrouille et le capitaine. J'apprends les choses par petits morceaux... certains qui se vantent... qu'ils lui ont brûlé les poils de la chatte... un peu le bout des seins à la cigarette !

– Elle nous a réveillés ! On se demandait ce que c'était ?...

La plupart, ça ne les émeut pas lerche... quelques-uns seulement se permettent des réserves, ça discute un peu... une voix, laquelle ?... Sortant de quelle bouche ?... Je n'ai plus la souvenance... dit que c'est dégueulasse, qu'on devrait pas agir comme ça.

– Et eux, ils se gênaient peut-être avec leur Gestapo !

L'argument... il va servir durant tout le reste de la guerre, jusqu'en Allemagne, les rives du lac de Constance... qu'on ne fera jamais pire qu'eux ! Ça vous soulage la bonne conscience. Je n'ose la ramener... mon très jeune âge, mon absence de grade, ma lâcheté. Ça me laisse mal à l'aise, ça me remue. Je regarde la mairie. Où est-elle cette môme ?... Dans la cave de la mairie... on va la flinguer, dit-on. Elle renseignait les Chleus, elle l'a reconnu, son compte est prêt, douze bastos et le coup de grâce. On dit qu'elle avait sur elle un petit calepin avec des chiffres, des signes bizarres. Un type de cette fameuse patrouille nous donne des détails. Elle s'est cachée à leur approche, dans un verger, derrière une haie.

– On a failli lui tirer dessus.

C'est un Briard celui-là, de Coulommiers, un de ceux qui se sont enrôlés dans les *Trompe-la-Mort* quand nous étions à la caserne. Il nous raconte, dans notre gourbi, tandis qu'on se mitonne une galtouse sur la cuisinière de la ferme... on accommode un bout de cochon, ça nous change du *beans*... ces flagdas sucrés, c'est pas dans nos goûts franchouillards, nos petites gueules à frites !

– Mais alors tu l'as tringlée ?

Lui, non, il a pas pu ce péquenot, il a une tête lui aussi plutôt porcine, des petits yeux, de larges naseaux. Il l'a vue à poil, bien sûr... une vraie blonde et elle avait de drôles de beaux nichons. Il regrette de ne pas se l'être régalée mais le capitaine les a renvoyés dans leur cantonnement.

– Après qu'on l'avait ranimée dans l'abreuvoir.

Ce qui implique qu'elle s'était évanouie, la malheureuse. D'après son récit, au porcin, elle avait pourtant avoué presque tout de suite après les premières tortures... qu'elle travaillait pour les

Fridolins. Ils ont continué alors par plaisir, j'en déduis.

– Le capitaine, tu penses, il a préféré se la garder pour lui et pour les lieutenants.

Ce qui l'indigne un peu... non pas qu'on martyrise cette prétendue espionne, mais que les hommes, dès qu'ils sont chefs, qu'ils se sont foutu des galons sur la manche, tout de suite ils s'accaparent les bonnes piaules, les meilleurs morceaux de la bête, les bonnes bouteilles, les bons coups à tirer. Il ricane, il est résigné. Nous aussi d'ailleurs, on l'écoute, on ne sait trop quoi dire. On subit. Ça me remonte du fin fond déjà de ma mémoire. Elle y était planquée parmi les choses ignobles, honteuses. Je n'y étais pour rien, moi, dans ma ferme avec les autres héros pétomanes, mais je faisais tout de même partie de cette unité. Tous les soldats allemands n'avaient pas tué chacun son Juif, brûlé chacun son Oradour, il n'empêche que certains d'entre eux, ça les a gênés aux entournures d'avoir fait partie de l'armée nazie. C'est la bonne place, la nôtre... dans le camp des vainqueurs, on se passe allegretto l'éponge, on tourne les mauvaises pages rapidos... on les arrache pour s'en torcher. Pas jeter le discrédit surtout sur les armées des Droits de l'Homme!... Où irions-nous? Je trouble les commémorations, je deviens mal élevé.

L'espionne, je l'ai aperçue le lendemain... une pauvre loque, la face meurtrie, incapable de se tenir debout... une chose tout de même à ne pas photographier pour la postérité. Elle portait les stigmates de notre vacherie propre, celle qui ne devait rien aux Boches, à qui que ce soit. Il a fallu la traîner jusqu'à la voiture, une 11 CV barbouillée en camouflage léopard avec tout de même les sigles F.F.I. sur une portière. On l'emmenait où? A l'échelon supérieur... la Sécurité Militaire disait-on. Telle qu'elle m'est passée sous les yeux, l'espace d'une minute... ça m'a paru une petite paysanne, une toute jeunette. Que pouvait-il y avoir de vrai dans cette histoire de carnet, de renseignements transmis aux Allemands? Dans les coins à guerre l'espionnite s'attrape d'autant plus vite que les victimes sont sans défense, perdues au milieu des hommes déchaînés. Elle avait, celle-là, simplement eu le tort de tomber sur Robert le capitaine dit le Diable. Il usurpait peut-être son grade mais certainement pas son nom de guerre. Quelques jours plus tôt, avec Kerloch, elle s'en tirait la petite môme... lui, l'aurait juste livrée aux Ricains pour s'éviter des complications. Ça serait, à présent, une femme quelconque, presque une grand-mère, une électrice de Giscard, téléspectatrice de Zitrone, auditrice à dentifrice des Europe et R.T.L. Je la mets au plus que conditionnel vu l'état où elle était déjà en montant dans cette traction. Savoir ce que ça voulait dire au juste... Sécurité Militaire? De tous les côtés, on parlait de Deuxième Bureau, Sécurité Militaire... le plus souvent c'était des petites équipes qui s'intitulaient ainsi elles-mêmes et qui interrogeaient, condamnaient, faisaient leur propre cuisine épuratrice.

– Vous êtes quand même de beaux dégueulasses!

Ce que j'aurais dû dire au moins. Un autre a le courage à ma place... un de notre groupe... un très quelconque qui jusqu'alors ne s'est pas fait remarquer le moins. Il astique son fusil, peinard, dans un coin... il est d'un genre plutôt soigneux, soigné de sa personne. C'est le plus vieux d'entre nous... peut-être vingt-huit, vingt-neuf ans. Ça détonne même qu'à son âge il ne soit pas parmi les gradés, sinon colonel au moins capitaine. Son visage s'est estompé à la longueur des années... ça défile tellement avec ou sans casque... même son blaze, je me creuse en vain. J'aurais dû le retenir pour lui rendre sa phrase. Dites une parole et le cloaque ne devient certes pas l'éden rose, mais enfin ça vous réconcilie un peu avec l'espèce... tout n'est peut-être pas toujours foutu.

– Qu'est-ce que tu veux dire ? Une gonzesse qui nous fait tirer dessus par les Chleus... qu'est responsable des tirs d'artillerie ! On a peut-être eu tort ?

– J'en sais rien, mais je dis que vous êtes des beaux dégueulasses, voilà tout.

Il récidive et il rallume sa cigarette roulée main. Il a fini l'astiquage de son fusil Garrand, le lourd modèle que l'U.S. Army nous a offert... le général Patton ! Il n'en ajoute pas davantage, il est tranquille... traverse la pièce... il va pisser dehors dans la cour de la ferme.

– De quoi il se mêle, ce connard !

Le porcin de la patrouille grommelle. Autour, certains, le doute les traverse un bref instant, puis ils se remettent à leur tambouille, le brossage de leurs pompes. Y a des choses, de toute façon, ça sert à quoi de s'en mêler ?

Pedro, justement, il professe lui qu'on ne fait pas la révolution sans casser quelques douzaines d'œufs. Il me trouve encore bien bleubite de m'indigner des aberrations du peuple en goguette libératrice. Il en a vu d'autres depuis 1937 qu'il drague dans la guerre, d'une insurrection l'autre... les attentats, les embuscades, les combats de rues, je vous ai dit. Il s'affiche plutôt cruel... ça le tracasse pas de flinguer le suspect, il trouve que c'est préférable au risque qu'il vous tire dans le dos. Je n'en parle plus de cette espionne, je préfère. Il s'en est déroulé d'autres à la sauce sanglante... des exécutions sommaires, des viols et des tortures patriotiques. Nos circonstances atténuantes... que les Chleus nous ont montré l'exemple. Difficile de nous demander d'être ensuite l'armée tendre et douce... le miel de la terre.

On se parle plus, le brouillard s'est dissipé... on aperçoit un peu la route, le paysage d'arbres dépouillés, de prairies, de champs humides qui défile par l'arrière de la camionnette. On approche de Verdun maintenant, on n'a pas le temps, le goût non plus à aller voir la tranchée des baïonnettes, le fort de Vaux... les ossuaires, vestiges de la précédente. Toute notre enfance, on nous l'a magnifiée dans les chaumières, les taudis, les salons bourgeois où l'on cause. « Debout les morts ! » Ce qu'on vient de se farcir à Rezonville, à Thionville... le long de la Moselle, on peut s'admettre que c'est gnognote à comparer. Ils sont restés, les anciens, des jours et des jours dans la mouscaille à prendre des obus, de la mitraille sur la gueule. Ce que j'ai expérimenté... les quelques jours en position dans les carrières de Gravelotte... dans des trous individuels en haut de la paroi de glaise... Inconfortable ! l'euphémisme. On arrivait pliés en deux... On attendait là huit dix heures jusqu'à ce que les Amerloques nous relèvent... à croupetons, les pieds dans la gadoue... à regarder en face si par hasard les Allemands daigneraient se montrer. Bien sûr, je les ai jamais vus. De temps en temps, ils se manifestaient aux obus de mortier, au 77... je ne savais au juste... ces fameux schrapnells qui éclatent en l'air comme les fusées de feu d'artifice et qui vous arrosent de leurs éclats. Schraoum !... le long sifflement avant le schraoum ! On se fait tout petit alors dans son trou, on se recroqueville le plus qu'on peut, on ne sent plus le froid, l'humidité qui vous pénètre tant on a les flubes. Quand ça se tasse, on s'extirpe de la poche du treillis la ration

D... une petite boîte en carton enduite de paraffine. Tout y est prévu pour que l'homme subsiste n'importe où... dans les steppes, les hautes montagnes, au fin fond de la jungle malaise, dans des îles qui n'ont de pacifique que le nom depuis que les Japonais s'en occupent. On a des poudres, des sachets contre le scorbut, la malaria, les amibes... tout de même aussi des sortes de fromages en boîte... du *cheese*... des pâtés sucrés poivrés... du *beans*... des pâtes de fruits, du chocolat, du chewing-gum... jusqu'à des capotes anglaises qu'on se gonfle, qu'on lâche en l'air l'histoire de voir si les abrutis de Fritz ne vont pas tirer dessus. Ceux des Eparges, du Bois des Caures n'en avaient pas autant, c'est certain. On les nourrissait aux biscuits carton bouilli et aux boîtes de singe. Leur long calvaire, ils nous en ont brisé toute notre enfance, notre jeunesse. Le petit intermède des carrières de Gravelotte me permet de mieux les comprendre. On ne sait jamais rien de ce qu'on n'expérimente pas soi-même. Tout ça, à présent, s'enfonce dans les manuels d'Histoire, les derniers protagonistes radotent, chevrotent en chaise roulante. La signification de toutes ces souffrances et celles d'après, de Dachau, de Stalingrad, des villes anéanties sous les bombes ? Y a-t-il seulement un tout petit bout de quelque chose à y entraver ? La confusion, la nuit... rideau ! Waterloo n'est plus qu'une gare anglaise... un poème ennuyeux à apprendre pour les écoliers... une morne plaine... un monument en Belgique où les touristes traînent leur Leica.

Gravelotte, bien sûr, par la suite quand j'irai vanner : « J'étais à Gravelotte ! » on va me cueillir aux sarcasmes... « Ça pleuvait ? » Je trouve le moyen de faire mes frasques héroïques sur un champ de bataille usagé, vieillot... déjà depuis lurette au musée des Invalides... tout le secteur plein de monuments commémoratifs ! La charge héroïque... les cuirassiers de Bazaine, sabre au clair, contre les uhlans du général von Alvensleben... 17 Août 1870... On en est aujourd'hui aux ossuaires franco-allemands... crânes teutons et tibias gaulois confondus.

Pedro, pour se marrer dans son trou, de temps en temps il hurlait des injures aux Fritz... « Bande d'encoulés! »... en allemand aussi avec son accent. S'ils pouvaient entendre, nos ennemis, ils devaient pas entraver lerche. Fort heureux, on n'y est pas restés jusqu'à Noël. On a attaqué sous l'initiative de Kerloch... ça a tourné, je vous ai dit, eau de boudin d'homme... le sang de Jules répandu. Après ça, les Américains ne nous ont plus voulus dans leurs pattes. D'où cette incorporation de notre corps franc dans l'armée du colonel Fabien.

Verdun maintenant... enfin, je veux dire au moment où nous le traversons dans notre corbillard, c'est une position des Etats-Unis. On ne peut pas dire autrement, ils sont partout les G.I's avec leur armada, leur matériel faramineux! Ils font la circulation, ils occupent les routes, les rues, les ponts, les forts. Pour les déloger, on a l'impression qu'il faudrait les légions asiates du petit père Staline... des nuées de Cosaques qui finiraient peut-être par les submerger comme ont fini par être submergées les légions d'Hitler sur les bords de la Volga.

La route nationale vers Sainte-Menehould est encombrée... sur la Voie Sacrée les convois de l'U.S. Army, leurs véhicules gigantesques, ont remplacé les guimbardes de Pétain. On nous arrête encore... des M.P. Avec le laissez-passer du capitaine aux cheveux blancs, ils nous font signe qu'on peut poursuivre notre chemin, seulement ça va être comme ça jusqu'à Reims. Le dab, encore une fois, il préfère se rallonger l'itinéraire pour éviter les barrages, les tracasseries toutes les dix bornes.

– Y'en a marre de ces Indiens-là!

Ce qu'il nous lance avant de reprendre son volant... de s'engouffrer dans une petite route sur la droite, dans les flaques, les ornières, ce qui nous oblige encore à retenir Jules. On l'a arrimé le mieux qu'on a pu, mais il sursaute tout de même, ce con! Carrément, Pedro s'assoit dessus pour couper court à notre gymnastique. Ça plaît pas, je le vois bien, au faux Blondinet, il trouve sans doute que c'est un sacrilège, mais il n'ose la ramener, il sait que le Catalan va le rembarrer sec. Le chemin que prend le dab... des villages tristes dans des secteurs 14-18... le Mort-Homme... Sivry-la-Perche... Montzéville, Avocourt... la direction de Varennes-en-Argonne où Louis XVI se fit cravater... la fin de sa cavale en 1791. On va s'y arrêter, forcé, nous aussi... quelques ratés dans le moteur, des soubresauts inquiétants! Monsieur Ribourdoir préfère profiter qu'on n'est plus en rase campagne pour diagnostiquer les dégâts. On doit être sans doute un dimanche, un samedi?... la musique d'un bal nous parvient... un air d'accordéon... *Toi mon bel amant... mon bel amant de Saint-Jean!* Le succès de Léo Marjane qui devait être alors bouclée à Drancy... on disait, les méchantes langues, que son bel amant était en vert avec des bottes, une casquette plate. Pedro, ça le fait sauter à terre... le calot sur l'œil. Il sifflote à mon intention. Tant mieux si le gazo s'encrasse, ça va nous permettre d'aller voir, mignons, si les roses du guinche sont écloses... frayer un peu dans les jupons... se changer de la compagnie funèbre de Jules. Le dab, il inspecte son moteur, les tuyauteries du gazo... il farfouille... il a l'air bien emmerdé... il nous explique et c'est confus... une histoire de fuite au refroidisseur... et qu'alors si ça ne refroidit plus... on va se retrouver en rade n'importe où... il ne sait pas, on risque peut-être une explosion... Pof! tous en l'air, Jules encore ça ne rajouterait pas grand-chose à son sort, mais nous autres! Enfin il va voir, m'sieur Ribourdoir, chercher dans Varennes un mécanicien... quelqu'un qui s'y connaisse vraiment en refroidisseur, arrivée des gaz... qui puisse colmater la fuite.

– Je bricole un peu, mais je suis pas un spécialiste.

Il a une Juva chez lui... à essence... avec tout ce qu'il faut... des bons... un permis de circuler. Jean-Paul nous confiera même que, pendant les Allemands, il avait aussi son *Ausweis.* Tout lourdaud, le front bas, la face de saindoux, il sait se dépatouiller, le papa de Jules. Il est Normand originaire, ça n'explique pas tout mais n'empêche...

Bref, il s'enquiert... se rencarde auprès des gens, des commères qui sont sorties pour nous lorgner. On lui indique l'homme qu'il lui faut... un maréchal-ferrant qui sait tout faire, qui a lui aussi un véhicule à gazogène. Nous, en attendant, on va pas rester en chandelle, en cierge mortuaire près du corbillard de Jules. D'ailleurs, une vieille en noir a aperçu le cercueil, on l'a édifiée... « Oui, oui, madame, notre camarade Jules Ribourdoir mort à l'ennemi ». Du coup, elle a sorti un chapelet, elle s'est mise à genoux derrière la camionnette, elle attaque... « *Je vous salue, Marie pleine de grâce, le Seigneur est avec vous...* » dare-dare elle égrène! L'embellie, on n'a plus aucun remords, même pas Jean-Paul, à se laisser aimanter par l'accordéon... se diriger de bas instinct vers le bal. Qu'on aille se détendre, rire un peu, c'est de notre âge, m'sieur Ribourdoir en convient lui-même. On ne sait pas ce qu'ils fêtent à Varennes, ils sont déjà libérés depuis une paye. Ils pavoisent encore dans les tricolores, les drapeaux alliés. Le bal, il est dans la grande arrière-salle d'un café. Au zinc, les bibards biberonneurs se gorgeonnent, eux, aux fillettes de blanc. On n'est pas les seuls soldats... Y a de la concurrence, des F.F.I. locaux couverts de flingues, de cartouchières... un capitaine avec des fringues trop grandes pour lui. Visible qu'il a dépouillé quelqu'un... un autre officier qu'il a accusé de collaboration pour enfiler son uniforme sans aucune retouche. L'orchestre donne plutôt dans le musette... en Argonne, c'est plus *La Madelon* bien sûr, mais ils ne sont pas encore tous swing. C'est le bastringue, le style ici... ça vacarme tonitruant... une batterie presque de cuisine... des cymbales. « *Ah! le petit vin blanc!* » Tout le monde valse sur cet air de fête et l'auteur, pendant ce temps, sèche lui aussi dans je ne sais quelle geôle épuratrice pour le punir de l'avoir composé sous la botte... ironie du mauvais sort! Bref, c'est l'ambiance joyeux drilles biturins émoustillés, folichonne cochonne... enfumée gaillarde. Le capitaine nous avise, il était en cours d'arrosage de ses galons. Il remonte son froc de cheval, son étui avec un énorme pistoulache... il s'avance parmi la foule, les gens qui sortent, entrent dans le bal. Il nous étonne, ce nabot... on en oublie de saluer, de rectifier comme il se doit la position devant un supérieur. Lui, il est strict vétilleux... la remarque sèche... il nous en promet de belles d'autor. « ... Vous envoyer au trou... » il marmonne, il a dû dépasser un peu sa dose, ça se respire à son haleine. On le salue tout de même. Il se rassérène... devient souriant...

– Vous arrivez d'où ça, les petits gars?

Je réponds, je prononce le mot front... ça fait tilt, sésame, je m'en gourais. Il change du tout au tout, il me félicite, me congratule.

– C'est dur là-haut?

On va lui tartiner de la prouesse à ce guignol... il repaume son futal, le remonte d'un geste vif, du dos de la main... hop!... il devrait se mettre des bretelles. Il nous écoute attentif malgré le tohu-bohu du bal. On lui explique Jules, ce camarade qu'on ramène parmi les siens à Gentilly dans son caveau. D'un coup il bondit... il entre dans la salle, il veut qu'on le suive. Il donne l'ordre qu'on nous laisse passer sans payer, sans se faire filer le coup de tampon sur le poignet comme c'est l'usage dans les guinches campagnards. Il fend les gambilleurs en glapissant. Nous, on aurait préféré rester plus incognito. Il grimpe sur l'estrade à côté de l'accordéoniste.

– Un peu de silence!

Il trouble la fiesta... arrête la musique. Il emmerde visible tout le monde, mais on se rend compte qu'il est un peu le patron ici... le duce, le führer... qu'il a libéré quelque chose... un pont, un bosquet, le lavoir municipal! L'orchestre est bien forcé de lui obéir.

– Ces camarades qui viennent d'arriver du front, où ils étaient avec le colonel Fabien, escortent un de nos héros mort au champ d'honneur. Je vous demande de respecter tous une minute de silence à sa mémoire...

Il fait signe à l'orchestre... un roulement... ils doivent être habitués, ils se mettent en sourdine à nous jouer la sonnerie aux morts. Jules, on peut dire qu'il est gâté par rapport aux autres... Herlier, Gaspard, le commandant Kerloch pourrissant dans le cimetière de Rezonville. Obligé qu'on se foute au garde-à-voup! Le capitaine salue, je remarque, je ne peux pas m'empêcher, son froc encore qui glisse... faudrait pas qu'on la bisse, la sonnerie aux morts, il finirait en caleçon, le pantalon sur les bottes. Celui-là, on s'en serait bien passé... de son cirque, de toutes ses singeries patriotiques! Enfin la musique reprend ses droits... *Le Tango des Fauvettes.* Il veut nous emmener arroser ça, le capitaine Tom Pouce. Il a remonté entre-temps son false. Il paye une bouteille de mousseux. Déjà, je guigne dans l'assistance... une pépée qui m'ouvrirait pour commencer les bras, les cuisses on verrait après. Durant cette Occupe de merde, on n'a pas appris le tango, la valse... c'était interdit par le Maréchal, il nous avait condamnés à la pénitence... ni stèques-frites, ni flonflons, ni frotteuse, ni rien... régime clope et nous voilà! Au moins, si les choses ne se sont pas tant améliorées question bectance, maintenant on a le droit de danser, c'est peut-être l'essentiel... même devant le buffet. L'autre, il nous les rase sans savon et à la lame ébréchée, avec sa boutanche. Il veut aussi qu'on l'emmène voir Jules, qu'il se recueille, perde encore son froc de cheval devant le corps du jeune héros. On lui montre sur la place le gazo, on le voit d'ici, la porte vitrée... un type qui s'affaire avec monsieur Ribourdoir... sans doute ce maréchal-ferrant expert en combustion au charbon de bois. Il n'a pas besoin de nous, Tom Pouce, pour aller visiter Jules. On a plutôt des intentions légères, nous autres, on voudrait se lancer sur la piste. On ôte déjà nos lourdes capotes... avec nos grolles, nos leggins, nos ceinturons, on n'est pas tellement équipés pour *Le Tango des Fauvettes.* L'autre Gugusse, surtout ce qu'il veut... qu'on sache qu'il est lui aussi un glorieux franc-tireur... Il vient de la Creuse, de Guéret... il a libéré les tapisseries d'Aubusson à lui tout seul. Ce qu'il trafique ici?... Il a l'air surtout d'épurer la région. Il met au frais les collabos... il a des caves aménagées en cages à cet effet. Dans cet ouvrage de salubrité publique, il est aidé par des jeunes gens du coin... des petits gars comme nous qui en ont une sacrée paire entre les jambes. Ce bal, c'est lui qui l'a organisé... au profit des œuvres de la Résistance. Il doit sans doute au passage se prélever une dîme pour ses frais de boisson. Pour qu'il nous lâche, Pedro le rebranche sur le gazo, sur Jules qui attend son hommage. Les mignonnes sont toutes accaparées, toutes déjà en frottis rumba. Les F.F.I. du secteur sont tous à l'œuvre... on risque de faire tintin. Sur la banquette, au fond de la salle, il ne reste plus que les tarderies, bien sûr, les bléchardes, les louchons souillons, quelques gravosses aux jambes rougeaudes. Depuis maintenant près de trois mois que nous sommes en campagne, rayon volupté, on ne s'est pas offert des orgies galantes. J'ai ébauché par-ci par-là, dès qu'un jupon me semblait disponible, quelques idylles qui ont tourné court... au bon moment, le fruit mûr... hop! on levait le camp, on partait dans nos camions délabrés. On se promettait toujours les uns les autres des aventures amoureuses, des conquêtes, des prouesses érotiques... on s'en racontait... mais c'était rare qu'on les mène à terme. Là où nous sommes passés, en général les Américains nous avaient précédés avec leur chocolat, leur ration K... tout le prestige de l'armée victorieuse. On ne pouvait pas rivaliser guenilleux plouques, sapés de broc... hargneux flingueurs. Sur le plan physique ils nous rendent le double six, les Amerloques, on doit reconnaître! D'immenses balèzes... la démarche souple, caoutchouteuse. Sur le front de Gravelotte, c'était l'élite, les Rangers de la IIIe Armée... flegmatiques, dégingandés... mains aux hanches, prêts à dégainer, extirper rapidos le colt comme dans les westerns. Ils sentaient le chewing-gum, le tabac blond, la savonnette... nous, on traînait encore des remugles de resco, d'ersatz... on avait déjà l'air d'être prisonniers avant la bataille. Tout ce qui pouvait se consommer, se trousser, lever la cuisse... on arrivait minablos après le banquet. S'il restait des occases, des nanas chauvines de la chatte, les officiers se les sélectionnaient, il va sans dire même dans les armées les plus démocratiques. J'oublie aussi les mœurs du temps... les parents soucieux de la vertu de leur fillette... la honte, l'opprobre quand elle était en cloque. Nous eûmes la gloire, certes, des tas d'émotions martiales, mais pour la joie par la fesse nous fîmes le plus souvent rideau... le moindre lycéen, aujourd'hui, le moindre séminariste s'égaye autrement la biroute.

Pedro, sa force... qu'il n'est pas tellement délicat... il bêche pas les bas morceaux. A Coulommiers, à Montmédy, il s'est offert les dames du bordel... des lots pas croyables... des laissées pour compte de la retape... des tas de gélatine en tutu... les bouches peintes de la ruelle du malheur... la voix rogomme... « Viens chéri... presse-toi un peu, mon mignon, j'ai pas que toi à aimer ! » Faut avoir la crampe sévère pour la tirer dans cette ambiance. Pedro, certes, il avait l'appétit sexuel féroce mais, en outre, toutes ces gravosses, ces gravats épouvantables, il en avait le goût malsain, je crois. Ce qu'il prétendait... qu'il se faisait pomper.

– Tou fermes les yeux et tou penses qué c'est Dorothy Lamour qui té souce !

Dans ces condisses, ç'aurait pu être alors n'importe qui à la turlute... un camarade obligeant. Ce que je lui avais argumenté, qu'il pouvait peut-être en dénicher un dans la section... la compagnie... bien le diable si quelques pédoques ne s'étaient pas glissés dans nos cohortes vengeresses. Il n'y voyait pas à redire sur le plan moral... il n'avait pas le moindre principe, seulement il redoutait les emmerdements, que le *souceur* se mette à l'aimer, le poursuive de ses assiduités. Il se prétendait irremplaçable dès qu'on avait goûté ses charmes.

Pour en revenir à notre bal au profit des veuves de la Résistance, elles encaissaient peut-être le pognon mais elles n'étaient pas là pour soulager le combattant de retour du feu. Faisant banquette, c'était à se flinguer tout de suite les nanas encore en attente du chevalier servant... un lot de prix à réclamer aux Puces de Saint-Ouen. On pouvait, bien sûr, essayer de détourner une ou deux mutines cavalières à notre profit... se pointer pour les inviter. A coup sûr, alors, ça tournait castagne. Tom Pouce, il avait eu beau nous présenter valeureux volontaires du front, héros du colonel Fabien, on était des intrus, des animaux étrangers sur le territoire d'une autre harde. A des riens, on respire tout de suite qu'on est en surnombre, que si on se tient pas très à carreau, on va se faire bordurer sans préavis. Ça manquait pas dans nos souvenirs de ces bagarres avec les Ricains, avec d'autres F.F.I., d'autres F.T.P. Ici nous n'étions pas en force et puis, dehors, le gazo avec Jules nous attendait. On allait peut-être repartir incessamment si le refroidisseur était réparé. Notre destination... Reims... et puis Paris... Gentilly, valait mieux y arriver en bon état. Pedro s'y serait tout de même risqué... en pleine piste, s'immiscer, écarter le gambilleur agricole... il ne se refusait aucun plaisir... la chable en était un. Je l'avais vu à la manœuvre, il se servait du mobilier, les tables, les chaises... les bouteilles en projectiles! On le calmait pas avec des paroles lénifiantes. Je me gourais tout de suite de ses intentions belliqueuses. A l'oreille, je lui ai rappelé notre projet de se faire la malle une fois à Paris... le moindre incident de parcours pouvait nous ramener manu military police à Montmédy. Ça valait pas le coup de déconner...

Pas tellement eu à le convaincre, il s'était branché sur une forte fille... une jument au large cul... tout de même la moins toc de la brochette. Hop! à la rumba... d'auto il frotte, il me fait un clin d'œil en passant. Je suis perplexe, moi, je frime droite à gauche, ça me dit rien du tout d'attaquer ces laiderons, ces mômes entorchonnées qui fleurent la bouse, qui rient déjà dans les chicots. Faudra deux trois décennies, pas mal de publicité au *fluor* pour qu'elles s'améliorent la mâchoire dans les cambrousses. Faut être vraiment du terroir, se parfumer à la même fosse pour les emblaver sans remords. Jean-Paul, je ne sais trop ce qu'il en pense, peut-être qu'il est moins bêcheur que moi mais de toute façon il est timide, même les affreuses il n'ose pas les attaquer. Je reste à considérer le bal... on dirait, je sais pas, que les gens sont mal dessinés... ça ne donne pas envie d'y rester, de s'y attarder... à Reims, les occases ne peuvent pas être moins disgraciées. Le capitaine est de retour, il nous cherche à la porte du dancing... nous aperçoit... il fend la piste, les rumbailleurs sans s'excuser. D'après ce qu'il nous rapporte, après avoir encore remonté son futal... on a tout le loisir d'aller flirter dans les betteraves... ça se complique dans le refroidisseur... la fuite à Varennes, ça nécessite de démonter tout le bastringue... la tuyauterie... le mélangeur! Lui aussi il se mélange dans la jactance, le pitaine, les expliques... il bafouille, marmonne. Il n'y comprend pas plus que nous question gazogène, mais c'est le genre à tout savoir, tout trancher. Il est heureux, il nous avoue, qu'on soye tombés sur lui. Il nous prend en charge, notre camionnette elle est maintenant chez le maréchal.

– Pas Pétain, il ajoute, et ça le fait rire.

Par politesse, je me force un peu. C'est donc Pedro qui a raison avec sa cavalière de labour, sa percheronne. De tronche elle est ingrate aussi... les traits hommasses. De nos jours, maquillée adéquate, sur le trottoir de la rue Frochot, elle passerait facile pour un travesti... elle profiterait de la confusion pour duper les amateurs. En borgnotant plus attentif son prose qui se trémousse, certes je me fais la conclusion que je l'encaldosserais bien quand même. Souventes fois, en gros appétit de trou du cul, on se déballonne de s'exhiber avec des tarderies impossibles. Pedro, lui, ça ne le gêne pas le moins... il y va des deux mains à pleines miches... il se marre, il plonge le nez dans les doudounes, il renifle... se remarre de plus belle. Pendant ce temps le capitaine au grand froc pérore, vole, nous venge! Il a vu le pauvre gars dans sa caisse, notre copain que les Boches ont assassiné. Il plaint son père, sa mère, sa sœur. Il sait déjà qu'il a une sœur, Jules, c'est vrai, Jean-Paul m'en a parlé... une belle petite môme à son avis... dix-sept, dix- huit berges et roulée faut voir. On verra... je vais pas commencer à me faire du cinoche sur la sœur de Jules! J'ai ce qu'il me faut comme princesses inaccessibles dans ma galerie branlocheuse... Caroline, la fille toujours à sa fenêtre du bout de ma rue... Jeanne du brochage à l'Imprimerie des Myosotis... Marie-Claude, l'illumination de nos journées barricadeuses! J'en passe et d'encore plus lointaines.

Il est question qu'on page ici, notre gazo ne sera pas réparé avant la nuit et elle tombe vite en cette saison. Le pitaine, il nous déconseille de rouler de nuit. On peut encore tomber sur des M.P. vétilleux... pire, sur des miliciens parachutés, des hommes de Darnand réfugiés à Sigmaringen. La rumeur... que les Allemands nous en balancent à l'arrière de nos lignes pour nous saboter, nous rendre la monnaie de la Résistance... les rôles s'inversent. A Montmédy on en parlait déjà de ces milicos... P.P.F... S.S. français en mission spéciale. Ça me semblait un peu romanesque... un prétexte à se donner de l'importance. Le mot d'ordre... « Vigilance, camarades! L'ennemi est partout! » La Cinquième Colonne!... Le capitaine Tom Pouce, lui, il en a sérieux besoin de ces parachutistes collabos pour justifier ses fonctions dans le secteur. Il patrouille, il me raconte... il sillonne la Meuse, les Ardennes, jusqu'à la Haute-Marne... Dès qu'on lui signale un suspect, il est en position l'arme au poing avec son équipe. Il est débordé d'ailleurs, il reçoit des monceaux de lettres de dénonciation. Là-dedans, bien sûr, y a de la vengeance personnelle, des ragots de basse-cour, mais vaut tout de même mieux vérifier. Tout ça, il me le débite pendant les tangos, les valses, les pasodoble. Il a été nous chercher une nouvelle boutanche de son mousseux, il a la diction plutôt rapide... ses mots se chevauchent, s'entremêlent. Il m'a pris, moi, comme interlocuteur valable... il me jaspine dans les trous de nez. On est maintenant à une petite table. Jean-Paul roupille à moitié... Pedro danse toujours, inlassable sur la piste, avec sa jument de brasseur.

Assis, comme ça, il a plus besoin de remonter sa culotte de cheval, Tom Pouce capitaine. Il s'est dégrafé... le col de sa vareuse, le mousseux lui donne chaud.

– On veut nous dissoudre! On se laissera pas dissoudre.

Plus au juste de quoi il parle, s'escrime... Je m'en cogne le pourtour anal qu'on le dissolve, ce crapoussin! Il a le menton en galoche, le nez busqué, la pomme d'Adam proéminente... une vague moustache jaune... il bave aux commissures des lèvres, il postillonne. Un don que j'ai de pouvoir entendre sans écouter... les mots se déroulent, je fais oui, oui... je suis tout à fait ailleurs...

j'accroche quelques bribes, ça me permet de commenter un peu, de répondre, donner le change. La plupart du temps ça fonctionne, mon système, les gens surtout veulent débagouler, se raconter, se donner de l'importance. Je pige tout de même que ce capitaine il s'angoisse à propos de la dissolution des milices patriotiques.

– Il paraît que Thorez va rentrer. Avec lui, ça va changer.

L'erreur fatale... Thorez va revenir pour mettre les F.T.P. au pas. Il se goure pas du coup, Tom Pouce. De Gaulle amnistie le secrétaire général du P.C. en échange du désarmement des milices patriotiques ou de leur incorporation chez de Lattre de Tassigny. A Montmédy, les petits gars de la base, les soldats de l'ombre un peu à la coule des us et des choses du Parti, le retour du grand camarade Maurice, dans le fond, ça ne les enchantait pas excessif. A l'apparence, le boniment officiel, ils se pliaient aux directives... elles sont dans *L'Huma* chaque jour et *L'Huma* nous parvient en priorité... mais dans les dialogues par-ci par-là on respirait un peu la vape. Maurice, il était resté en isba près de Moscou pendant la tourmente. Bien sûr, il ne pouvait pas faire autrement, probable que le Petit Père des Peuples avait besoin de ses conseils mais enfin, eux... tous les combattants des Glières, du Limousin, du Cantal, les rescapés du Vercors, les Bretons du maquis de Kersaint, les fidèles de Tillon, Guingoin, les évadés des taules allemandes, les saboteurs du rail, les exécuteurs de traîtres... ce qu'ils avaient risqué tous plus ou moins... les baignoires de Bony Laffont, les fers à souder de la Gestape, les petits matins blêmes au mont Valérien. La discipline, certes, camarades, ils vont vaille que burne s'y plier. La cause du prolétariat vaut bien une messe à Maurice Thorez. Il va l'avoir à son retour... le somptueux meeting au

Vel' d'Hiv' où *L'Internationale* va copuler avec *La Marseillaise.* Ils vont en becter des couleuvres, les héros de l'ombre, les guenilleux superbes à brassard. Avec le désarmement des milices patriotiques, ça ne fait que commencer. Trente-cinq ans plus tard, les survivants n'auront plus du tout d'estomac à force de digérer des pilules et des pilules de plus en plus amères. Enfin lui, ce capitaine au froc qui tombe, il n'y entravera jamais que dalle... déjà il radote... à quel âge? même pas quarante ans. De toute façon, puisque nous sommes forcés de rester à Varennes, il va nous héberger... il a ses quartiers à l'entrée du bled... une grande baraque récupérée des Allemands. Il trouvera bien quatre lits, quatre paillasses, foutre de merde!

– Ça serait tout de même malheureux que des hommes du colonel Fabien soient réduits à la belle étoile!

Le dénouement de l'épisode... je vous saute les détails de notre installation dans le cantonnement du capitaine... l'accueil tout à fait fraternel au milieu de ses petits soldats... toutes sortes de péquenots, de loustics ruraux brassardés tricolore... les boutanches que nous vidâmes, etc. M'sieur Ribourdoir faisant contre mauvaise fortune bon verre, malgré son chagrin il participait allègre. Et puis Pedro nous avait ramené sa conquête chevaline. A la boisson elle s'animait, elle nous montrait son porte-jarretelles. Elle travaillait par là, chez un marchand de bestiaux, c'était je crois son jour de congé. Tout ça, il me semble, c'est devenu vague avec tout ce que j'ai rencontré depuis... toutes les têtes des nanas les plus diverses. En tout cas, le Catalan, il pouvait se l'afficher au gland cette pouliche argonnaise. Le seul hic ! en quel lieu allait-il la consommer ? Elle créchait chez ses patrons... une chambre au-dessus de la leur... impossible d'aller la rejoindre. Ça posait un sérieux problème. Ici, dans ce dortoir, on était une vingtaine... les lits de camp alignés les uns près des autres. Pas question de la sabrer sur place, au milieu de la chambrée... certain alors que tous les F.F.I. du cru eussent voulu en croquer. Surtout qu'ils avaient tous éclusé maintes dives... ils chantaient *Les Montagnards* avec le capitaine-falseen-déroute. Ils se proclamaient à tout propos super-patriotes.

– On n'a pas baissé, nous autres, notre caleçon devant les Boches !

Déjà la jument de Pedro elle était moitié loilpuche... un néné hors du corsage. Dehors, c'était pas possible non plus de la tringler... il s'était remis à pleuvoir. C'était pas le genre à se retrouver la bite sous le bras, Pedro... demain nous repartions, la môme, fallait qu'il se l'offre coûte que coûte. L'idée qu'il a eue... il m'a lancé un coup de châsse... qu'on aille jusqu'à la forge voir Jules... il était resté là-bas dans la cour. Jules, elle savait pas ce que c'était la grande... ça l'a fait rire... Jules ! Jules ! Même dans ce bled, pour cette bouseuse, c'était un nom démodé.

– On va vous montrer Joules...

Elle dit pas non, elle se goure qu'il veut la tirer dans un coin tranquille, elle est tout à fait consentante. Elle pouffe, glousse... elle se figure que Jules c'est un synonyme de Popol, un euphémisme pour désigner le braquemart. Précautionneux, Pedro prend une couverture...

– Tou viens avec nous...

Il m'invite, il insiste, il se bidonne... Les autres, Jean-Paul, le dab... les F.F.I. de Varennes, ils sont maintenant affalés dans les toiles... ils sèchent leur dernier litron avant de s'endormir. Qu'est-ce qu'il veut que je foute avec eux, le Pedro ? Où veut-il le tirer son coup ? A ses mimiques j'entrave qu'il est tout prêt à m'en faire croquer de son aubaine... il est en avance question mœurs, communiste déjà de la biroute. Ça me revient ce qu'il m'a déjà dit... quand il y en a pour un, il y en a pour deux ou même pour trois. S'il n'invite pas Blondinet, c'est qu'il ne le juge pas assez à la hauteur de la situation... incapable de surmonter ses petits préjugés boy-scouts. Nous voici donc sous la pluie... fine mais froide... persistante. La forge, heureux, n'est pas bien loin. On est sortis sans trop se faire remarquer... On doit raccompagner cette jeune fille, la moindre des choses. Il espérait peut-être, le Catalan, se réfugier dans la forge... balpeau, le maréchal a bien fermé sa lourde... une barre de fer, un gros cadenas...

– Où il est Jules ?

Elle se bidonne toujours la jument... sous la pluie, dans l'ombre, je la trouve finalement assez excitante avec son gros cul, ses tétines pesantes, sa bouche à turlute. Souvent c'est une question de circonstances, la bandaison. Celle qu'on n'enjamberait pas dans un salon Louis XV, on se l'enfile joyeux dans une grange, dans un bouge, debout sous une porte cochère.

– Joules, il est là... dans lé camione...

Elle se fend toujours... un rire de Bécassine, pas très lascif, faut bien dire. Cette conne, elle se goure de rien.

– Votre Jules, il me fait pas peur !

C'est vrai que dans les cambrousses, un Jules, c'est ainsi qu'ils appelaient un pot de chambre autrefois. Elle croit peut-être qu'on va lui en montrer un plein, histoire de rigoler un peu... de lui faire une blague scatologique. Son patron marchand de bestiaux, ça doit être son genre d'humour.

Pedro la tient par le bras... soulève la bâche à l'arrière de la camionnette... qu'elle monte, il l'aide. Je finis aussi par me marrer. L'excellente farce... Pedro grimpe derrière elle. Sans doute qu'elle n'a pas encore compris le mystère. Elle rit toujours, elle s'en étouffe... dans l'obscurité, elle ne voit rien. Il ne va tout de même pas la tringler près du cercueil, le Pedro!... Beau me vouloir sans préjugés, ça me refroidit, l'image adéquate. J'ai pas envie de participer à ce dévergondage funèbre. Vaut mieux que je me tire, je vais pas rester là sous la flotte à attendre qu'ils aient fini.

– Monte, Alphonse... monte.

Il me tend la pogne. J'hésite, je résiste un peu mais le diable sans doute est le plus fort... ma curiosité tout à fait malsaine. Je cède, je finis par grimper à mon tour. Je pénètre juste à l'instant où les choses se gâtent.

– Qu'est-ce que c'est que ça?

Elle a tâtonné... trouvé la caisse sur le côté.

– C'est Joules! C'est loui!

Elle pousse un cri. Dans quel piège est-elle tombée, la pauvrette? Elle a enfin compris... d'après la forme et puis ses yeux qui s'habituent aux ténèbres...

– C'est... c'est... un mort... un cercueil?

Elle bredouille, bafouille... elle veut s'enfuir! Pas si vite! Pedro la bloque, la renverse... il a déjà eu le temps d'étaler sa couverture sur le plancher.

– Laissez-moi partir! Vous êtes fous!

D'instinct masculin, j'aide Pedro à la retenir. Y a prescription, je vous signale. J'étais très jeune et sans discernement, éduqué phallocratique, j'aurai droit à des circonstances atténuantes de toute façon. Mais enfin, là, ça ne tourne pas au viol. Elle acceptait bien nos coups de chibre, elle s'en faisait même une joie d'avance... mais la révélation de

Jules dans sa bière, ça l'a dessoulée, retournée d'un coup... elle est superstitieuse... elle a peur de la mort, de Dieu, de l'enfer! Elle n'a pas encore surmonté ses inhibitions. Elle se débat... « Non! Non!... » Moi, je me suis pris au jeu... j'oublie la proximité de Jules... le rut, l'instinct reproducteur me poussent irrésistibles. « Pas ici! Pas ici!... » Je suis persuadé que Pedro, l'idée de forniquer près du cercueil, c'est ça qui l'a déterminé. L'exceptionnel de la situasse. Elle se débat moins, à deux on la triture, tripote aux points névralgiques. Elle fait encore « Non! Non!... » elle pleurniche, prise entre son envie de se faire posséder et sa trouille... peut-être que ça ajoute pour elle aussi je ne sais quel piment à la chose. On peut dire que l'anarchiste il a des façons seigneuriales... il me fait signe... à moi l'honneur... de tremper mon biscuit le premier. Elle est troussée, elle se serre encore les cuisses pour retenir sa culotte... dans ces cas-là, on tire un peu et on l'écarte. Voilà, je m'enfonce... je n'ai plus qu'à limer comme il faut. Elle gémit, elle pousse des cris... elle se retient plus subito, elle s'assume total... Merde!... des hurlements épouvantables de quoi sortir le maréchal de sa piaule au-dessus de la forge. Pedro l'embrasse pour la faire taire... n'empêche... et puis elle saute... enfin sursaute, se trémousse. On s'heurte à Jules... on s'éclate tout à fait contre lui. On monte un bref instant le rejoindre au ciel. Je m'ôte de la place, je tire ma révérence, sitôt Pedro prend le relais. Elle n'a pas le temps de se rendre compte, de respirer, de se ressaisir. Elle accepte ce second hommage d'un nouveau cri strident. A présent que j'ai repris ma jugeote, je pense aux alentours. S'ils entendent, les plouques, ces soupirs, tous ces cris sortant de la camionnette mortuaire, ils vont croire aux fantômes, à je ne sais quoi. J'ai hâte qu'il ait pris son bonheur, Pedro. Elle arrête plus... elle en redemande... elle y a pris goût... Oui, oui, oui!... Oui!... le dernier oui!... perçant... le i qui n'en finit plus. Bing! ils se cognent dans le cercueil... Toute la camionnette se trémousse... Oui, oui, oui!... Oui!... De nouveau son « Oui! » qui retentit dans la nuit. On doit reconnaître, cette jument, c'est ce qu'il est convenu d'appeler une affaire. Merde! Pedro raffine, le con!... il la retourne... il veut la prendre en levrette! Elle ne fait plus de chichis... elle s'en fout de Jules. Elle pose ses mains sur le bord de la caisse... elle s'appuie.

– Salope! Grandé salope!

Tagada! Il pousse son chibre d'un coup brutal... elle gémit de plus belle! J'ai maintenant le trac que quelqu'un rapplique, fasse appel au capitaine Tom Pouce, qu'il accoure en remontant son false sous la pluie, le flingue à la main. Ils en finissent plus de s'aimer comme ça, crapuleux, sacrilège sur un mort. Je me suis rebraguetté, je jette un œil à l'extérieur... je passe la tête. Aucune lumière... les plaintes amoureuses de la môme, le silence sur la place les amplifie. Elle miaule, on dirait... elle a toute une gamme dans la gorge... ça passe de l'aigu à une sorte de ululement. Pas croyable!... ça devient rauque, haletant, puis ça se déchire. Je saute, m'extirpe du gazo, je veux mieux gaffer les maisons avoisinantes! Hou! la! la!... ça s'allume sur la droite, une fenêtre... j'aperçois une silhouette, une femme. Elle ouvre, je me planque sur le côté.

– Y a quelqu'un?

Elle s'inquiète... Les autres, dedans, ils n'entendent pas, ils sont tout à leur coït... Oui! Oui! Oui!... Oui!... Le cri suprême... le final... la déchirure dans la nuit. Un homme est venu rejoindre la femme. Il se penche... je l'entends... il lui dit que ça a l'air de venir du camion. Je glisse à Pedro qu'il se grouille, qu'il y a du pet... qu'il faut foutre le camp.

– Qu'est-ce qu'il y a?

Il sort, il saute à terre, il finit de se rajuster. Je lui fais signe, montre les deux croquants à la fenêtre.

– Vous avez pas fini de faire du bruit comme ça?

Il leur réplique d'un bras d'honneur... il leur pète avec la bouche. Notre jument, elle va plus oser sortir... elle est coincée entre le cercueil de Jules qui recommence à lui faire peur et ces gens qui vont la reconnaître. J'ai compris le délicat de sa position. Je vais l'aider, je lui passe ma capote... qu'elle se couvre la tête... qu'elle se dépêche. Pedro s'il se poile... il n'a cure de l'indignation des plouques. Il leur pisse au train et ce n'est pas une métaphore... tout à fait, il leur sort sa quéquette maintenant apaisée et il lisbroque... un jet dru qui traverse le crachin... dans leur direction.

– Salopard! Espèce de dégueulasse!

La mémère tire son mari par le bras, repousse la fenêtre. Elle doit lui faire des reproches... que c'est pas l'époque de s'en prendre aux F.F.I.... ils ont vite fait de vous décréter traître, collabo, pétainiste. Comme ils ont dû, ceux-là, au moins être dans la dernière catégorie... elle lui prêche la prudence et pourtant c'est elle qui a ouvert la fenêtre. Souventes fois, j'ai remarqué, les femmes vous déclenchent, vous incitent à la bagarre et ensuite, quand les choses vont mal, elles vous reprochent d'être agressif. Enfin il en était ainsi jusqu'à leur libération dernière. A l'avenir, ça va peut-être devenir le contraire, les nanas dans les bistrots se chableront pendant que leurs maris craintifs se planqueront derrière les rhododendrons.

Certains ont vu Napoléon, d'autres Clemenceau dans les tranchées avec son chapeau cloche, sa grosse moustache... moi, c'est le général Patton ma grande vision historique. Le flash... l'apparition... une jeep. C'était au moment où on nous envoyait retrouver la colonne Fabien qui s'appelait à ce moment-là le *Groupe Tactique Lorraine*. Le corps franc *Trompe-la-Mort* viré de Rezonville. Sans doute que le Robert le Diable, notre nouveau chef, ne leur plaisait pas aux Amerloques. Pas pu savoir au juste les raisons... toujours est-il que nous sommes à Mars-la-Tour, un matin pour une fois ensoleillé. On nous a débarqués des Dodge, des G.M.C... nos propres véhicules ne sont pas suffisants pour nous transporter. On attend quelques camions de chez Fabien. Il est dans le secteur... sur la Moselle. Tous on est beaucoup moins chauds d'aller s'étriper qu'au début septembre. On n'ose pas se le dire mais l'enthousiasme s'est refroidi dans les carrières de Gravelotte.

Mars-la-Tour, c'est plein de G.I's. Ils sont là en permanence ou de passage, en transit avant d'aller à la riflette. C'est surtout à Maizières-lès-Metz qu'ils dérouillent, que les Chleus leur donnent du barbelé à retordre. La plupart, paraît-il, ne savent pas du tout où ils sont. La France pour eux n'est qu'une province de l'Europe, ils s'en foutent démocratique de nos petits problèmes. On les conditionne un peu avec des affiches, des bandes dessinées... ils n'ont pas l'air très motivés. La guerre, ils prennent ça comme un sport, on l'a beaucoup dit, ça relève du clicheton mais je crois que c'est vrai. Je les ai vus de près, je peux témoigner... un sport où l'on a le droit de se tuer. On dit aussi que, parmi les Rangers de Patton, il y a pas mal de malfrats, des lascars sortis direct de Sing-Sing, de l'Alcatraz afin de se rénover en versant leur sang pour la liberté du monde. En tout cas ils sont d'abord facile, gangsters ou non, ils sont plutôt hilares. Ils nous font des gestes amicaux en passant. On est là, le long d'une maison... on s'est assis sur nos paquetages, on fume, on parle à travers et à tort certainement, on dit n'importe quoi pour meubler l'ennui d'attendre. Je m'inquiète un peu de notre mutation. Les Fabien, je les ai vus à Coulommiers, fréquenté quelques-uns, ils avaient l'air de fayoter... et puis tout ce que me disait Pedro des staliniens... il avait fini par me rendre méfiant. En face de nous c'est un poste de commandement américain. Ils ont mis la bannière étoilée au-dessus de la porte. Ça doit être un hôtel en temps ordinaire... une auberge de campagne. Entrent et sortent des officiers... un va-et-vient... des bagnoles stoppent, manœuvrent, repartent. Deux hommes sur les marches du perron sont affalés, le casque sur l'œil... le flingue entre les jambes, ils mâchent tranquille leur chewing-gum. Faut déjà être à la coule pour savoir qu'ils sont de garde, factionnaires. Ça peut surprendre celui qui a vu pendant quatre ans dans Paris les sentinelles de la Wehrmarcht aux portes du Continental... devant les Kommandantur... la luisance de leurs bottes, la présentation des armes avec leurs gestes d'automates. Ça devait pas lui plaire tellement ce laisser-aller au général George Patton... *old blood and guts... sang et tripes*! La démonstration, on l'a eue en un éclair... je vous ai dit... une jeep qui arrive en trombe, qui freine brusque devant le P.C... le crissement des pneus sur le gravier... un balèze qui saute... en bottes, culotte de cheval! On n'a pas le temps de bien le détailler. Il a ses pistolets de chaque côté... ses fameux colts à crosse de nacre. Sur l'instant on ne sait pas, nous, qui c'est ce type, on n'a pas eu le temps de voir ses trois étoiles sur son casque. Il est déjà sur les marches du perron. Au passage, rapidos, il latte les factionnaires, il les redresse dans le mouvement d'un pied sec sans s'arrêter. Eux, ils ont tout de suite compris... ils le connaissent leur général... s'ils rectifient la position! Ils deviennent d'un seul coup quasiment feldgrau... presque S.S. en faction devant le *Wolfschanze*, le repaire du loup Führer... ils claquent des talons, présentent leur fusil... ils crachent leur chewing-gum. Patton est rentré depuis déjà longtemps. Oh! mais ils ne bronchent plus, ils n'osent plus se remettre au repos.

Tous, ça nous a fascinés l'apparition... on a entendu la rumeur, droite à gauche, chez les Rangers... « Général Patton! »... à la fois craintif et admiratif. On aurait bien voulu le voir ressortir, se le fixer visuel un peu mieux ce héros déjà légendaire, mais on est venu nous chercher... « En route, les gars!... » pour voir le nôtre, le lendemain... notre petit colonel des barricades... l'homme de la nouvelle armée, la vraie, celle du prolétariat en marche. C'était en quelque sorte l'opposé de Patton, le colonel Fabien. Question gabarit, il paye pas de mine sous son casque de l'armée 39. Il a la vareuse fermée jusqu'au col, le style déjà Mao. A part ses galons sur la manche, il s'efforce, on dirait, de passer inaperçu... de se fondre dans la masse de ses soldats. Il a tout de même un false de cheval, un Saumur... il ne le perd pas comme le gugusse de Varennes, mais on voit bien que ce n'est pas son genre. Il sort de l'usine, lui, de la métallurgie, il sent le casse-croûte de dix heures sur le chantier. La tubardise le guette, il a piqué une pneumonie en Espagne, pendant la guerre, on dit qu'il ne s'en est jamais bien remis. Je vous le prends au vif... il nous passe en revue... notre corps franc. Quelle ville?... je ne sais plus bien... Sarny peut-être... Sainte-Marieaux-Chênes... Il y a en lui quelque chose de furtif, de dur aussi... c'est une lame d'acier trempé, aucun doute. Difficile de dire exact ce que je ressens... un malaise serait excessif. A la fois il a une certaine personnalité mais, voilà, il la rentre, la recroqueville, il tient pas à pavaner comme *Old blood and guts...* il passe devant nous lentement, accompagné de quelques-uns des officiers de son état-major. C'est le capitaine Robert qui lui présente sa troupe. On n'est pas plus reluisants malgré nos blousons, nos casques, nos fusils américains. On lui présente les armes. Se rendre compte si on lui plaît, s'il est content?... il ne laisse rien voir. Ce qu'on en sait jusque-là, c'est que c'est un dur, un ancien des Brigades Internationales. Frédo, le flingueur de l'aspirant Moser, officier de la Kriegsmarine au métro Barbès... qu'il s'est évadé d'une prison allemande. Tout pour entrer dans la légende du Parti... à condition qu'il meure à temps, qu'il ne se trouve pas dans une charrette de vipères lubriques... victime d'une épuration interne... d'une purge stalinienne des années 50. Que serait-il devenu, Fabien, s'il n'avait pas sauté en démontant une mine antichar dans son P.C. en fin décembre? Serait-il resté, docile, dans la ligne? Aurait-il fait toutes les autocritiques voulues pour le Comité central? Au bilan, bien peu de leurs héros de l'ombre ont échappé à la machinerie broyeuse du Parti. Il est mort vraiment au bon moment, le colonel, on ne peut plus lui dévisser sa plaque de métro... il n'aura jamais eu le temps de se ternir l'auréole, de grossir du bide, de se compromettre, de trahir d'une façon l'autre, d'encourir les sarcasmes de la contestation. Comme Jeanne d'Arc, il fallait qu'elle se consume sur le bûcher de Rouen. Ayant bouté l'Anglois hors de France, elle ne pouvait pas plus rentrer à Domrémy... se faire faire cinq ou six lardons par un serf vinasseux... qu'aller se pager avec Charles VII, devenir sa Pompadour... ça cassait toute la cabane, toute l'épopée.

Il se gourait bien, le colonel, que dans notre corps franc *Trompe-la-Mort*, du point de vue politique, on était plutôt bigarrés... incertains... une équipe surtout de loustics bons à tout et bons à lape. Kerloch avait une réputation de gaulliste farouche et on était au moment d'une lutte souterraine, sournoise, entre le Général libérateur et les communistes. Déjà, à la course au pouvoir dans la capitale, ces derniers s'étaient fait coiffer au poteau. De Gaulle avait pris les leviers de commande vaille que pousse. Fabien avec sa Colonne... environ deux mille hommes... il formait un embryon d'armée sous la houlette du Parti. Toutes ses compagnies venaient des maquis les plus rouges... avec les appellations adéquates... Commune de Paris... Saint-Just... Taelman... Gracchus Babeuf!... Il avait bien eu du mal à les amener tous sur un bout de front le long de la Moselle... quinze vingt bornes que les Amerloques avaient bien voulu lui laisser. Question équipement, armement, ravito... là, ils s'étaient montrés tout à fait chiches, réticents en diable, soupçonneux de nos intentions. On leur paraissait tout à fait capables d'aller foutre la révolution, la guerre civile sur leurs arrières.

On nous appelait l'armée Bourbaki... un reste du vocabulaire de la guerre 70. Presque tout notre matériel provenait de récupération... camions, automitrailleuse, canons... tout ce qui traînait derrière la déroute allemande... Et puis des véhicules de toutes sortes, je vous ai dit plus haut, réquisitionnés le long du chemin... des tractions, bien sûr... les fameuses de la Libération de Paris barbouillées de V, de vieux autobus, des autocars à gazogène. Une sorte de cirque, de magic circus guerrier qui déambulait dans nos vertes campagnes. On arborait des drapeaux rouges au-devant des camions… des faucilles et des marteaux… les chants séditieux braillés à tue-tête… « *Prenez garde, les bourgeois, les gavés et les curés… à la jeune garde qui descend sur le pavé!* »… Ça jetait un froid dans les villages lorrains plutôt catholiques… les habitants, à notre approche, bouclaient soigneux leurs lourdes, les boutiques baissaient leurs rideaux de fer… les croquants nous gaffaient les miches à glagla derrière leurs volets. Fabien nous voulait en tenue de l'armée française avec le casque, la vareuse, la capote kaki, les molletières… pour qu'on s'affirme indépendants des Américains. Pas facile d'uniformiser sa brigade… toutes les fringues se mélangeaient… les dépouilles de la Milice, des Chantiers de Jeunesse et même de la gendarmerie. Nous, tout de suite, la bande des *Trompe-la-Mort,* on nous a lorgnés traviole… on était presque en Rangers de Patton… les casques, les blousons… On pavanait, on se donnait le genre… enfin, on s'efforçait, mais ça s'imite difficile le style G.I's. Il fallait donc nous absorber, nous assimiler… nous endoctriner si possible. Dès le premier jour on était disloqués, répartis les uns les autres dans différentes compagnies.

– Encore heureux qu'on se soit retrouvés ensemble.

Ce que j'exprime tout haut au Catalan… une pensée qui me vient dans la camionnette de m'sieur Ribourdoir repartie. Sans Pedro, je serais sans doute resté à Montmédy, je me serais dégonflé de me mettre en cavale. Bel et bien notre intention, après livraison de Jules dans son caveau, de nous esbigner… trouver une autre armée où nous embaucher. On pensait surtout à la 2e D.B., peut-être que c'était encore possible de s'y enrôler. Le général Leclerc à Strasbourg, ça nous paraissait autrement prestigieux que nos crapoteuses gardes sur les bords de la Moselle… et ensuite cette vie de caserne depuis quinze jours à Montmédy soi-disant pour s'entraîner, se mettre au pas réel cadencé. L'ambiance, ça lui avait rappelé tout de suite l'Espagne à Pedro, les Brigades Internationales, il préférait ne pas s'y attarder.

L'occase de Jules... le coup de pouce du ciel! On pouvait aller à Paris, non pas en toute quiétude, vous vous apercevez, mais tout de même légalement. Quelques lascars avaient fait la malle de la caserne sans perme, sans papiers. Ils se faisaient alpaguer en route par les milices patriotiques. Ils croupissaient par-ci par-là dans des taules de fortune, des caves renforcées spécial, des baraquements avec tous les suspects possibles... les vrais et les faux traîtres... tous les malheureux ou les salauds qui s'étaient fourvoyés dans la mauvaise galère.

– Paraît qu'il y a des cons qui ont fait du bruit cette nuit dans le village?...

Jean-Paul se réveille... il somnolait les yeux mi-clos depuis le départ. Il s'est carré près de Jules, emmitouflé dans sa capote, jusqu'ici il n'en bâillait pas une.

– Dou bruit?... Où ça?...

Pedro, hyprocrite, joue la surprise.

– Ben, près du camion... des dégueulasses, merde! qu'ont le respect de rien.

Indiscutable. Je lui fais remarquer qu'ils n'étaient peut-être pas au courant que notre gazo était en réalité un fourgon mortuaire.

– Ils étaient avec une fille à ce qui paraît...

Peut-être qu'il sait, qu'il nous attaque à la sournoise. Il dormait déjà pourtant lorsqu'on est sorti du baraquement avec la jument. C'est pas son style le sous-entendu... il est trop pur en un sens... au premier degré, dirait-on aujourd'hui dans les intelligentsias.

– Peut-être qu'ils sont vénous la baiser ici?

Il fonce tout de suite, Pedro, il se marre. Y a rien de risible!... l'avis de Blondinet. Je préférerais net qu'il chanstique de sujet, mon bon pote. Il est capable dans son élan de tout lui raconter avec tous les détails graveleux, histoire de voir la gueule qu'il ferait. Seulement, ce nave, il irait d'autor nous cafter au dab, ça ferait un drôle de pataquès. Pedro doit lire dans mes pensées... il me répond, rassurant :

– Lé boucher, loui, il s'en fout!

Pour qui n'a pas suivi le cheminement dans ma tronche, c'est pas tellement explicite.

– De quoi il s'en fout?

– Qu'on baise sour le cercueil de Joules.

Le dialogue qui s'engage, merde!... ce que je voulais éviter... le terrain spongieux! Pedro y va... il s'en tape des indignations de Blondinet, il va pas nous les briser! Le brave papa Ribourdoir, il ramènera jamais sa fraise. C'est pour la gloriole qu'il rapatrie son enfant à Gentilly... que ça va faire bien dans tout le quartier cet enterrement du jeune héros.

– Il a dou faire dou marché noir!

Jean-Paul va pas contestailler. Tous les louchébems, les épiciers, les charbonniers, tous les paysans en ont fait du marché noir. Ceux qui n'en ont pas croqué, c'est tout simple... parce qu'ils n'en avaient pas les moyens, que l'occase s'est jamais présentée. Et puis d'ailleurs ça continue, la Libération n'y a rien changé. A Paris, dans toutes les villes, c'est encore la disette, les tickets de tout... le trafic de tout ce qui se bouffe, se lape, se fume, se parfume, se sape, se latte, se transporte. Il continue à se gaver, m'sieur Ribourdoir, sur la misère du pauv' monde.

– Y'en a déjà qu'ont voulu lui faire des ennuis. Des jaloux.

Jean-Paul, il en resterait là si on ne le pressait un peu... Des ennuis ?... il m'intéresse, je l'asticote.

– Je sais pas bien, mais on a dit des tas de choses sur lui... des conneries !

Ces choses, il semblerait que ce soit, en plus de ses trafics au noir... des trucs plus gênants... un portrait du Maréchal dans sa boutique, derrière la caisse, bien visible... encore en 42... des propos qu'il aurait tenus, naguère, sur les Juifs, les Anglais, les Rouges.

– Seulement il jouait le double jeu puisqu'il aidait la Résistance.

Faut être pomme à l'huile comme Jean-Paul pour gober tout ça... finir sa phrase avec un gentil sourire sans aucune ambiguïté. Des zèbres de ce genre, après des années de réflexion, je crois qu'il faut surtout les laisser tels quels... mourir idiots... heureux de l'être ! C'est plutôt un mauvais service que de les inquiéter avec des vérités pas bonnes à dire.

Peu à peu, il s'éclaire le papa de Jules. Au premier abord, certes, il ne m'apparaissait pas le genre à se triturer métaphysique... se demander à toute heure du jour si Dieu existe et les raisons, son pourquoi ontologique. Je le trouve de plus en plus mariole, surtout soucieux de faire son beurre et de très vieux os. Jean-Paul nous parle par bribes toujours ponctuées de merde ! merde ! Ça paraît qu'il a singulier renversé la vape, m'sieur Ribourdoir... qu'il a réussi à se glisser dans les comités, les réunions patriotiques... et puis qu'il était pas mécontent du tout de voir son fils s'engager... qu'il en était fier.

– C'est pas comme sa mère !

Il se demande, Jean-Paul, comment elle a pris la chose. Il suppose qu'elle doit le pleurer... et sa sœur aussi.

– Eux, ils s'aimaient bien malgré qu'ils se disputaient tout le temps.

Dans ces voyages en camion, on s'arrête brusque en pleine conversation et on reste silencieux des fois plus d'une heure. On regarde défiler la route derrière nous. Ça cahote, tremblote, bringuebale toujours, mais on a pris nos précautions. Jules est arrimé, coinçaresse, il ne bouge plus. On en arrive à l'oublier, à être près de lui comme on serait près d'un tas de munitions. Il est moins dangereux qu'une caisse avec du plastic, des grenades. En cas d'accident, si on se retouve les roues en l'air dans le fossé, avec lui on n'explosera pas. Par contre on gèle, on caille, on a l'onglée, les balloches ratatinées, les pieds glacés. Ce matin toute la campagne était blanche de givre. Ce qu'on a hâte... d'arriver à Reims ! Ça devrait être possible dans l'après-midi puisque la fuite a été bouchée à Varennes, que le gazo roule joyeux !... Excusez... joyeux m'a échappé... une façon de dire, j'oubliais Jules.

Dans le bistrot, celui où il y avait le bal, hier soir, on a entendu la radio pendant qu'on buvait notre café ersatz avant de se mettre en route. Elle annonçait le retour de Thorez à Paris... qu'on l'attendait au Bourget... que tout le Parti était en fête. A la Colonne, officiel, ça va pavoiser mais à la base, je vous ai expliqué, les petits potes F.T.P. ils seront pas transportés d'allégresse. De plus en plus, ils comprennent qu'on va les frustrer de leur victoire.

– Si les dirigeants acceptent le compromis, c'est qu'il n'y a pas moyen de faire autrement.

La voix qui me remonte des brumes du passé... celle d'Alex... A Coulommiers, il était dans la compagnie Saint-Just. Pas très bien pigé son itinéraire ensuite... le pourquoi il était à Rezonville avec les *Trompe-la-Mort* et puis ensuite au groupe de commandement du colonel Fabien ? Gradé sergent, mais toujours il avait l'air d'avoir beaucoup plus d'importance. Il se baguenaudait d'une compagnie l'autre, plutôt souriant, détendu... tu et à toi avec les gradés. Les marques de respect... le strict nécessaire... une façon de saluer désinvolte, quasi goguenarde. Pourtant ils étaient devenus vétilleux question discipline, salut à trois pas... le petit doigt sur la couture, nos officiers sortis du rang. La constatation, là, évidente... le premier péquenot venu, le prolo endurci, dès que vous lui donnez un pouvoir, il exige tout de suite la défroque adéquate, l'uniforme, le képi, les galons, le stick gueule de vache... il épouse tous les tics, les travers de la fonction... tout ce qu'il reprochait aux autres, il se le trouve pour lui tout à fait naturel. Plus ça allait, à Montmédy, plus nos gradés F.F.I., nos promus de l'ombre, ressemblaient aux culottes de peau du général Gamelin. S'ils avaient pu grimper encore, devenir maréchaux, on les aurait retrouvés comme Goering ou comme Joukov avec des décorations jusque sur la braguette. Je lui avais fait la remarque à Alex, je lui causais sans restriction, j'avais confiance, ça me semblait impossible qu'il aille me balancer quelque part. On était devenus potes à Coulommiers... savoir pourquoi? Il était pourtant, lui, tout à fait du Parti... Il pavoisait dans le rouge vif, les louanges au génial petit père Staline. Seulement il se marrait toujours un peu en débitant ses salades, il n'avait pas l'air d'y croire tout à fait. On se demandait de la gueule de qui il se foutait... la vôtre?... celle des dirigeants du Parti?... de la sienne peut-être?... de tout en même temps!

Il vous attaquait comme ça à la surprenante sur un sujet en apparence grave. Au souvenir maintenant, il me paraît précoce... bien plus mûr, bien plus adulte que la plupart des autres. Il vous scrutait de ses yeux un peu asiates... il se départait jamais de son calme. C'était un petit mec râblé, nerveux, très costaud pour peu qu'on ne se fie pas trop aux apparences. Jamais je ne l'ai vu dans une castagne de bistrot, il évitait les endroits où ça pouvait éclater... mais sûr qu'il était redoutable dans une bagarre, qu'il avait les bons réflexes, la frappe précise, ça se voyait tout de suite. A Monmédy, il n'a pas changé d'uniforme depuis Coulommiers... sa veste kaki au col fermé comme le Colonel... des bottes de Chleu... toujours à la ceinture un gros flingue dans un étui de cavalerie... toujours un petit calot penché de côté sur ses cheveux blonds bien coiffés avec une raie sur le côté, bien plaqués.

– T'es pas du Parti...

Ce n'était pas interrogatif la façon dont il m'avait abordé la première fois... non, il était certain que j'étais un rigolo, un engagé désœuvré, un traîne-lattes pas du tout porté sur la discipline, la dialectique du marxisme-lénimisme. Il sourit et ça veut dire tout ce qu'on veut, qu'il trouve ça regrettable ou bien qu'il s'en tape le baudrier. Il me prend à la bonne, il me raconte quelques-uns de ses exploits... au hasard de la jactance, l'air de rien, sans aucune forfanterie, sans gloriole, un peu comme s'il me parlait de son métier, de choses assez banales somme toute. On est dans un baraquement, un dortoir où les Allemands s'entassaient le mois dernier en des lits superposés. On se boit sans doute du Nescafé, c'est le délice des dieux après toutes les mixtures qu'on s'est glissées derrière la cravate depuis quatre piges... l'orge, le gland grillés... les petits noirs douteux à la saccharine.

Il vient d'un groupe d'action du Parti clandestin, Alexandre Vériane pour l'état civil... une équipe de tueurs aux multiples cartons. Si je comprends bien, c'était surtout aux renégats qu'ils s'en prenaient, aux anciens passés chez Doriot ou même simplement dans les administrations vichyssoises. Son flingue, il n'éprouvait pas le besoin de l'exhiber comme beaucoup, de marquer d'un coup de lime sur la crosse chaque type descendu. Il était comme un Don Juan qui n'éprouve pas le besoin de parler de ses conquêtes. Enfin il racontait de temps en temps quelques anecdotes... ça le prenait, il se remémorait une exécution, comment il était descendu de la traction... qu'il s'était avancé vers sa victime... « Vous êtes bien monsieur Untel? » Il se renseignait toujours, il redoutait l'erreur, les quiproquos sanglants, le travail mal fait. En même temps qu'il enregistrait la réponse, il défouraillait... le bonhomme frappé au cœur tombait. Alex regagnait la traction sans se presser, la rue ne commençait à s'agiter qu'après le départ de la bagnole sur les chapeaux de roues. On pourrait croire qu'il en remettait dans le cynisme, le sang-froid. J'ai recueilli, par la suite, d'autres témoignages, de ceux qui l'accompagnaient, ils confirmaient tous... ils étaient admiratifs.

– T'en as tué beaucoup comme ça?

Je me rencardais... il se faisait évasif... toujours avec son petit sourire. « J'ai rempli quelques missions. » Ce qui surprenait un peu... sa voix... le ton presque précieux. Ma grand-mère sur ce plan-là l'aurait trouvé distingué, homme du monde. Vrai qu'aux *Trompe-la-Mort*, puis à la Colonne, c'était plutôt les voix traîne-savates des petits gars de La Courneuve, de Biscaille... des F.T.P. de Montreuil, des patriotes de Saint-Ouen... Mimile, Dudule, Bébert, Riton... de La Chapelle, Belleville... mes compatriotes des Gobelins. Alex, question tessiture, il se rapprochait des beaux quartiers. D'où venait-il? Là-dessus il ne disait rien, il éludait les questions. Sa famille, son métier... il n'en avait pas encore en dehors de la gâchette... il devait faire des études qu'il avait larguées pour entrer dans la

Résistance. Ses motivations profondes... bernique pour se faire une idée. Il ne manifestait jamais de sentiments particulièrement altruistes. Bien duraille de discuter avec lui... il trouvait toujours une formule, un biais pour vous glisser...

– Tu sais bien que le Parti ne peut pas se tromper.

Il vous balançait sa phrase semblable à un cureton, un jésuite qui vous dit que les voies du Seigneur sont impénétrables. On se rencontrait à l'improviste... dans un fossé pendant un tir d'artillerie, dans la cour de la caserne, le long d'un convoi. Tout à coup je reconnaissais sa silhouette... il descendait d'un camion pendant un arrêt... de la voiture d'un officier. Il se rendait dans un autre véhicule sans qu'on sache pourquoi. Au passage, s'il m'apercevait, il ne manquait pas de me saluer, il me lançait une vanne :

– Le monde va changer de base, Alphonse, ne te fais pas de mouron!

Avec son petit sourire, son air de se foutre de la gueule de tout le monde. Interprète ça comme tu voudras, camarade!... Aujourd'hui encore je m'interroge sur cette étrange amitié. Rien du côté de la jaquette, ne vous affolez pas critiques bagousières, pédaleuses exégètes de textes, psychanalystes de mes deux... je m'emprouste pas. Ça serait plutôt pain bénit, remarquez, on me trouverait super génial. Mais enfin les choses furent ainsi, sans ambiguïté caleçonnière. Le grand tort c'est de vouloir tout comprendre; tout expliquer. Pourquoi on est potes comme ça?... des ondes magiques, la sympathie instantanée. Il surprenait... au milieu de tous les discours qu'on entendait, patriotiques, enflammés... un ton Déroulède revu par *L'Humanité*... le communiste aux couleurs de la France... il faisait tache d'une tout autre façon que Pedro. Il me fascinait, j'avoue. Il rattrapait tous les slogans et les resservait de sa curieuse manière. On en entendait de sévères, boursouflés, épiques... qu'on était les nouveaux soldats de l'An II... va-nu-pieds superbes... héritiers à la fois de nos ancêtres les Gaulois qui luttèrent contre l'oppression de Jules César, des soldats de Hoche et Marceau et des insurgés de la Commune! De temps en temps, un gradé inconnu venait nous débiter un speech. On nous mettait en carré, dans une cour d'école, un préau, une place de village. Voilà, le capitaine incognito nous apportait le salut du Comité central, des camarades Jacques Duclos, André Marty, Charles Tillon! Paris, le Paris des faubourgs, des usines, de la classe ouvrière unie, était fier de nous, de notre courage indomptable. Nous étions son armée, l'armée du peuple, l'armée de Valmy, etc. Le pitaine se rebarrait, allait discourir ailleurs. On écoutait plutôt d'une oreille distraite... même les militants s'intéressaient davantage au ravito, à l'équipement. Alex répétait à tout trac une phrase piquée dans le boniment. Hors du contexte, elle devenait tout à fait insolite mais bien difficile à contredire dans cette ambiance. Je me risquais pas de lui renvoyer la balle depuis que Pedro m'avait mis en quart avec ses récits édifiants sur les staliniens pendant la guerre d'Espagne. Très vite on s'était retrouvés encadrés, embrigadés dans la Colonne sans avoir le temps d'ouf! ou de s'adapter. Forcés de filer le train, de chanter avec les autres la chanson de Taelman. Avec Pedro, on était dans une compagnie formée de F.T.P. parisiens... de ceux précisément qui avaient combattu avec Fabien dans le XIIIe, participé à la prise du Sénat le 25 août. Des jeunots en rupture d'usine, eux aussi tentés par l'aventure révolutionnaire. Pas très formés politiquement, disaient les cadres, les vieux de la vieille. D'ailleurs c'était composite tout de même le recrutement. Certains F.T.P. s'affirmaient non communistes, d'autres qui venaient de réseaux F.F.I. de l'O.C.M.J.[1], de l'O.R.A.[2], étaient pourtant du Parti. Ça faisait des motifs de discussions dans nos cantonnements. On bagottait dans la région... la Meurthe-et-Moselle, la Meuse, d'un bled l'autre. On se demandait même plus à la longue où on allait ni pourquoi. Dans l'ensemble, ils voulaient en découdre le plus vite possible... se retrouver plus près de toi mon Chleu pour l'achever. Je vous situe juste l'époque après notre incorporation... les *Trompe-la-Mort* passés en revue par le Colonel. On traînassait dans nos camions cacochymes, nos autocars aux sièges défoncés. On braillait *L'Internationale* en entrant dans les villages... L'impression qu'on vagabondait... On débarquait dans une école désaffectée, dans une grange, un baraquement laissé debout par la Wehrmacht... on s'installait, pétait, bectait. Une roulante de l'armée 39 nous filait le train. On se tapait des haricots, des lentilles... des stocks récupérés je ne sais où... des conserves ersatz de l'armée allemande... des petites gâteries à base d'anthracite... de quoi regretter le *beans* des Amerloques. A court de barbaque, on réquisitionnait des vaches qu'on abattait, dépeçait, mitonnait en toutes sortes de ragougnasses. De ce côté-là c'était vraiment l'An II, la propagande n'exagérait pas.

La vedette de notre section, incontestable, c'était Dimba. Pas possible qu'il passe inaperçu, Dimba... tout à fait du plus beau noir... Sénégalais, Malien, Dahoméen... je ne sais? En tout cas naturalisé de Pigalle, de la Place Blanche, de la Porte Saint-Denis où il traînait à cirer les pompes, à grappiller par-ci par-là quelques piécettes... chouraver tout ce qui lui tombait sous la pogne. Savoir aussi comment il

1. Organisation Civile et Militaire des Jeunes.
2. Organisation de Résistance de l'Armée.

était devenu F.F.I. ? Enfin, il était là, bien là... avec un uniforme tout à fait spécial d'arlequin... un false vert, une chemise bleue, une veste kaki, un casque de pompier, des godasses à semelles crêpe de trafiquant du marché noir, armé d'un Lebel de la guerre 14... le sourire toujours éclatant. C'était notre mascotte, notre bouffon... il avait un peu entravé la coupure, il jouait son rôle comme on le souhaitait. On lui prêtait des prouesses en juin 40 où il aurait coupé, soi-disant, des oreilles de Fritz pour s'en faire tout un collier et à la Libération de Paris où il aurait mis hors de combat un char Tigre à la grenade. Personne ne l'avait vu, ce n'était que les on-dit, mais pour peu qu'on l'oriente dans cette direction, il acquiesçait.

– Alors, Dimba ?... Il paraît que t'as pris un char ?

– Oui, mon frè... Un tigue... mon frè...

Il s'éclatait d'une rigolade à l'évocation de son exploit sans doute fictif. Dès qu'il avait bu, ne serait-ce qu'un quart de rouge, il se tenait plus... il brandissait une baïonnette allemande. Ça devenait dangereux de rester à sa portée quand il faisait des moulinets.

– Ji tue les Boches... mon frè... tous les Boches !

Les autres autour ils le poussaient au meurtre par anticipation. Affiché qu'avec Dimba dans notre section on allait être invincibles. Il a peur de rien... l'opinion générale. Tout ça nous venait des récits de nos pères sur les régiments sénégalais pendant la guerre 14-18. Les troupes de Mangin qui montaient par vagues à l'assaut de la cote 344, le Fort de Douaumont. On se le choyait, le dorlotait le Dimba... il avait toujours les meilleurs morceaux de barbaque... les plus gros...

– C'est pas aussi bon que du missionnaire, mais faudra t'en contenter, pas vrai Dimba ?

Il rebarrait chaque fois en rigolade avec ces histoires de missionnaire préparé en daube... toutes ses dents éclatantes de blancheur dans sa face noire.

– T'aimes mieux l'aile ou la cuisse, Dimba?

A l'évocation du missionnaire ailé, il ouvrait des yeux tout ronds, il protestait qu'il n'avait jamais vu ça... « Tu es fou, mon frè!... » On savait pas bien par moments s'il allait pas tout à coup se foutre à ressaut, prendre très mal la plaisanterie! Il avait des réactions brutales, surtout que toute une bande d'apprentis alcoolos le poussaient à la consommation. Beau être dans des trous paumés, des bleds presque sans habitants le long de la Moselle, Cattenom, Koeking, Sentzich... ils sortaient toujours quelques litrons de leur paquetage. Ils avaient déjà ce génie propre aux poivrades de toujours dégauchir de quoi s'humecter la glotte même au milieu du Sahara.

– C'est une pédale, votre Dimba, moi je vous le dis.

La révélation d'un habitué de la Porte Saint-Denis... un certain Marcel, un homme de la trentaine qui fréquente tous les bistrots dans le secteur... un engagé qui fuit lui aussi une bobonne acariâtre. Y en a quelques-uns avec nous de ces types qui se servent de l'alibi patriotique pour se prendre des sortes de grandes vacances. Ça explique peut-être la docilité du cheptel les jours de mobilisation générale. Enfin, ce Marcel, on le trouve médisant, calomniateur... sale mentalité.

– Qu'est-ce qu'il t'a fait, Dimba!... T'as quelque chose contre les nègres?...

Il jure tous les dieux du ciel que non!... que tous les hommes sont égaux, noirs, jaunes, rouges... mais que ça les empêche pas d'être parfois des lopes... que ça n'a rien à voir.

On est ce soir-là à Verstange... une bourgade qui

vient juste d'être libérée. On ne sait pourquoi, une petite garnison allemande était encore là, derrière le front américain qui se stabilise peu à peu le long de la Moselle. Des éléments de la Colonne Fabien les ont faits aux pattes, ils se sont rendus sans combattre, des briscards, des territoriaux plutôt heureux que la guerre soit finie pour leur matricule. Dimba n'a pas pu nous montrer encore ses dons de combattant, on est arrivés en retard... en renfort dans nos camions antédiluviens. On va occuper la place encore chaude des Chleus dans leurs baraquements à l'entrée du village... On arrose tout de même la victoire dans quelques troquets pisseux. C'est des pays d'usines par ici... le bassin minier de Longwy, Hayange... la sidérurgie, le noir boulot qui enfume l'atmosphère, qui souille la façade des maisons. Les gens qui sont restés là, c'est drôle, ils ne nous fêtent pas comme ils devraient. Pourtant c'est le prolétariat le plus pur... ils pourraient nous accueillir d'autant mieux puisque nous sommes en quelque sorte l'embryon de l'armée rouge française future. Nettement on sent qu'ils auraient préféré les Ricains avec leurs Lucky, leurs Camel, chocolate... chewing-gum. Fini le temps des embrassades. On entend au loin la canonnade sur la Moselle. On voudrait, nous surtout, s'embourber des fillettes... leurs mamans à défaut. Elles se planquent toutes... on est précédés d'un sacré papelard, je vais apprendre... communistes, anarchistes, pillards, paillards, violeurs, antéchrists... dans cette région catholique, on n'a pas beau schpile. On se rabat sur les dives boutanches... on les fait sortir de leur cachette... on se fait pressant juste ce qu'il faut, montrant nos pétoires pour éviter de s'en servir. On est tout de même une joyeuse bande dans un café à chanter : « *Les couilles de mon grand-père* »... et puis « *Taelman nous guidait au combat le poing levé pour frap-*

per! » Sur le même rythme... à la cadence des marches germaniques, celles dont nous ont gratifiés les occupants depuis 40! Ça jette le froid, il faut convenir, on n'est pas fins psychologues.

La conversation arrive sur Dimba parce qu'on l'aperçoit sur la place. Il a dégauchi une sorte de serpe, un outil de bûcheron... tout à fait genre coupe-coupe. Il fait des moulinets, il se marre, il n'arrête plus. On l'a fait boire, c'est visible... des cons encore qui se figuraient qu'on allait rencontrer les Fritz en combat rapproché.

– Je le connais depuis longtemps, moi... Il est toujours fourré chez Tout va bien.

C'était une brasserie à la Porte Saint-Denis qui a disparu vers 1960 pour faire place à je ne sais quel supermarché. Le chaland, chez Tout va bien... on ne pouvait pas dire que c'était l'élite de la capitale qui se retrouvait là... les snobs, les penseurs, les cinéastes et les grandes putes habillées Coco Chanel. Déjà c'était presque la Maube, les quasi-clochards... pipeuses de coin de porte cochère à une thune avec leur Julot casse-croûte, tireurs de sacs à main, griveleurs, escrocs de concierges, pilonneurs, bidonneurs, désaxés, déclassés... tous les résidus, les ratés, les gibiers promis à la relégation. La dame-pipi, en bas devant ses gogues, elle laissait jamais traîner une piécette dans la soucoupe, elle connaissait sa clientèle. Sur les banquettes en moleskine, la rumeur prétendait qu'on y récoltait des morbacs, des puces, des poux de corps. Ça reniflait la crasse, le graillon, l'entrejambe malpropre, comme dans les restaurants communautaires du Secours National.

– Il fait les tasses, Dimba, moi je vous le dis!

Comment ça les tasses?... Autour ça proteste... que Dimba n'a pas le genre à se faire calcer, qu'il est viril et pas qu'un peu.

– Il a une bite, mon pote, que si tu l'avais dans

la bouche, tu dirais pas Strasbourg, mais ça bourre!

La fine plaisanterie... éculée, enculée, le mot me vient, mainte et mainte! Enfin, on en rit toujours... les bleus, les frais débarqués de leur cambrousse, ils s'esclaffent... ils vont la retenir et la propager dans leur terroir.

– Attention, les gars, me faites pas dire ce que je dis pas! Il fait les tasses mais j'ai pas été y voir s'il se faisait mettre ou s'il mettait.

Tout de même il a des doutes, ce Marcel. Il nous laisse entendre que dans ces histoires de pissotières les protagonistes finissent tous à la soupe aux choux... retourne-toi à ton tour!

Enfin personne ne veut le croire. Dimba, il a la cote d'amour, c'est notre bon sauvage, notre brave tirailleur... Y a bon Banania!... Il arrive sur ces entrefaites, il entre dans la salle avec sa serpe. On l'applaudit. Il cherche partout s'il reste des Boches pour leur couper les oreilles et les couilles. Il est déçu, depuis ce matin on l'a éperonné dans le camion, excité à mort... qu'enfin il allait pouvoir donner libre cours à ses instincts sanglants. Maintenant il s'écrase le Marcel de la Porte Saint-Denis. Devant Dimba, il s'avise pas de répéter ce qu'il vient de nous dire, c'est bien la preuve de sa mauvaise foi. Aujourd'hui, à la réflexion, je suppose qu'il était dans le vrai... sans doute que Dimba se traînait dans les tasses et pointait de temps en temps une tantouse... lui piquait à l'occase sa montre ou son fric. En taule, plus tard, je vais connaître l'engeance... les spécialistes de l'agression dans les vespasiennes... tout à fait les patibulaires meurtriers en puissance pour de la menue monnaie. Chez Tout va bien, ils refourguaient les gourmettes, les vieux morlingues... jusqu'à des fringues. Pendant la guerre, même un veston élimé, un froc troué, une vieille paire de pompes trouvaient des acquéreurs. Ce Dimba frais moulu débarqué de sa savane, sans discernement, il était mûr pour tous les coups fourrés, mais pour l'instant, à part ce Marcel trouble-fête, tout le monde lui prêtait toutes les vertus, les qualités premières du soldat d'élite, la vaillance, l'intrépidité, le cœur gros comme ça. Moi, tout de même, je l'évitais... il me semblait trop changeant d'humeur, passant radical de la rigolade, l'affection débordante à l'agressité furibarde. Il m'enthousiasmait pas tellement et quand les choses ont tourné mal pour cézig, qu'ils ont tous renversé la vape, qu'on ne le trouvait plus bon qu'à fusiller, j'ai trouvé que c'était encore excessif. On passe vite d'un extrême l'autre, d'un enthousiasme pour une fièvre contre. Dans tous les domaines. Hier, au cinoche, une plongée coquine dans le décolleté de la princesse de Clèves provoquait toutes les censures... à présent, c'est maman te suce et papa t'encule sans que ça provoque le moindre remous. On était dans les dorures, les châteaux, les roses trémières, les gondoles vénitiennes, on se retrouve dans les sentines, les mouches sur la viande avariée, les colombins moulés direct en gros plan.

Dimba, pour l'heure, il est glorieux, pavaneur, rigolard, toute la compagnie l'admire, on lui passe tous ses caprices. On est donc à Verstange, dans ce troquet... on arrose notre victoire sans un coup de feu. A force d'arroser, ça dégénère en arsouillade, en soûlerie... on roule sous les tables... de la table au ruisseau... ça dégobille... ça se cherche du suif, ça se chable la tronche. Quand on n'a pas d'ennemis héréditaires ou sociaux, on se rabat les uns sur les autres. Les motifs ne manquent jamais... on en crée de toutes pièces au besoin, c'est plus facile que d'inventer la poudre.

La route n'est pas très confortable pour nos miches, mais on roule, c'est l'essentiel. On se rapproche, par je ne sais quel itinéraire, de Reims. On passe devant le camp de Mourmelon occupé par les soldats de Bradley, d'Eisenhower. Difficile d'imaginer que dans une quinzaine d'années l'armée allemande, la Bundeswehr du Doctor Konrad Adenauer, viendra s'entraîner par ici. Tout à fait en atmosphère de courtoisie... le bouquet de fleurs, la couronne au monument... les vœux de bonheur au Général et à Madame... de Gaulle s'entend, ce qui ne manquera pas, avouez, de piquant. Ça vous plonge dans de drôles de réflexions... des abîmes... sur la relativité des choses de nos guerres ! Dunkerque, la Marne, le fort de Vaux, la Ligne Siegfried, tout ça c'était donc pour la frime, divertir un peu les populations. Toutes les tirades de Déroulède, les proclamations de Clemenceau, les menaces du Kaiser ! La tranchée des baïonnettes, la ligne bleue des Vosges... du vent ! du cirque ! Est-ce Dieu possible qu'on ait pu délirer à ce point ?... Et notre Mangin... votre Kronprinz... votre bel Adolf ? Sanguinaires guignols... aux oubliettes ! Nos braves Poilus... leurs fiers Panzers... tout à fait pour fifre, que dalle, peau de zébi ! Ces cauchemardesques batailles, ces horreurs sans nom... tout ça, Barbara, pour rien.

On n'y pense pas dans notre gazo, on regarde le drapeau américain qui flotte au-dessus d'un infini de camions, de jeeps... de véhicules blindés. Nos alliés, ils ont pas l'air de redouter le moins que la Luftwaffe, par surprise, vienne les canarder, anéantir tout ce pimpant matériel flambant neuf. Ils ont la suprématie totale du ciel. L'étonnant, c'est que ça dure encore, que les Fritz aient trouvé encore la hargne, la force de tenir en Belgique, sur la Moselle, sur le Rhin, de s'arc-bouter sur tous les points d'appui possibles. On était partis, au début septembre, bien certains qu'on allait les pourchasser jusqu'au cœur de l'Allemagne, sans pour ainsi dire s'arrêter... la courette 40 en sens inverse. Un peu notre excuse à tous... Pedro, Jean-Paul et ce pauvre Jules! On se figurait n'avoir que des gretchen à enjamber, se la faire coquine dans les frais coteaux du Rhin. La surprise pour tout le monde, même pour Patton, paraît-il, qui ne s'attendait pas à des réactions pareilles de la bête aux abois.

– Merde! Qu'est-ce qu'ils ont, merde! comme matériel!...

Il résume Jean-Paul... il bougonne des merde!... merde!... merde!... il reste coi, con, le coin bouché. Il est l'ami Bidasse, lui. Il participe d'un type quasi éternel... en pantalon rouge, bleu horizon, maintenant en kaki semi-amerloque. Il s'ébaubit d'un rien, il s'indigne en chœur, il rouscaille vaguement, il a tous les préjugés qui lui arrivent, il gobe, il prend le clystère sans se demander si le médicastre est compétent. Ses cheveux blonds, il n'a qu'une hâte, aller se les faire rebrunir en arrivant à Paris. Avant même, il nous confie, de se pointer chez ses parents... que son père, ça lui filerait des doutes affreux sur ses mœurs s'il le voyait décoloré.

– Il serait capable, merde! de m'étrangler de ses propres mains! Merde!...

Je le rebranche, j'en profite, sur Jules et son papa. Par morceaux de phrases, il finit par s'exprimer.

– Moi, mon père, il voulait pas que je m'engage... tandis que monsieur Ribourdoir, lui c'était le contraire.

Il a plutôt incité son rejeton à prendre un fusil, à rejoindre nos cohortes loqueteuses.

– C'est un vrai patriote.

Je lance l'affirmation pour voir s'il ne va pas me contredire, ne serait-ce que d'une moue douteuse. Il me fait « oui » de la tête, il se gratte les trous de nez, il bâille. Il n'a pas la si mauvaise part, tout bien réfléchi, ce Jean-Paul. Il est protégé des complications sans même s'en rendre compte. Toute l'affaire de Verstange, il était là, témoin pour ainsi dire comme moi... ça ne l'a pas marqué, il ne s'en rappelle déjà plus.

Je vous reprends donc. Finalement on s'était pieuté presque tous brindezingues, défonçaresse épouvantable. Dans le baraquement, ceux qui perchaient en haut dans les lits superposés... tout un sketch pour qu'ils y accèdent... des culbutes sur le cul, des dégringolades au milieu des rires, des hoquets! J'en ai au-dessus de ma tête, moi, un énorme rouquemoute... il gerbe, le salingue, il dégueule toute sa vinasserie... ça me passe en cascade, en cataracte devant la tronche. Je ne suis pas si bien non plus... je tangue, je navigue. Tout m'y incite, dans ce pageot j'ai l'impression d'être en couchette. On a beuglé, hurlé dans les rues de la petite ville... foiridondaine pas très reluisante.

Pendant la dégueulade, au milieu des cris, des braillements... ça m'a semblé qu'on tirait dans les lointains... des coups de feu... quelques rafales de Sten. J'aurais pas dû me laisser prendre par l'ambiance dans le bistrot avec les autres. Dimba s'est presque mis à poil pour nous exécuter une danse de son village. On tapait sur les tables pour imiter le tam-tam. Voilà... la danse des Gléglés, sa tribu. Il a fini par se répandre sur le carrelage... pris d'un fou rire, mon frè... inextinguible. D'habitude je picole pas tant, je me la donne de mes réactions incontrôlées. Toute ma vie, je vais me méfier de l'ivresse. Je vois les choses déjà suffisamment fiévreux à jeun. Je préfère rester ras des pâquerettes, n'est-ce pas. Nul besoin de me défoncer, de planer... même en période de souffrances post-opératoires j'évitais le plus possible les drogues... le petit palfium qui vous délivre du mal.

Enfin, je suis à la fleur au fusil de mon âge... les potes m'ont rempli mon verre. A la bonne vôtre ! A la santé du colonel Fabien ! Et vive le Parti communiste !... ça fusait et puis entonnait... « *Salut... salut à vous, braves soldats du 17e !...* » A Verstange, il s'en passait ailleurs de sévères tandis que nous chantions l'hymne aux soldats du 17e. Ça ne me parvient que par ces quelques coups de flingues lointains... me parviendra de seconde main aux aurores. Le réveil brusque, des hommes en armes... de la Compagnie Saint-Just. Debout là-dedans ! Ils nous braquent... ordonnent de sortir sur l'esplanade... nous mettre en rangs par quatre sur le gravier. Pas le temps de se fringuer, on est en calbute, ébouriffés, vaseux, encore pleins de pinard, de vomissures. On voudrait des explications et, là, ça devient dur à entraver au début. Ils recherchent ceux qu'ont participé cette nuit à l'exécution des prisonniers. Nous, on n'a rien exécuté ! On a bu... quelques-uns ont tiré en l'air mais ça n'a touché personne. C'était juste pour rigoler.

– On enquête, nous dit un gradé, un lieutenant au visage maigre sous un casque un peu trop grand.

Dans les bois, au-dessus du bled, ça a flingué... on a mis en l'air une dizaine de personnes... des collabos. On apprend par bribes. Hier, on nous a parlé de traîtres arrêtés. Une liste trouvée à la mairie de gens ayant appartenu à la N.S.K.K... une organisation nazie de transports. Ici nous sommes, il est vrai, en territoire annexé, le morceau de Lorraine rattaché au Reich, le Gau du Palatinat. Ça complique les choses à propos de ces histoires de collaborateurs. Tous les hommes en âge de servir ont été mobilisés dans la Wehrmacht... envoyés sur le front russe. Pour subsister, avoir un boulot, une carte d'alimentation, valait mieux s'inscrire quelque part, prendre une brème estampillée de svastika. Les fonctionnaires, fatalement, faisaient partie de corps constitués nationaux-socialistes. Ils ont été mis au trou dès l'arrivée des Alliés, mais on n'en sait pas davantage. La ville hier et toute la nuit a été submergée de viandes soûles. Finalement, le lieutenant nous laisse nous fringuer, mais il faut qu'on abandonne nos armes... on est suspects... c'est à n'y rien comprendre du tout!

– On est toujours souspect avec eux... me glisse Pedro.

Eux, dans son langage, ça veut dire les staliniens. Comme il fait plutôt frisquet, on nous autorise à rester dans le baraquement. On finira par savoir... enfin l'essentiel de l'affaire. Dans la nuit une équipe de saignants s'est pointée à la mairie. Un capitaine les dirigeait. On ne connaît pas grand-chose de lui. Paul, il se faisait appeler... je l'ai aperçu sans plus... un petit brun à tignasse frisée. Ils en avaient tous, eux aussi, un coup dans l'aileron. Dans la cave... les sous-sols de la mairie, je ne sais au juste, s'entassaient les collabos ou présumés tels. Le capitaine Paul a trouvé la fameuse liste... de la N.S.K.K... les auxiliaires des transports. Ceux-là, en somme, étaient des nazis, aucun doute pour lui. Leur nombre dans ce bled?... les chiffres varient... douze, quinze, vingt-cinq... bons à fusiller sans jugement. Ou plutôt si... le capitaine a composé une petite cour martiale avec ses sous-fifres. Là, ça se gratine, les rumeurs, confidences de ceux-ci... ceux qui savent ou croient savoir. On parle de tortures, de types foutus à poil, fouettés à coups de ceinturon... brûlés à la cigarette sur les roubignoles, le gland. Je ne parle pas des glaviots... du dégueulis répandu, des coups de pompe dans le ventre. Je vous passe... ces réjouissances sont toujours peu de chose près les mêmes... qu'elles viennent des nazis, des K.G.B., des polices secrètes même démocratiques. Il s'agit toujours d'humilier un homme nu, de le plier, le faire supplier que ça s'arrête... de le défigurer. Ce genre de séances... le capitaine Paul était, paraît-il, spécialiste. Il avait officié dans les jours qui suivirent la Libération à l'Institut dentaire, avenue de Choisy... justement dans mon quartier. Un haut lieu de schlague, de supplices divers, de flingages... un tas d'horreurs, d'histoires sanglantes qu'on n'a jamais bien élucidées... qui restent encore un peu taboues.

Vers midi, on nous a permis de sortir... distribué quelques casse-croûte. On se remettait, nous, à peine de notre beuverie, de notre réveil en fanfare. Ça discutaille de droite et de gauche... Qu'est-ce que c'est que toutes ces salades pour quelques collabos mis en l'air!... Y en aura toujours de trop de ces enfoirés-là!... Voilà ce que ça pense, conclut dans l'ensemble. Les détails de la suite nous arrivent... que le colonel Fabien a mis à leur tour au trou ce capitaine Paul, un certain adjudant Léonardi... et puis deux trois autres... des sous-offs... les vrais responsables de la tuerie. On sait maintenant qu'ils ont emmené leurs victimes dans la forêt Moyeuvre en pleine nuit, vers deux trois heures du matin... leur ont fait creuser chacun leur tombe. On en rajoute peut-être, on raffine le récit... qu'ils avaient promis la vie sauve au premier qui aurait fini. Bien entendu, tous y sont passés... Paf! la balle dans la nuque selon la tradition soviétique... comme à Katyn!

Jusque-là ça n'a rien de très exceptionnel dans la

France d'alors, des règlements de comptes, des vengeances, des épurations-minute!... Après les massacres des Chleus, de la Milice... on a pris le relais. Tout s'imbrique dans l'abominable, on rivalise de sauvagerie. Je sais à présent que ça peut recommencer demain... que nous sommes en sursis de folies meurtrières. Le capitaine Paul, il est légion et il est éternel. C'est un type comme Harpagon ou Basile. Il *s'exprime* à ce moment-là, il y va de toute son âme, son moi profond. S'il n'y avait que ces exécutions de N.S.K.K. dans le bois... la balle dans la nuque... On n'en aurait même pas parlé. En tout cas, nous... on entendait des narrations de vengeance à la mitraillette un peu partout depuis septembre... ça faisait partie de notre guerre, notre paysage. Seulement, sur leur élan, le capitaine Paul, l'adjudant Léonardi et les autres, ils se sont plus retenus. Ivres de sang et d'alcool... ils ont été chercher les épouses de N.S.K.K.... deux ou trois et puis une gamine de treize ans. Ça s'est mis à tringler... sur la table même du tribunal. On dit que le pitaine s'est fait sucer par la gamine en lui promettant en échange la vie sauve pour son papa! Une bacchanale tout à fait sordide. Tout ça à la mairie, salle des mariages. La petite môme s'est jetée par la fenêtre du premier... brisé une jambe. On l'a achevée à la Sten.

Alex, un peu plus tard... toujours à sa façon cynique et souriante va m'expliquer... que le Colonel mis au courant au petit jour... sa réaction de tout de suite sévir, qu'on ne puisse pas assimiler son unité à cette équipe d'assassins. Le capitaine Paul, l'adjudant Léonardi et trois de leurs subalternes, après une instruction succincte, il va les faire coller au mur... du cimetière pour éviter les frais de pompes funèbres. Le peloton formé avec douze types de notre compagnie. Désignés par ordre, mais on aurait demandé des volontaires, il s'en serait présenté en surnombre, c'est ainsi – paraît-il – dans toutes les armées. A quatorze heures tout était réglé... rentré dans l'ordre. Seulement valait mieux qu'on aille cantonner nos pénates ailleurs... qu'on s'éloigne, les habitants nous battaient froid. Ça nous sifflait aux oreilles qu'on préférait encore les Boches... des amabilités de ce genre!

Des petits épisodes, comme ceux-là, ça peut vous amener à vous poser des questions... sur le pourquoi, le comment Dieu est-ce possible? Il suffit pourtant de lire les faits divers dans la presse aujourd'hui en temps de paix. Pour nous, la piétaille, les humbles cons électeurs, c'est là que ça se passe, les choses importantes... notre pain quotidien. Les bourreaux d'enfants, les tortionnaires de toute sorte, ils sont au travail chaque jour. Ceux qui martyrisent la grand-mère pour lui faire avouer où elle planque ses picaillons, le dernier mandat de sa retraite des vieux... les petits caïds en taule qui sodomisent en série un débile mental... celui qui étrangle après l'avoir violée sa fillette et puis la dépèce, etc. Replacez tous ces déments, ces sadiques dans le contexte de l'Occupe, de la Libération et vous avez les auxiliaires de la Gestape... ceux de la Carlingue, les bourreaux des Juifs... et puis ensuite les épurateurs sanglants comme ce capitaine Paul. Certains d'ailleurs ont su s'arranger, à je ne sais quel amiable, pour passer sans remords de l'une à l'autre. Ce sont les mêmes, la même engeance... y a pas de mystère, pas de beurre au cul. Ces monstres, on préfère bien sûr les oublier vite... peut-être parce que leurs turpitudes sommeillent en chacun d'entre nous, qui sait?

On s'est arrêtés encore avant Reims pour se restaurer. Un village, un troquet d'ouvriers agricoles. Monsieur Ribourdoir fournissait toujours les provises... le lard, les boîtes de sardines... les biscuits. Même dans ce triste rade, au bruit des fafiots qu'on froisse, la taulière vous sort des profondeurs de sa cave quelques boutanches... un pain de campagne... un calendos pas trop plâtreux. Il connaît le langage des boutiques, papa Ribourdoir.

– On va se réchauffer, les petits gars!

Je pense à ce que j'ai extirpé comme renseignements à Jean-Paul. Il se portraiture le dab... ça correspond. Il paraît pas dans les gestes ordinaires trop souffrir de la mort de son fils. Il faut qu'on lui tende la perche, si je puis dire... qu'on lui dise : « Jules, le pauvre Jules! »... alors il se met rapidos la tronche en berne, il baisse les paupières... elles ne sont pas si larges... ça ne fait pas un effet tellement mystique dans sa face rubiconde. Il a du mal à jouer les pater dolorosa. Je l'observe, il m'intéresse de plus en plus cet homme. Je n'ai pas eu de père, je me demande un peu ce que ça me ferait d'en avoir un comme ça, gras, rose et ferme sur les principes. Je l'écoute aussi... tout oreilles. Il s'efforce de bien rouler sans infraction au nouveau code en vigueur depuis que le maréchal Pétain est en exil à Sigmaringen. Devant l'officier américain il a protesté qu'il n'était pas communiste, maintenant, il nous vante Marcel Cachin, le vieux lutteur de la classe ouvrière... André Marty, le mutin de la mer Noire... des vrais ceux-là, des sincères, des patriotes! Ça l'empêche pas non plus d'avoir des sentiments très chrétiens, il va nous le prouver bientôt.

Un jeune homme mort pour la patrie, pensez si ça fait leur chapelet aux frangines... tout un rosaire à l'intention! À peine on a montré notre pif à la grille du couvent que monsieur Ribourdoir s'est fait connaître en retirant sa casquette... qu'on entend tout un remue-ménage... des bruits de portes, le froufrou des robes de bure dans les couloirs. Elles nous attendaient, prévenues sans doute par l'Archange Gabriel. L'aubaine alors, le cher enfant! Vite qu'on le transporte dans la chapelle de l'Immaculée Conception. Elles vont chercher les tréteaux, tout ce qu'il faut pour le recevoir. *De Profundis!* Il sort enfin de sa camionnette sordide, le Jules... On se le coltine à l'épaule. Ça rapplique de partout, les nonnes, les nonnettes... la Mère Supérieure. Doucement, délicatement, on pose notre copain sur les tréteaux devant l'autel, la Sainte Table. Elles ont même un drapeau tricolore pour recouvrir le cercueil du cher petit rappelé si jeune par le Seigneur. Déjà elles sont en prière. Nous, on est bien forcés de leur filer le train, même Pedro, de murmurer, de remuer les lèvres... recueillis, la tête basse... *Vous êtes bénie entre toutes les femmes...* On est enfin à Reims, c'est l'essentiel, on va pas prier toute la nuit! Je gamberge déjà, mille excuses lectrices dévotes s'il en est, à m'esbigner, aller rôder dans la ville, renifler un peu les jupons...*et Jésus le fruit de vos entrailles est béni!*

Ça me rajeunit de quelques années... le temps du catéchisme... l'abbé Daviel qui surveillait nos branlettes. Ses *Pater* et ses *Ave* de pénitence, on les expédiait fissa, on avait hâte de se retrouver dans la cour du patronage pour jouer au foot, au basket... comme maintenant dans cette chapelle des frangines de l'Annonciation, on est impatients d'en finir avec nos salutations angéliques. S'il y a un ciel, merde! il y est déjà, Jules! Je vois aucune raison pour qu'il se traîne dans les purgatoires... il est mort dans une juste guerre, heureux pour une cité charnelle! C'est du superflu qu'on se farcisse toutes ces oraisons dans la chapelle, qu'on se gèle encore couilles et panards! Il n'a pas pu commettre tellement de péchés mortels, ce malheureux gamin. Certes, il avait de mauvaises pensées, de mauvais penchants comme tout un chacun... peut-être qu'il tripotait sa sœur, masturbait le chien, pensait aux cuisses de Viviane Romance le soir dans son lit. Ça offensait encore Dieu à cette époque. Depuis il a mis en veilleuse son courroux, on se permet maintenant d'emmancher ses petits camarades sans qu'il vous lourde à jamais les portes du paradis.

La Mère Supérieure, on dirait plutôt un père, elle a des moustaches, un menton carré hommasse... de ces tartines, je remarque... elle chausse au moins du 44! On a fini nos dévotions, mais c'est pas encore quartier libre. On va se taper un Viandox pour se réchauffer, elles nous ont prévu une collation dans leur cuisine. Elles veulent nous gâter un peu, après tout ce qu'on a dû souffrir pour la France, la cité charnelle, etc. Ce n'est pas le même vocabulaire qu'à la Colonne... pas question de prolétariat, d'armée du peuple, mais on reste des héros tout de même. Dans les couloirs, on croise de drôles de petites filles... aux yeux vides, la lèvre baveuse, la tronche en biais... des petites tarées, torgadues, mongoliennes. C'est l'apostolat de cette communauté religieuse, les jeunes filles attardées mentales... la plupart sont abandonnées de leur famille, orphelines plus ou moins. Ça vous plonge pas dans la gaudriole cet endroit... ça renifle un peu la soupe aigre, le médicament, le fadasse. Les gamines, on les intrigue tout de même, elles voudraient nous suivre, les sœurs les repoussent vers le réfectoire, leur dînette. Une cloche tinte... c'est l'heure : « Allons! allons! mes enfants! A table! »

Pedro, l'affreux, il trouve le moyen de me murmurer à l'oreille en lousdoc qu'on va pouvoir, cette nuit, se glisser dans le dortoir des crétines, s'offrir vite fait chacun un petit pucelage, ça risque pas qu'elles portent plainte! Je redoutais qu'il se tienne encore plus mal, cézig, avec tout ce qu'il me déblatérait depuis des semaines sur les curetons, les frangines... ce qu'il proférait, blasphémait... toutes les grossièretés possibles à propos de Dieu, ses anges et ses saints. Il en rajoutait surtout pour Jean-Paul qu'il cherchait à mettre à ressaut. C'était pas si facile, Blondinet juste il marmonnait, il groumait mais n'explosait pas. Il avait l'indignation plutôt intérieure.

Celui qui m'étonne comme apôtre, bon chrétien, c'est m'sieur Ribourdoir. Les frangines sont toutes après lui... le papa du jeune homme... son chagrin immense! Il a la vedette dans le couvent. On le plaint, on le console que son fils est sans doute à présent dans la félicité éternelle. Le dab, il a entravé la poloche, il s'est fait ermite, chattemite, il se prend des attitudes onctueuses de séminariste pédoque devant son bol de Viandox.

– Merci, mes sœurs... Je suis bien heureux que

mon petit Jules soit pour cette nuit dans votre chapelle.

Il y est moins en danger qu'on aille copuler près de lui, se livrer à nos bestialités, nos levrettes sordides... toute une tierce de nonnes veille sur son repos, elles vont se relayer toute la nuit, elles vont pas chômer du rosaire.

Avec la Mère Supérieure moustachue, monsieur Ribourdoir il rivalise de bonnes paroles. Il parle de sa pauvre épouse, de sa peine infinie! Les frangines vont prier aussi pour elle, pour que Dieu lui donne le courage de supporter cette douloureuse épreuve.

Sournois, je borgnotte un peu droite à gauche les frimes sous les voiles, s'il y en a des jeunes, des mignonnes. Inconcevable, bien sûr, que je puisse en emballer une, mais enfin je me contenterais d'un sourire gêné, d'un rougissement... une bricole! Ça vous rehausse la virilité de sentir qu'on jette le trouble. A la cuisine, j'ai pas beau schpile, c'est plutôt des viocques qui fourgonnent une triste tambouille... une soupe aux choux-raves bien de ce temps. Avec les tickets, les restrictions, elles ont du mal à les nourrir leurs petites pensionnaires.

– Depuis quatre ans, elles ont toujours faim. Et, bien sûr, elles ne peuvent pas comprendre, les pauvres enfants...

... mais le Royaume de Dieu leur appartient, ça compense. Pour achever sa canonisation, monsieur Ribourdoir, il ira leur chercher un kilo de saindoux qu'il a transporté depuis Paris à leur intention afin d'améliorer un peu leur galtouse. Et puis il promet à la Mère Supérieure je ne sais quoi... qu'il lui fera parvenir de la viande par un ami dans la région.

– Il ne s'agit pas de marché noir, ma mère... soyez sans crainte!

Dans sa profession, y a eu beaucoup de brebis galeuses... mais il a jamais becté de ce gigot-là... de cette entrecôte. Il se lance dans une tirade qui me fait avaler traviole mon Viandox, déjà qu'il est brûlant, je m'échaude... je postillonne. Ces frangines, leur dabe supérieure, pas possible qu'elles soyent si nature pour savourer son homélie vertueuse à cézig. Toute sa bouille, ses bajoues, sa bedaine, ses petits yeux bordés de jambon cuit, démentent son verbe.

– On a tous souffert, dit-il, de cette terrible Occupation. Les jours meilleurs vont venir, ma Mère.

Elle lui répond... « Dieu vous entende, mon cher monsieur ! » Ça nous change de la veille, le bal à Varennes, la jument, la vinasserie, les propos vindicatifs, épurateurs, du capitaine qui perdait son froc. On est dans le feutré, l'édifiant... on s'arrose la dalle au Viandox. Ça me fait penser encore à la bouffe... si on va rester là avec les idiotes et les sœurs, partager leur triste brouet ?... Merde ! on est au pays du champagne, ça serait malheureux qu'on reste à la flotte, au bouillon Kub ! Sans doute que je me rencontre dans les éthers avec le daron... il a gambergé comme moi, puisqu'il s'excuse auprès de la Mère Supérieure... Voilà, il a un ami à voir, à la sortie de la ville, sur la route d'Epernay à Villers-aux-Nœuds... un camarade d'apprentissage. Il va nous emmener avec lui pour manger un petit quelque chose par là-bas. Il ne veut pas alourdir de quatre repas le budget alimentaire si difficile, par les temps qui se traînent, de cette admirable communauté religieuse. En résumé, ça veut dire qu'il laisse aux petites débiles mentales leur soupe aux navets et carottes déshydratés, leur pâté de poisson, toutes choses qu'on a suffisamment dégustées durant les années vertes teutonnes. Cependant la frangine-chef, elle soulève un petit problème... n'allons-nous pas laisser au pied du catafalque un homme de garde, ça serait tout de même la moindre des choses? A trois, n'est-ce pas, nous pouvons nous relayer toutes les deux heures pour veiller notre cher camarade en compagnie des sœurs prieuses. Je m'attendais pas à cette aimable suggestion. A Varennes et chez les Ricains, la nuit d'avant, il s'est bien gardé tout seul, Jules, et pourtant il était en pleine rue, en plein air, à tous les vents, toutes les bourrasques... en définitive encore plus près de toi, mon Dieu, que dans la chapelle de l'Immaculée Conception. M'sieur Ribourdoir, ça l'embarrasse cette pieuse idée. Il nous zyeute, il se rend bien compte qu'on n'est pas tellement enthousiastes... même Jean-Paul, il allonge la tronche, il passe dans son œil un corbeau. Elle nous coince, la vache... peut-être même qu'elle se méfie qu'on soit je ne sais quels imposteurs et qu'on lui laisse un mort inconnu sur la bure. Depuis quelques mois, ici comme ailleurs, on voit les choses les plus étranges, des comportements humains tout à fait inexplicables. Elle nous argumente, doucereuse, vicelarde, qu'elle ne comprend pas pourquoi un simple soldat n'aurait pas droit à un homme de garde devant son cercueil comme un général. Elle va nous mettre des matelas dans une pièce près de la chapelle. Elle nous casse entier la cabane, on est forcé de céder à ses instances, on ne voit pas bien comment la contrer. Pedro, tout de suite... c'est lui le plus vieux, le plus ancien de l'escorte, il organise les choses. Il décide, l'enfifré, que Jean-Paul va prendre la première faction jusqu'à onze heures. On lui rapportera quelques sandwiches pour se remonter, en attendant il va partager l'humble pitance des humbles sœurs de l'Annonciation. C'est pas l'envie qui lui manque de râler, de se révolter, mais devant la Mère Supérieure il n'ose pas. Il va s'équiper, se brosser les frusques, se décrotter les grolles, prendre son flingue pour monter la garde, veiller funèbre sur Jules puisque c'est son devoir.

Il fait nuit à présent, nuit noire de guerre, d'automne brouillardeux et il fait froid, un froid qui vous pénètre jusqu'aux os. Ça urge vraiment d'aller se réchauffer de bectance. Reims, on n'a pas bien le temps d'apercevoir les beautés de la ville, le sourire de sa cathédrale. D'ailleurs elle est en réparation, couverte de sacs de sable comme tous les monuments depuis le début de la guerre. Partout on rencontre des Amerloques, des blancs et des noirs... leurs véhicules, leurs M.P., leurs viandes soûles... Dans le secteur ils ont un état-major important... le Grand Quartier Général, il me semble. Sur l'instant, là, petit soldat F.F.I., je ne me rends pas bien compte, je n'ai ni le sens de l'Histoire, ni de rien. Je suis jeune, c'est déjà beaucoup et ce n'est pas grand-chose non plus. Tout est vague pour moi, en moi... ébauché, chaotique.. je suis maladroit et péremptoire, bien sûr, et sans doute que je passe à côté de la plaque. On met longtemps à apprendre à vivre et quand on sait, ou qu'on croit savoir, il est trop tard, on n'a plus envie, on n'a plus assez d'enthousiasme.

– Gaston!... Oh! mon pauvre Gaston!... Merde, alors, ça c'est une drôle de tuile!...

Le collègue louchébem bafouille ses condoléances. C'est un balèze... chauve, rouge, énorme de bras, de torse, de paluches! Il nous reçoit dans ses arrières... une cour où l'on a garé la camionnette. On traverse des chambres froides où pendent des quartiers de bœufs. J'en ai jamais tant vu. On est dans les odeurs de boucherie, le fade du sang des bêtes. On passe, on monte aux appartements. Il répète, l'autre : « Gaston !... Ah ! mon pauvre Gaston ! » Il le soutient dans l'escalier comme s'il était encore sous le coup de l'émotion.

Ça lui va bien au dab, ce prénom... il a bien la tronche à s'appeler Gaston. Là-haut, ça reprend... cette fois la dame, l'épouse du balèze et puis un ami, un abatteur à trogne d'alcoolo avec des petits yeux inquiets striés de sang. On le congratule, on n'en finit plus, on l'embrasse ce pauvre Gaston qui a perdu son pauvre petit Jules.

– Il était tellement gentil !

– Et puis pas bête... dans sa profession, il avait la main.

Mort, on vous gratifie de toutes les qualités possibles. On vous enjolive le portrait posthume, ça vous fait un joli tibia ! Monsieur Ribourdoir nous présente... deux petits gars qui ont été chercher Jules dans les lignes boches. Va falloir encore bonir notre exploit... et puis la mort du héros... J'ai, heureux, attrapé le tour de phrase... le style de l'époque... épique... *Chaque jour peut-être un Valmy*... modèle Aragon qui a retrouvé, le cher poète, les couleurs de la France ! Je fais sans le savoir mes classes de conteur... mes gammes. J'ai débuté, voyez, dans le récit patriotique. Tout de même, auparavant, ils vont chercher deux trois roteuses, les louchébems, pour qu'on se requinque... Veuve Clicquot brut et biscuits roses. Ils nous invitent à leur table. Pas question qu'on aille dîner en ville, de toute façon nous n'y trouverions rien. C'est la disette, la mouscaille noire ici à Reims comme ailleurs. La dame nous relate... Elle, elle est replète cependant... avec la profession de son mari, ça serait le comble qu'elle ait perdu fesses et tétons dans les malheurs de la patrie.

C'est confortable chez eux, sinon coquet, du meilleur goût. Ça renifle l'encaustique, la propreté méticuleuse. Sur les murs, ils ont des sous-bois avec des cerfs... des barques sur la mer bleue au moment où le soleil orange se couche... de ces jolies croûtes qu'on trouve à Montmartre... sur le Sébasto, au croisement des grands boulevards. S'ils ont amassé des pépettes en fourguant au noir leurs rosbifs et leurs entrecôtes, ils sont restés simples. Ils n'ont pas investi dans les œuvres d'art audacieuses. Ce qui saute aux yeux... enfin à mes yeux d'aujourd'hui... sur l'instant, je ne suis pas beaucoup plus raffiné qu'eux question barbouille, musée imaginaire. Sans doute, je subodore un peu que ce n'est pas tout à fait ça, que les vrais riches, ceux des vieilles familles, vivent dans des décors plus raffinés. Donc, je narre... obligé... je gagne mon repas, celui qui va suivre. J'améliore l'épopée, l'attaque, je brode le mieux... Jules à l'assaut des positions allemandes!

– Il est mort pour ainsi dire dans mes bras.

– Pauvre petit! Et il a dit quelque chose?...

Elle m'embarrasse, l'hôtesse, avec sa question idiote. Je me souviens déjà plus de ce que j'ai raconté au dab! Pedro vient à mon secours, il me voit hésitant, c'est un copain plein d'attention.

– Il a dit... « Les salauds! »

Voilà... il a pas eu le temps d'en dire davantage... sa tête m'est tombée sur le bras! Les salauds... aucun doute, il voulait parler des Boches. On reste ensuite silencieux un instant. Le dab, il renifle dans sa bacchante, mon récit le bouleverse... lui tire les larmes. Savoir un peu le degré exact de son chagrin? Ça se mesure difficile. Certains, vous les amenez en pleurnichade assez rapidos, ils s'émeuvent d'un rien... un mélo bien ravaudé, ils y vont comme aux grenades lacrymogènes. Peu à peu j'ai appris que ça ne veut pas dire grand-chose. J'ai connu de sacrés larmicheurs, des sangloteurs pour le décès d'une violette, pourtant dans le fin fond de l'âme crapule pur porc...

assassin en puissance de père et mère pour un héritage modeste.

Le champagne aidant, on se réconforte... on finit par surmonter tous notre chagrin. On passe à table. La patronne a mis le couvert pendant mon triste récit... les petits plats, les grands! C'est pas tous les jours que Gaston passe à Reims. Dans des circonstances, certes, douloureuses mais ça n'empêche qu'il faut bien se garnir la panse que le bon Dieu nous a donnée.

Un gueuleton de la sorte, je devrais être bien attentif aux attitudes autour de moi... à ce qui se dit, se suggère... aux silences comme aux éclats... n'en pas perdre une phrase, une image! Seulement je n'ai pas l'habitude du champ'... ça me tourne les esprits... les choses m'arrivent troubles, enfumées, comateuses de plus en plus. Leur salle à manger, avec le buffet Henri II, tangue comme dans un bateau. Je bouffe le plus afin d'absorber le liquide. Je fais honneur au gigot... aux flagdas... à tous les fromages. La première fois que je me goinfre pareil. On y va tous à la fourchette et au couteau! Gaston, qu'est-ce qu'il engloutit! déglutit! s'asperge maintenant au bouzy rouge! Son pote, il est attentif à ce que son verre ne reste pas vide. Il faut pousser la viande, les légumes, le pain blanc... que ça descende dans l'estomac, que ça se tasse, se comprime. Pedro, il se fait boute en train, il lutine la dame... il devient presque incorrect! Ça me paraît, mais son mari n'a pas l'air de trop s'en soucier. Peut-être, me dis-je aujourd'hui, que ça l'émoustillait, ce King-Kong, qu'il avait des phantasmes partousards. Duraille de savoir? La sexualité, c'est tout de suite le gouffre... les hommes apparemment les plus sains, les plus équilibrés... une fois en caleçon, en supports-chaussettes (je parle de cette époque, bien sûr), lâchez-les dans les charmilles, ils s'y livrent aux pires dépravations...

le plus chevalier Bayard, il vous viole la veuve, encule l'orphelin, sans peur ni reproche.

Ce qui me parvient dans ma cuite, ma gueule qui se boise... des bribes entre les deux bouchers et l'abatteur avec son pif turgescent... qu'ils ont des soucis avec des jaloux, des sales gens qui en veulent à leurs éconocroques durement gagnées, leurs meubles... à leurs quatre murs... leur peau pourquoi pas? Ils évoquent les Allemands... qu'ils n'étaient pas tous nazis, qu'avec certains y avait moyen de moyenner, etc... mieux qu'avec les Américains! L'abatteur il a dû, il doit encore fonctionner clandestin... ça s'esquisse dans ses sous-entendus! Il parle des risques qu'il prend pour finalement plutôt rendre service aux uns et aux autres. Je crois comprendre qu'il travaille avec Gaston... qu'ils sillonnent ensemble l'Ile-de-France, la Champagne, la Picardie.

– Fallait bien que j'aie un *Ausweis*! C'est pas les Anglais qui pouvaient m'en donner un!

Gaston le rassure, il peut témoigner lui... il est maintenant bien placardé. Et puis merde! comme preuve de patriotisme, n'est-ce pas suffisant de donner son fils à la France!... pour ainsi dire sa propre chair, son propre sang!

Pour m'achever, les vaches, ils ont un marc de derrière leurs tonneaux. Incapable de l'apprécier à sa juste saveur... on m'emplit un verre, je me lève... une idée subite...

– A la santé du général de Gaulle!

J'avoue... ça m'a passé par la suite mais, là, l'élan de la jeunesse! Général, me voilà! Je proclame... Ils me filent le toast... la taulière écarlate, suffocante dans son corset, son soutien-gorge... les trois profiteurs et Pedro, ils se lèvent tous...

– Viva la guerra!

Ça lui a échappé... encore une de ses plaisanteries. Après tout... bien réfléchi, il a raison, tout le monde le pense et bien peu l'avouent... Vive la guerre! la nôtre... la bonne vôtre... on se la justifie toujours! Y a rien de plus beau que la guerre, allons! Rien de plus normal, sinon on se demande pourquoi ça dure depuis si longtemps... Caïn-Abel et Charles Martel et le Maréchal de Saxe et La Fayette et l'An II et l'an 40 et la vaillante Armée Rouge! Merde! Donnez-nous, Seigneur, notre bonne et juste Cause qu'on aille s'étriper pour Votre Saint Nom! Qu'on en finisse jamais surtout! Sous toutes ses formes... guéguerres nationales, idéologiques, religieuses, sociales, sexuelles pourquoi pas... entre les pédés progressistes et les réacs tringleurs de filles?

Là, ça jette un froid tout de même, sa proclamation au Catalan! Il n'a pas pensé à Jules! Le dab, il en reste son verre à la pogne... la moustache encore plus triste. C'est pas le genre aux excuses, Pedro, mais il se rattrape tout de même, il a toujours un coup de vice dans sa musette.

– Viva la guerra au fascisme!

Voilà qui est bien envoyé... nos louchébems, ça, ils sont bien forcés de trinquer. Savoir si ça vient du plus profond de leur cœur, mais ils sont tous antifascistes depuis quelques mois. J'ai fini par m'affaler sur le divan dans une pièce voisine... je ne sais, une chambre... parmi les coussins brodés, près d'une poupée de foire, sous une suspension qui tangue. Je les entends dire que je ne suis pas bien... que je supporte mal la boisson. Vrai, j'ai éclusé sans bien me rendre compte... avec le gigot, les haricots, les fromages! J'ai fait des mélanges... rouge et blanc... en plus une crème au vrai chocolat. Je ne pouvais pas, qu'on se mette à ma place d'issu des quatre années de pain noir et rutabagas, laisser filer toutes ces bonnes nourritures terrestres sans m'en foutre le maximum dans les trous de nez.

Ils vont me ramener, Pedro et le dab… me soutenir dans l'escalier. L'air frais dehors, en apparence ça vous fait du bien, mais au fond ça vous achève. Eux aussi ils sont pas mal… ils se bidonnent, ils s'embrassent sur le perron. Pedro, je crois voir, il met carrément la pogne aux miches de la bouchère. Elle éclate, se trémousse… pouffe : « Voyons ! Calmez-vous, soldat ! » Le lendemain, il va m'avouer qu'il se la serait bien embourbée la gravosse. Il me fait voir… il me mime… en levrette plein son gros coul ! Il a l'appétit sexuel énorme, je vous ai révélé, insatiable, éclectique… Il fait feu au cul de toutes fesses. Enfin ! Il n'a pas pou à cause dé cé con dé boucher !

On est parvenus chez nos frangines, je ne sais comment… le gazo en zigzag… à l'arrivée, le coup de frein brusque. Failli arracher la grille d'entrée et puis la sonnette du couvent.

L'effarement de la sœur portière… trois hommes ivres morts !… On trébuche, on se congratule. Pedro, il embrasse le dab devant la porte de la chapelle. Et moi, je tiens plus, je suis à ramasser, les guibolles en flanelle et je me mets à gerber… aller au refile de toutes les délicieuses victuailles que je viens de me farcir… la crème au chocolat, le camembert, les fayots, avec le bouzy, le marc, la Veuve Clicquot ! L'horreur… j'asperge les murs du saint lieu, ça part de tous les côtés… j'éclabousse un ange, une Vierge, je ne sais plus ! On a dû faire un boucan infernal. Sous les voûtes, dans la galerie, ça résonne le moindre pas, le moindre bruit… se répercute, réveille toute la communauté, toutes les idiotes et puis la Mère Supérieure ! Surtout moi en dégueulant avec moult rots, raclements de nez, de gorge… et les deux autres que ça amuse au plus haut point. Des sœurs nous sortent, telles des souris, de droite, de gauche… de la chapelle… des portes le long de la galerie. Des souris blanches, elles sont dans de longues chemises avec des petits bonnets sur la tronche. Le scandale arrive par nous, malheur ! Je me suis écroulé contre la porte, je peux plus me relever. Je perçois la scène, le drame qui se déroule sans bien comprendre... la cause... les effets... je ne fais plus le lien. Pedro, son tempérament anarcho reprend le dessus. Il leur fait des bras d'honneur, des gestes obscènes aux frangines. Il va leur montrer sa queue, déjà il se déboutonne... Mais, opportunément je dois dire, voici Jean-Paul qui sort de la chapelle avec son Mas 36... qui nous braille ses merde !

– Merde ! Bande de vaches ! Vous charriez un peu !... Ah ! merde !...

Il n'est pas tellement indigné de notre état d'ivresse mais c'est notre retard qu'il nous reproche. Merde ! Merde ! Pendant qu'on s'empiffrait, se gobergeait, s'humectait la dalle, on l'avait total oublié près de Jules, dans le froid glacial de la chapelle avec les frangines en oraison.

– Pendant que je me fais chier, vous, vous vous soûlez la gueule !... Vous êtes des beaux enfoirés, merde ! moi, je vous le dis !

Sa façon de s'exprimer, pourtant pas si habituelle chez lui, ajoute à l'esclandre. Voici la Supérieure, la moustachue... elle, elle a mis sa cornette, sa roupane pour venir nous tancer... elle radine à grandes enjambées. Elle est sur moi, elle me prend seul à partie.

– Espèce de dégoûtant ! Vous n'avez pas honte ?

Elle me chuchote ses reproches, les yeux courroucés. Elle ne veut pas hausser le ton par respect pour le Saint Sacrement. Que lui rétorquer ? Elle me domine de sa hauteur. Mais tout le monde s'en mêle. Pedro, le dab et Jean-Paul qui continue sa litanie... nous traite de pourris, de salopards, d'égoïstes... qui se met à douter de nos mœurs...

– Vous vous conduisez comme des tantes!

M'sieur Ribourdoir... ses efforts verbaux... il veut surtout calmer la Supérieure.

– Ma sœur!... Ma mère!... il faut les excuser... ils reviennent du front!... Des héros!

Il se tortille la langue, il lui souffle dans les naseaux une haleine vinasseuse à la sainte femme. Elle se détourne, elle grimace.

– Monsieur, vous n'avez même pas le respect de votre fils mort!

Assez juste, mais ça, ça le vexe... il se met en suif. Il proteste, contre toute apparence, qu'il n'a rien bu, lui... juste à sa soif comme d'habitude... qu'il nous ramène et puis qu'on a bien raison de s'être arsouillé la terrine. On a failli mourir nous aussi pour la France... faut bien qu'elle entrave... risqué notre peau contre Hitler suppôt de Satan!... donc C.Q.F.D... pour la Sainte Eglise, la Vierge Marie, tous les saints frusquins!

– Allez vous coucher! Vous n'êtes pas en état d'entrer dans la chapelle!

Ce qu'elle a proféré, bordel de Dieu! Pas en état! Et Jules alors?... Jules, c'est son enfant à lui et il aurait pas le droit de le voir! Je me rends mieux compte... d'avoir vomi tout mon gueuleton, ça m'a un peu dessoulé. J'aperçois les mongoliennes par grappes qui sortent en chemise... qui poussent des cris-cris! Elles sont quoi? amusées? effrayées? Pas facile de discerner... Les sœurs les repoussent... les canalisent. « Voulez-vous retourner dans vos dortoirs, mesdemoiselles! » Malgré la viocque, il a pénétré dans le saint lieu, m'sieur Ribourdoir. Pour bien lui montrer qu'il a tous ses esprits et qu'il est tout à fait respectueux des bons usages, il plonge toute sa pogne dans le bénitier... il s'asperge... il esquisse une génuflexion. Patatrac!... il se rétame, il se rattrape à un prie-Dieu. On lui a filé le train, nous autres... Pedro, il est plié en deux, il arrête plus de se bidonner en voyant le dab se casser la gueule! Je me retiens, affectueux, à une sœur... je la tire par la robe... elle me repousse. Tout ça simultanément. Avec Jean-Paul et son fusil. Au milieu de la nef, le catafalque.. les candélabres... Jules... les nonnes en prière!... Oh! là! là!... On n'aurait pas dû boire tant, ça va faire un de ces schproum demain... la Supérieure, elle va se plaindre au colonel Fabien lui-même. Pas qu'il soit tellement porté sur les choses de la religion, le colonel, mais surtout il déteste qu'on fasse des éclats... qu'on puisse retourner ça contre son régiment déjà pas si bien vu des catholiques et des bourgeois!

Papa Gaston s'est relevé, en s'agrippant droite à gauche, en renversant d'autres prie-Dieu... il a atteint le cercueil de son fils. Il se met à genoux. Ça nous fait tous taire. La Mère moustachue ne peut tout de même pas le virer à présent... l'empêcher de prier. Il nous sidère, on s'attendait pas à ce qu'il réagisse si bien... juste comme il faut. Tout haut, il se met à réciter... *Notre père qui êtes aux cieux, que Jésus le fruit de vos entrailles soit sanctifié...* C'est pas exact le texte, il se mélange un peu les pédales, mais il prie, n'est-ce pas... ça monte vers le Seigneur! Il a tout de même eu, ce gros con, un trait de génie ce soir... ou plutôt cette nuit-là. Il a sauvé la situasse in extremis. On a embrayé, Jean-Paul, mézig et même Pedro, soudain saisi par la grâce... *Donnez-nous aujourd'hui nos offenses de chaque jour...* Toutes les cornettes, forcé qu'elles s'y mettent, c'est leur sacerdoce! Elles étaient piégées, baisées, passez-moi l'expression, par le Seigneur Dieu lui-même.

Sur le chemin du retour
Qu'il fait bon! qu'il fait bon chaque jour
Au bout du ciel, on revoit
La maison qui dort sous son toit.

On chantait ça dans la cambrousse... une chanson en vogue alors. On revenait de nos trous de la Moselle, du côté de Thionville... Kœking... notre secteur alloué par le général Walker de la VIIe Armée U.S.A. La trouvaille du colonel Fabien qu'on soit présents au combat... qu'on participe vraiment à la lutte contre l'hitlérisme! Les trous individuels le long du fleuve... plus précisément à deux trois cents mètres dans une plaine à betteraves... entrecoupée de petites haies... de rideaux de trembles. Les Chleus sont sur l'autre rive, un peu plus escarpée... ils nous dominent, nous canardent à coups de mortiers. Ça leur prend la fantaisie de temps en temps... schraoum!... ça pétarade, explose! On se recroqueville dans nos terriers... on attend que ça se passe et que les batteries américaines leur donnent la réplique. Ça lui a foutu la chiasse, au Dimba. Dès le premier tir de mortier, il était mort de peur au fond de son trou... ses gros yeux blancs hors de la tronche.

– Mon frè... ce n'est plus la gué... c'est l'atilleï!...

Il est sorti de sa planque comme un diable noir en hurlant. Jeté son flingue... son casque! « C'est de l'atilleï! » Carapaté dans les champs au risque de se faire allumer par un tireur d'élite en face... les *snipers*... ils en cloquaient dans les arbres avec des Mausers spéciaux à lunette. Il a atteint au sprint un petit bois près du village... fou de pétoche... pour courir plus vite il avait balancé ses pompes, ses godasses de marché noir à semelles crêpe ! Comme nous étions sous le bombardement... les obus de mortier, personne n'a pensé à se lancer à sa poursuite. Fallait attendre la fin de l'orage. On l'a vu disparaître dans la brume... le brouillard qui nous attaquait par plaques... par nappes éparses sur la plaine.

La surprise énorme... Dimba notre mascotte, notre bouffeur d'oreilles germaniques ! Dimba le flambeur de Tigres ! Merde ! Au premier danger, hop ! le flingue abandonné devant l'ennemi. La déconvenue, alors, terrible... proportionnelle à l'apologie qu'on avait faite de ses vertus guerrières. Déserteur ! Salopard ! Chiasseux ! Dégueulasse ! Toute sa légende qui bascule !

Le Marcel de la Porte Saint-Denis, s'il va pavoiser ce soir dans les cantines, les troquets... « Qu'est-ce que je vous avais dit... hein ?... que c'était qu'une pédale ! Un mec qui fait les pissotières, ça peut pas faire un bon soldat ! » Affirmation hasardeuse... Depuis la plus haute Antiquité, on trouve des guerriers héroïques et cependant croquant hardi de la brioche infernale ! C'est l'idée reçue racornie qu'on puisse pas d'un même cœur se faire planter une bite dans le cul, certain soir, et le lendemain, charger l'ennemi à la baïonnette !

Ça a couru vite, d'un trou l'autre, la nouvelle que Dimba s'était enfui. Quand on est arrivés au bled, à Kœking, si je me souviens bien, le lendemain matin après une nuit à se geler dans nos positions, on venait juste de nous le ramener... des Américains qui l'avaient cravaté dans la forêt de Zoufftgen à douze quinze bornes. On a prétendu qu'il avait tenté de violer une fillette près d'une ferme. Sans doute avait-elle brodé, la gamine. Il avait dû surtout lui foutre une trouille bleue... ce grand nègre, hagard, pieds nus, qui surgit du brouillard en pleine campagne.

C'était toujours Robert, le capitaine du Diable,

qui commandait notre compagnie. Il tombait mal, le malheureux Dimba! Robert, il avait un drôle de besoin d'affirmer son autorité par des méthodes bien à lui... je vous ai montré avec l'espionne de Rezonville. Sitôt récupéré, on a conduit Dimba dans une cave, livré à la petite équipe de joyeux battants, les spécialistes qui d'habitude s'occupaient surtout des S.S. quand l'un d'eux nous tombait entre les pattes. Au préalable, il était roué de coups... la tronche grossie doublée tuméfiée. Ceux qui filaient la bastonnade, bien sûr ça partait d'un bon sentiment patriotique et généreux, ils vengeaient notre pauvre France mais enfin ils y prenaient par la même occase leur pied. Des S.S. dans le secteur, il n'y en avait plus des bottes et, de toute façon, pour en ramener ne serait-ce qu'un exemplaire, il fallait traverser le fleuve, la Moselle qui nous séparait. Ça, c'était une autre paire de burnes!

Alors Dimba devenu déserteur, lâche, pédé, violeur de fillette, cannibale... leur avait servi de punching-ball. Ils l'avaient laissé pantelant, désarticulé, sanglant... sur la peau noire, on ne voit pas tellement les ecchymoses. Tout de même on se rendait compte, sa tronche avait doublé de volume. Je l'ai vu passer de la porte d'un bistrot où nous étions quelques-uns à lichailler je ne sais quelle piquette. Il continuait sa jérémiade... « Ce n'est pas de la gué... c'est de l'atilleï! » Vite fait, le Diable, l'inflexible, il te l'a condamné sans appel... un tribunal de fortune... une table, trois chaises, deux lieutenants assesseurs. Une juridiction sournoise et l'exécution immédiate. Dans un verger, il a eu droit à ses douze balles, le pauvre Dimba. Je me lavais une chemise à un abreuvoir, dans la cour d'une ferme, lorsqu'on a entendu la salve. Il devait supplier encore... « Ce n'est plus de la gué, mon capitaine... c'est de l'atilleï! »

Une horreur de plus… une victime de l'épidémie de violence, de meurtres qui ravageait alors l'Europe. Dimba, misérable clown noir arraché de sa brousse, plongé dans Paris, dans la guerre… du jour au lendemain, adulé, choyé, chéri de tous et puis battu, glavioté, abattu comme une bête enragée… simplement parce qu'il n'arrivait pas à comprendre que la guerre, hélas, c'est aussi de l'artillerie !

La sinistre pantalonnade, c'était soi-disant pour nous servir d'exemple, qu'on n'aille pas nous aussi jeter notre flingue, abandonner des trous le long de la Moselle qui ne servaient à rien puisque, avant nous, les Américains n'avaient pas songé à les occuper. Ça me paraissait monstrueux cette histoire, sans doute parce que je n'avais pas partagé l'enthousiasme général pour Dimba. Il aurait mieux fait encore de rester chez Tout va bien, de continuer sa petite industrie dans les pissotières, il n'y risquait qu'un peu de prison, on en sort même si c'est pour y retourner. On l'avait poussé tous… le climat de l'époque, à jouer ce rôle de sauvage héroïque. Vanité des vanités, il s'y était laissé prendre. Peut-être étions-nous comme lui d'une certaine façon… moins tonitruante, moins simplette, mais bons aux douze balles dans la paillasse pour peu qu'on y prête le flanc. Quel que soit le prétexte, les fusilleurs sont aux aguets…

Les frangines avec leurs chapelets, leurs orphelines, imaginent-elles toutes ces horreurs ? Elles se scandalisent somme toute de bien peu, ma dégobillade près du porche, nos gros mots… le manque de respect pour notre camarade dans sa caisse. Vétilles que tout cela… séquelles de Veuve Clicquot ! A ce moment-là, de par le monde, s'il s'en passe ! Rien que d'énumérer… Buchenwald, Dora, Dachau, Maidanek, Neuengamme, Ravensbrück, on sait maintenant de quoi il retourne… l'Archipel aussi, là-haut près du cercle polaire, le Goulag qui fonctionnait à plein rendement! Et puis toutes les villes qui s'effondrent sous les bombes... les incendies qui ne s'arrêtent plus... tous les pauvres cons, les innocents et les plus ou moins coupables pris dans la machine folle à broyer.

On est plutôt privilégiés, nous avec notre petit mort, notre petit Jules de rien du tout. On se préoccupe de la Supérieure... Je vous ramène le lendemain de la cuite... je vous dose un peu la rigolade, nos franches lippées... les horreurs, à la longue, c'est aussi lassant qu'un ouvrage de Robbe-Grillet. Donc je m'éveille le crâne lourdingue, la langue pâteuse. J'aperçois une porte qui s'entrouvre dans ma perspective... une petite tête qui passe... déformée, traviole, de gros yeux! J'ai pourtant rejeté mon alcool, tout bien cuvé... Ah! ça me revient... les pensionnaires mongoliennes! C'est une crétine qui vient nous voir, une petite coquine baveuse! On est dans la pièce près de la chapelle. Je me dresse sur le cul... la tête disparaît... j'entends que ça s'enfuit dans le couloir... plusieurs idiotes qui poussent des cris. A côté de moi le papa Gaston il ronfle bruyant sur son matelas... le bide à l'air... indécent... velu... les couilles à l'étal. Pedro dort aussi et puis Jean-Paul recroquevillé sous ses couvertures avec juste sa tignasse qui dépasse, ses cheveux blonds aux racines déjà bien noires! J'en conclus qu'il n'y a personne pour monter la garde près du cercueil... plus que les sœurs toujours grignotant leur rosaire. D'après ce que disait hier le dab, on devrait reprendre la route aujourd'hui et cette fois officiellement dans une voiture noire de chez Roblot. Ça me revient en me frottant les châsses... il doit laisser sa camionnette au tueur de bœufs. « Tu me la ramèneras la semaine prochaine à Gentilly. » Malgré ma cuite j'ai entendu, ils se jactaient en louchébem par moments, mais j'ai compris qu'entre eux il y avait des gros sous, des grosses bêtes à cornes, des intérêts qu'on dit sordides... allez savoir! Faut que je le réveille, il doit être tard, je vais pas sortir seul de cette pièce pour affronter le regard réprobateur de toutes les religieuses. Après tout je ne suis pas tellement responsable... c'est la faute au papa de Jules qui m'a fait boire. Je le secoue, ce gros lard. « M'sieur Ribourdoir! M'sieur Ribourdoir! » Il sursaute, il a une réaction curieuse... il me semble, d'homme pas si tranquille que ça. Il se redresse blême, les yeux affolés... « Qu'est-ce qu'il y a? Qu'est-ce que c'est? » Pour rire un peu, je devrais lui crier « Police!.. » L'économique, les limiers du Quai de Gesvres, certain que ceux-là il se les attend dans son horoscope. Beau arroser les uns les autres, il en reste toujours des imprévisibles, des petits insatiables qu'on n'a pas assez gâtés. N'importe... tout ça ne me regardait pas... fallait qu'on sorte d'abord de ce couvent... qu'on reparte vers Paris. Il a fini par s'éveiller vraiment, rengainer son service trois pièces qui lui sortait du calbute... le réflexe de pudeur... consulter sa montre... « Merde! Il faut que j'aille chez les pompes funèbres! »

Pour écraser le coup, se faire pardonner notre esclandre, on est retournés dans la chapelle tous les deux... se mettre à genoux devant le catafalque, bastonner quelques *Ave* avec les sœurs qui s'étaient relayées toute la nuit. S'il n'est pas au ciel après ça, ce pauvre Jules, c'est à désespérer du pouvoir de la prière. Je passe le coup de châsses de la Supérieure lorsque nous la croisâmes dans la cour, son ton cassant. Elle souhaitait maintenant qu'on décarre rapidos, qu'on rejoigne nos ténèbres extérieures... qu'on déménage notre camarade. Elle prierait encore pour son âme mais sa dépouille mortelle elle en avait au-delà de la cornette, voilà tout.

Il faut croire que Gaston Ribourdoir avec ses arguments bien à lui... ses chuchotements biffetonniers au creux de l'esgourde, ça fonctionnait même dans les lieux de recueillement et d'oraison. Pour adoucir le courroux de la Mère Supérieure, l'après-midi, il a été lui parler seul à seule dans son bureau. Elle en est sortie touchée par la grâce, notre mauvaise conduite de la nuit était effacée... nos péchés remis... on était redevenus des chers enfants qui revenaient du front. Pourtant, entre-temps, on avait été encore becter, se goinfrer cette fois avec Jean-Paul dans l'arrière-salle d'un restaurant. C'est là que se passaient toujours les choses sérieuses. Les victuailles interdites, introuvables, vous arrivaient enchanteresses dans les assiettes. La taulière, bien sûr, était une amie des bouchers de Villers-aux-Nœuds. C'était tout un réseau de boustiffe, de trafic alimentaire à travers la France, de ville en ville... une véritable maffia de petits et gros commerçants, de malfrats et puis de Chleus avant la Libé. Pour qu'ils couvrent tous ces négoces, tous ces bénèfs illicites, fallait bien qu'ils en croquent, n'est-ce pas, qu'ils aient leur fade... la moindre des choses ! Maintenant, les nouveaux maîtres de la situation, les colonels frais galonnés, les comités de ceci, de vigilance, etc., avaient pris le relais. Ce que j'entravais peu à peu. La pureté, c'est tout juste bon pour les journaux, les affiches... c'est le plat maigre des convaincus, des militants de base.

Fallait tout de même qu'on fasse un peu gaffe, qu'on y aille mollo sur la piquette... ne pas rentrer encore défonçaresse à l'Annonciation. Pedro parlait encore de se farcir une mongolienne, ça tournait à l'obsession. Il demandait à Jean-Paul, s'il était volontaire pour la tenir pendant l'opération.

– Ça séra ton tour après.

Enfin, ça s'est conclu encore au bordel son rut impératif au Pedro. En ce temps-là, je vous le dis, s'échouaient au claque presque tous nos rêves érotiques, nos désirs, nos petits caprices, nos tracassins épouvantables, nos braquemarderies de jeunes clebs. Il ne nous restait pas excessif de temps pour aller se faire turluter le chibre. Les pompes funèbres étaient en piste pour prendre le relais de la camionnette. M'sieur Ribourboir avait tout réglé avant le déjeuner, toutes les paperasses et sans doute les passe-droits, les pots-de-vin. « Les fumiers, ils se régalent sur le dos du pauv' monde ! » Juste retour des choses pour cézig. Cette fois Jules allait avoir une caisse décente... en chêne clair et poignées d'argent... un fourgon drapé de noir... Ça aussi, ça passait par le marché clandestin... l'épais pacson de billets dessous le catafalque. Il s'indignait, Gaston, ça lui paraissait l'abus atroce. « Moi, je vends de la vie !... le plaisir de la table ! » Assez exact son argument... tant qu'à se faire étriller, c'est préférable pour un rosbif, un gigot, plutôt que pour un cercueil.

Question bobinard... la gourance ! Le patron du restaurant, il avait dû se figurer qu'on était, Pedro et moi, aussi oseillés que m'sieur Ribourdoir puisqu'on pouvait s'offrir sa table. Il nous a expédiés dans une taule de grand luxe... Le Palais Oriental. Quelque chose d'encore plus huppé que Le Tango Royal à Nancy où j'avais échoué avec le capitaine Herlier et l'adjudant Gaspard... ce que j'ai raconté dans *Bleubite*. Pour tirer un simple coup, on y laissait notre solde de deux mois. On s'est tout de suite rendu compte... le côté moelleux, feutré du vestibule... les ors et les velours... l'accueil... c'était pas pour nos bébêtes !

– Messieurs... entrez donc...

Fréquenté l'endroit par des officiers ricains, quelques civils aux sapes d'avant-guerre en tissu anglais, des messieurs au bide avantageux, du bourgeois tout à fait cossu malgré la pénurie générale... de ces exceptions qui confirment les bonnes règles de la vie sociale. Les gonzesses étaient toutes déjà au travail... à l'horizontale, en levrette, à la Duc d'Aumale, à la paresseuse... aux fantaisies de tous les viceloques... ouvrières à la bouche de fée ! Pedro tout de suite il a balancé ses vannes... ses plaisanteries de guérillero ! On était au bar dans un grand salon avec chacun une coupe de champ'. Rien que le prix des consommations, ça nous sortait de nos pompes. Ça me déprime toujours les endroits au-dessus de mes moyens, j'ai surtout envie de me tirer. La taulière nous frimait, elle était en conversation avec un client de belle apparence. Elle tendait l'oreille... les propos vengeurs de Pedro, pas difficile de voir que ça l'agaçait. Il s'est mis à sortir son Parabellum... à viser la suspension... qué d'oune seule balle, il pouvait la faire tomber au milieu de la pièce. La sous-maque s'est levée, excusée auprès de son micheton, elle est venue au bar pour nous parler gentiment, nous avertir en lousdoc...

– Rangez donc votre artillerie, cher monsieur. Si vous tenez à vous en servir vaudrait mieux remonter vers le nord... là-bas, il y a des gens susceptibles de vous répondre...

Toute souriante, elle nous susurrait sans le moins du monde se départir de son calme. Une femme encore assez bandante, la chevelure blonde vaporeuse... roulée tout à fait soutenu... une paire de roberts qu'elle pouvait sortir de son corsage sans que ça devienne la Berezina, la fonte des neiges, on se rendait compte. Elle a ajouté, toujours coquine en diable...

– Ici aussi, remarquez bien... les calibres sont moins gros, mais enfin...

La menace que si on s'avisait de faire du schproum dans sa jolie taule, elle avait en réserve des flingueurs d'intervention prêts à nous jouer un concerto. Ce qui me traquait, que Pedro insiste, relève le défi, c'était dans son caractère. Le dab nous avait recommandé d'être de retour au couvent à cinq heures. La voiture de chez Roblot devait nous embarquer... qu'on soye à Gentilly le soir même. Heureusement, Pedro, il a rengainé son flingue et il a pris ça à la rigolade... il s'est mis à rétorquer sur le même ton à la taulière, à l'interroger...

– Vous, vous né montez pas?

Elle fait non de la tête. Il insiste, Pedro, il lui envoie un compliment assez joliment tourné sur sa poitrine et sur ses yeux. Ouf! J'aime autant que ça tourne au madrigal. Non, non, elle regrette beaucoup... elle apprécie le bon goût de mon petit camarade, mais vraiment ce n'est pas possible. Ce n'est pas dans ses principes et puis il faut qu'elle supervise, qu'elle gère, qu'elle reçoive. On l'appelle à droite à gauche. Si on a le temps d'attendre un peu... elle nous recommande une certaine Geneviève qui sera libre dans même pas un petit quart d'heure... une fille ravissante et experte.

– On pourra monter tous les deux?...

Elle comprend pas tout de suite la sous-maque. Il enchaîne avant qu'elle ait eu le temps de réaliser, il lui explique qu'on est pressés, qu'on nous attend pour un enterrement... alors, ça gagnerait du temps si Geneviève nous montait ensemble.

– Elle pourrait peut-être nous faire oune prix?

– Ici, je regrette, mais on n'accepte pas les bons de la Semeuse.

La dame taulière, elle a cette façon de dialoguer pleine de sous-entendus, des périphrases... le sens exact de l'argot, l'allusion qu'il s'agit d'attraper au vol. Elle nous fait comprendre... le ton de sa voix... qu'on est plutôt indésirables dans son établissement fréquenté par des gens aux espèces sonnantes plus que trébuchantes. Pour nos amusettes bon marché, elle pousse l'amabilité jusqu'à nous indiquer une bonne adresse pas loin d'ici.

– Bien sûr, elle ajoute, la qualité du service n'est pas la même.

Juste à l'instant descend une môme à loilpuche sous de légers voiles transparents. Une créature de rêverie, à se la sortir, là, se pogner séance! Elle nous passe à côté, nous sourit, nous frôle de sa voilure. Elle va rejoindre l'homme qui l'attend... un gros officier américain qui fume le cigare, installé à une table... le champagne au frais dans le seau de glace. Certain qu'on n'est pas d'attaque pour le concurrencer ce nabab! Dans ces cas-là, je préfère m'esbigner, je vous ai dit. Je reste jamais devant la vitrine, devant le buffet. Même en prison, je ne tapissais pas mes murs de pin-up. Ce que je ne peux pas toucher, je m'arrange pour ne plus y penser. Un trait de caractère, dans un sens assez utile, pour affronter les injustices de l'existence. D'un autre, il vous coupe souventes fois les ailes. On peut se dire, bien sûr, des choses avec Pedro... s'échanger des propos amers... que ce gros Ricain c'est le représentant du capitalisme et que nous sommes, nous, de bien pauvres soldats prolétaires, etc. On peut toujours, ça console, mais ça ne change rien.

Les tracasseries sexuelles, on était assaillis... toujours en quête, rarement satisfaits. Le bordel, certes, c'était pratique et sans autre crainte que la chtouille. Seulement, dans nos prix, comme nous le suggérait la maquerelle de luxe, c'était le plus souvent d'horribles pouffiasses, les opératrices, des gravosses en socquettes blanches, boudinées dans des robes en satin rose, minaudantes fausses petites filles! Toutes les photos-souvenirs des maisons closes de cette époque en disent long sur la volupté qu'on pouvait s'y offrir. Ça ne pouvait vous satisfaire que les besoins les plus pressants… parfois la branlette, avec toutes les ressources de l'imagination, était préférable. Ça me disait rien d'aller encore avec Pedro à la Maison dans nos prix. J'avais vu le travail, rue de l'Aré, à Coulommiers… l'abattage! On se sent rabaissé, tout à fait un animal… ça vous laisse à l'âme un vague poisseux, une tristesse qui n'emprunte rien aux lacs lamartiniens.

De toute façon, depuis le début de cette campagne, pour le romantisme, le sentiment, c'était balpeau le long de la route. On ne rencontrait, en dehors des putes, que des filles à betteraves… des ouvrières agricoles. Tous les plus jolis derrières, les frimousses avenantes étaient bien planqués par les familles en vue du sacro-saint mariage. Toutes les possibles étaient fiancées, promises, cloîtrées protégées du diable à quatre. Aucune citadelle n'est imprenable, certes, mais il faut du temps, de la patience, toutes les ruses inspirées du dieu Eros. Où nous restions, le plus longtemps, c'était le vide, comme à Rezonville… plus qu'une centenaire… et cette soi-disant espionne. Cette malheureuse qui, sans doute, venait glaner quelques boîtes de *beans* près des batteries américaines.

Je n'ai donc pas encore d'histoire d'amour à vous narrer, belles ou tartes lectrices. Ça me fait un tort considérable. Dans les magazines féminins, je suis plutôt tricard. La grande affaire, au finish, c'est toujours le trou du cul… De la princesse, ça vaut mieux, de la star Septième Art… mais à défaut celui de la fille de la crémière suffit parfois.

Le trou du cul envaseliné aux délicatesses des émois. Avec mes histoires de soldats errants... de Jules dans sa bière et de son papa profiteur, je suis loin du compte. A se demander si je ne serais pas un peu miso, phallo, macho... Je vais essayer d'y remédier. Me vient à la mémoire une petite aventure dans la grande... une péripétie que j'oubliais.

On avait pourtant déjà des nanas dans notre unité patriotique et populaire... des jeunes filles en uniforme... des sortes d'afates autour des états-majors de bataillons. Bien sûr des dactylos, des infirmières, mais aussi d'authentiques combattantes, des guérillérotes... le fer de lance, en quelque sorte, de la conquête féminine pour les droits à l'égalité des sexes. L'ennui que je sois mal tombé, moi, avec celles-là... enfin deux de celles-là! Sapées alors tout à fait modèle soviétique. Dans un Dodge elles étaient, elles revenaient d'où... de quelle mission, quelle permission? Moi non plus, je ne sais au juste ce qui m'avait conduit au bord de cette route... à stopper les jeeps, des camions américains. C'était l'époque où nous étions en ligne sur la Moselle... l'époque de la désertion de Dimba... Ça me revient sans couleurs ce temps... brumeux, grisâtre, kaki... des odeurs de roulante, de soupe froide aux choux... la pluie qui finit par vous transpercer la capote, la vareuse... On se sèche au cantonnement autour d'un gros poêle dans une salle de bistrot désaffectée.

Une permission de douze heures... on est partis quelques-uns à Briey dans l'espoir de s'y distraire, de trouver un bal, un claque... On rêvasse de fesses, de repues franches, de joyeuses rigolades, et on se retrouve, ami Bidasse, errant de troquet en troquet, s'arsouillant peu à peu à la bière aigre, à la grosse vinasse 10°... On hèle, siffle les filles qui pressent le pas dès qu'elles nous aperçoivent. Ceux de la Colonne, on est précédés de notre réputation, ça les incite pas, les mignonnes, à se laisser lutiner. En plus c'est une journée pluvieuse. Au bout d'un moment, je lâche mes potes, je les laisse croire encore à la chance d'emballer une duchesse en sabots. L'écœurement me saisit au dernier verre de pichtegorne. Je préfère rentrer seul... retrouver la chaleur animale de nos granges, les mêmes copains peu de chose près, nos concours de perlouses, nos plaisanteries bovines. C'est donc ça l'aventure! Faut se forcer pour y croire, s'enfourner l'imagination très loin dans le mensonge pour s'en faire des souvenirs glorieux. La bataille sur le bord du fleuve... qui consiste à attendre, attendre... se blottir sous les tirs de mortier... sous la pluie, à grelotter transis, trempés, ahuris... et puis nos permes dans ces villes d'usines, de hauts fourneaux, de grisaille... Hayange, Briey, Longwy... et puis rien d'autre que de temps en temps les intermèdes épurateurs, nos petites saloperies à responsabilité limitée. Fallait que je sois tout à fait paumé, la tronche incertaine, en proie au mal de vivre de la jeunesse, pour me réfugier dans une galère pareille! Je me revois tout à fait enfant perdu avec mon casque, mon Mas 36... mes piètres illusions... dans cette guerre immense. Je me fais pitié du haut de ma cinquantaine... Il faut beaucoup d'enthousiasme juvénile pour colorier un peu l'album... toujours se garder suffisamment de ressources au fond de la carcasse pour en rire plutôt qu'en pleurer.

Alors là, je rentre... il pleut encore, il pleut toujours sur la Lorraine et sur la guerre... il nous pleut au fond du cœur, une pluie fine qui vous arrose la tristesse. Ma surprise... un Dodge s'arrête... à l'arrière, c'est deux filles qui m'interpellent... les deux soldates.

– Monte, camarade... Tu vas à Thionville?

Thionville, c'est mon chemin... ensuite je vais jusqu'à Cattenom, je trouverai bien un autre véhicule pour m'y emmener, rejoindre ma base, mon poste de combat.

Elles m'ont tendu la pogne pour que je grimpe. Elles sont tout à fait, je vous ai dit, en tenue de combattante... l'uniforme 39 de gros drap kaki, le ceinturon, les molletières... comme les grivetons de la débâcle mais avec en plus des bandes de balles de mitrailleuse en croix sur le buste. Ça leur donne l'air tout de même plus farouche, plus offensif. Le Dodge, ce n'est pas le gazogène de m'sieur Ribourdoir... il roule dingue, le chauffeur, un Noir, s'amuse à virer sur les chapeaux de roues. Dans les ornières de la route si on bondit ! Faut faire bien gaffe de pas s'emplafonner dans les ridelles ! Elles se marrent les soldates... elles font du bruit de quincaille... elles ont des bidons, des Sten, des flingues, des grenades à manche passées dans la ceinture... un harnachement incroyable. Malgré la vitesse, le tape-cul, je les détaille peu à peu, les distingue l'une de l'autre. La plus grande a retiré son casque... c'est une sergente, elle a le galon en V sur le bras... une rouquemoute incertaine... un peu queue de vache. Elle est taillée plutôt mastoc, sportive... la poitrine à l'étroit, boudinée dans sa tunique, écrasée par ses munitions ostentatoires. Pas de maquillage, les traits épais... l'œil vif, il me semble, critique à mon endroit... pas si cajoleur féminin. Tout de suite, je préfère l'autre à tous points de vue... la simple soldate. Elle a gardé son casque mais on aperçoit tout de même sa chevelure brune. Elle se maquille un peu... un rouge à lèvres qui déborde... n'empêche, ce reste de coquetterie indique un désir de séduction qui me rassure. Mon choix est fait... enfin dans ma petite tête, les événements parfois se déroulent curieux, vous renversent la vape de vos décisions.

– T'es de quelle compagnie?

La sergente qui me questionne... la Queue de Vache, d'un ton presque sec. Je lui réponds et j'ajoute quelques détails pour me faire mousser. Aucun doute permis... c'est une gonzesse portée sur l'héroïsme patriotique... genre nouveau Valmy... une môme camarade. Maryvonne, elle se blaze et l'autre, la brunette, c'est Janine. Elle me sourit Janine, je la sens moins flingueuse, pourtant elle tient sa Sten en bandoulière comme si on allait nous attaquer en route. Seulement, elle doit la laisser de temps en temps au vestiaire, elle ne la garde pas pour faire l'amour, elle se débarrasse aussi de ses bandes de mitrailleuse. Maryvonne, je garantirais pas qu'elle se désarme pour se faire posséder... dégrafe son ceinturon, pose son flingue sur la table de nuit... un maous colt à barillet qu'elle a presque sur le bide... la crosse qui dépasse de l'étui. Elle doit juste baisser son froc, même dans l'extase un œil toujours aux aguets du fasciste qui peut surgir.

– Paraît qu'il était réac, le commandant Kerloch?

Elle me tâte... voir un peu ma façon de penser. Les militants, militantes, ils vous envisagent que dans l'optique de leur parti. On en est ou on n'en est pas. Si on n'en est pas, on est un ennemi en puissance, un suspect de toute façon. Je préfère jouer au con, celui qui n'est pas bien au courant.

– En tout cas, il est mort tué par les Boches.

Ma judicieuse réplique. Ça la rachète de toutes ses mauvaises tendances. Maryvonne, elle me fait « oui, oui » de la tête. Elle embraye aussi sec sur ce qui la travaille en ce moment... le sort du prolétariat grec. Je ne suis pas tellement au courant qu'en

Grèce les partisans, après le départ des Fritz, se battent maintenant contre l'armée anglaise.

– En un mois 13 000 morts, je ne sais pas si tu te rends compte!

– Churchill ne veut pas rester à la traîne d'Hitler... ajoute Janine.

Elle partage l'indignation de sa pote. En France, elle m'explique que ça pourrait devenir pareil! Les Amerloques et de Gaulle contre les travailleurs, l'armée du peuple... la nôtre, je pige... celle du colonel Fabien... des francs-tireurs et partisans.

– Faut être vigilant, camarade! Se méfier de la 5e Colonne... Au ministère de la Guerre, toutes les culottes de peau de Vichy sont revenues.

Ça ne m'étonne pas. Je les écoute tout en bondissant, sautant sur le cul dans ce camion du train d'enfer. Maryvonne, elle trouve qu'on n'a pas assez épuré... que les collabos courent toujours, relèvent la tête... nous narguent, les ordures! Les trafiquants du marché noir, les lascars dans le genre du papa de Jules, elle te les cloquerait au mur vite fait! Pelotons crépitez!... Jouez mitraillettes!... Donnez-nous notre coup de grâce de chaque jour!... Avec Janine, toutes les deux, elles ont fait un sacré boulot... le vide autour d'elles!

– Fais-lui voir, Janine...

Pas son cul, dommage... non, la crosse métallique de sa Sten! Je connais la marotte... les petits traits limés... chaque traître son cran! De concert, si je comprends bien, elles se sont offert d'allègres fusillades!

– Compte, camarade...

... treize... quatorze!... La politesse exige que je sifflote admiratif. Je suis prêt à tout, elle me plaît cette Janine malgré sa Sten striée menaçante, son genre guérillérote! Elle se marre de ma surprise. Je voudrais bien la voir sapée autrement... sans casque, sans molletières, sans ses godillots de troupier. A la mode du moment je l'imagine... zazoute, elle se défendrait... Mademoiselle swing, elle serait tout de même mieux aux surboumes qu'aux pièces d'artillerie de campagne! Enfin, mon avis de phallocrate sans doute retardataire. Je profite d'une accalmie de la route... qu'on roule sans heurts pour accrocher son regard. Elle me le coule tout de même d'une certaine langueur. Ce n'est pas qu'une soldate, une maquisarde, une militante... tout n'est pas perdu. Oh! mais je n'ai pas fait gaffe à sa pote... à Maryvonne... elle a lu dans mes pensées quasi cochonnes... intercepté nos croisements de châsses.

– T'étais où dans le maquis, toi?

Elle m'interroge, carrément rogue. Je la sens pas contente du tout, un peu menaçante dans les aigus. Je me rattrape... J'essaie... Je raconte mon odyssée solognote avec Musique... notre groupe de combat à Paris. Je balance mes états de service. J'en rajoute, bien sûr... en ce temps-là on en rajoutait tous. J'aurais dû d'ailleurs persévérer dans la tartarinade pour devenir ministre, pour me placarder par la suite dans un fromage bien gras.

Ça lui paraît tout de même pas si éblouissant mon pedigree clandestin. Elle avec Janine, elles sont – si je puis dire – sur le turf sulfateur depuis plus longtemps... fin 42 à l'époque de Stalingrad. Elles ont fait la campagne du Limousin avec le colonel Guingouin. Le dynamitage des trains, des ponts, des dépôts de la Wehrmacht... descendu des hommes de la *Das Reich*, des miliciens, des doriotistes...

– Des fois rien que nous deux, d'autres fois en action de groupe. Pas vrai, Janine?

Janine acquiesce. Bonne pomme, je ne comprends pas encore l'essentiel. Je me fais des illuses... que peut-être, cette Janine, je pourrais lui conter bistouquette, que ça nous divertirait bien tout de même de tous nos soucis ! Je projette de lui proposer le repos de la guerrière. J'échafaude, rêvasse, suppute... qu'il faudrait que je trouve un prétexte pour revenir à Thionville... lui jacter sans l'autre... lui susurrer mes résidus de cinéma... ce que j'ai retenu des scènes d'amour... les yeux doux, fleurette, les soupirs sous le pont. Elle a l'air, sous son harnachement soldatesque, pas si mal roulée. Je préfère en tout cas conjecturer dans l'optimisme... lui supposer un corps mignon. On a parfois des drôles de surprises, surtout sous un uniforme... tout est possible, les fesses en déroute, les roberts en larmes... vergetures... de bien tristes déconvenues. Mais elle est jeunette cette Janine... pas plus de vingt-deux ans, vingt-trois piges, j'ai plus de chances de découvrir des chairs fermes. Je suis parti maintenant, j'enfourche Pégase... la poésie des amours... je me sens plus ! Je me la trouve de plus en plus séduisante... dans ses yeux je remarque du velouté ! Je n'écoute plus Maryvonne... je fais semblant... ce qu'elle dit me parvient dans la distraction de mes petites idées licencieuses. Que c'est pas le tout de chasser les Boches, les enfumer dans leur tanière... il faut faire aussi... simultanément, ou tout de suite après, la Révolution ! Pourquoi pas, je n'ai rien contre. Je ne suis pas le convaincu brûlant... ma nature plutôt flottante... mais si ça peut lui faire plaisir, si ça peut me préparer le terrain pour Janine. Je me régale déjà de sa chagatte... je me la dépiaute... tout le kaki... je déroule les molletières, je lui délace ses brodequins à clous tel un amant Belle Epoque le corset de la Belle Otéro. Ça fait un drôle d'érotisme, ce décarpillage militaire, l'impression qu'on déshabille un adjudant d'infanterie. Je lui préférerais des bas résille, porte-jarretelles, guêpière, froufrous ! Mais à la guerre comme à la guerre, la molletière devient érotique faute de mieux. On entend le canon au loin, on approche de Thionville... les faubourgs. Un coup de frein sec me sort de mes songeries coquines. Il s'arrête là, le chauffeur noir. Il est descendu, il nous fait des gestes. Nous sommes devant un P.C., sous la pluie, on voit des jeeps, des camions dans une cour... une sorte d'entrepôt.

– Nous, on va à la C.H.R.[1], me prévient la sergente Maryvonne.

... une fois à terre, avec leurs sacs, leurs bidons, leurs grenades, tout leur fourniment, je me rends mieux compte de leur gabarit respectif... Janine n'est pas très grande, mais Maryvonne est immense, presque aussi grande que moi... une gonzesse armoire à glace. Je cherche à gagner du temps... je vais les accompagner à la C.H.R... j'y trouverai sûrement quelqu'un pour me ramener à Cattenom. Je ne suis plus si pressé d'aller retrouver mes pétomanes... Pirollo... le caporal Gustave, l'adjudant Blanquette-de-Veau, Jean-Paul l'ahuri, tous les autres, les braves petits gars de la 3e, ma compagnie d'élite. Je pense pas aux conséquences... la punition... une corvée quelconque... n'importe !

Thionville, à ce moment-là, est en plein cœur de la bataille... l'ouest est aux Américains, l'est, de l'autre côté de la Moselle, aux Boches. Approximativement, les uns s'infiltrent dans les autres... les patrouilles, les coups de main. En tout cas, plus on approche de leur position, leur C.H.R. installée dans un collège de curés, plus on se sent dans l'incertitude. Il pleuvasse toujours et la nuit descend. Les rues sont vides... les maisons aux façades meurtries, éventrées, les fenêtres pendantes, calcinées... Les tirs d'artillerie sont constants... les quelques habitants qui restent se terrent dans les caves. On

1. Compagnie hors rang.

rencontre des petits fortins au coin des rues... des sacs de sable, de gravats... derrière, deux trois GI's avec un F.M. ... une mitrailleuse.

La sergente Maryvonne me recommande de la suivre à distance. Elle a pris le commandement de notre trio... extirpé son Colt, elle le tient martial, le canon en l'air. Comme je n'ai pas de flingue, moi, je me suis chargé des sacs, de leurs bagages. Janine, derrière moi avec sa Sten, me protège, j'en suis tout ému. On avance par saccades prudentes. Les Amerloques nous font signe de faire bien gaffe, de ne pas nous aventurer par là... ils nous montrent au-delà d'une rue...

– La C.H.R. est pourtant par là...

Maryvonne renaude, elle ne comprend plus. Elles sont parties depuis trois jours pour une mission. Leur secteur, alors, aurait été repris par les Boches?... C'est à n'y rien comprendre! Aller demander des expliques aux Ricains du coin de la rue avec leur F.M. en batterie, point n'y songe-t-elle. Ils sont pas tellement d'humeur à lui répondre, ils ont l'air tendu, le doigt sur la détente de leur arme. On est le long d'un mur, la façade d'une maison vide non seulement de ses habitants, mais aussi de ses appartements, de ses escaliers, ses meubles... il n'y a plus rien derrière, le vide. On se demande où tout est passé. Certain que nos folâtres Chleus sont tout près, on entend des rafales de mitraillette, des coups de flingue. Ma veine, alors... d'aboutir ma permission dans un coin encore plus pourri, bien plus meurtrier que le mien. Dans nos trous de la Moselle, on est relatif peinard. Depuis quinze jours que nous y pataugeons, nous n'avons eu que trois blessés par éclats d'obus.

– On va essayer de passer...

Elle en a de chouettes, la sergente!... Je suis sans arme, moi, si je me retrouve en face d'un Fritz avec son mauser, je n'ai que ma bite pour lui riposter. Ran ! une rafale s'écrase sur le mur au-dessus de nos têtes. On s'aplatit au sol, je tombe presque sur Janine sans préméditation. On ne sait jamais d'où ça vous arrive les pruneaux. En tout cas, les Ricains au bout de la rue se mettent à crier... à se donner des ordres, ça paraît... Hop ! ils se replient avec leur F.M. Ils se sont aperçus qu'on les a contournés, que les flingueurs d'élite de la Wehrmacht ont réussi à s'infiltrer, se glisser dans les ruines, les habitations abandonnées. Ils préfèrent larguer leur position. Leur tactique, dans ces cas-là... ils se retirent toujours... ils riposteront à l'artillerie, un feu d'enfer jusqu'à ce que l'adversaire soit réduit bouillie. Si le temps devient favorable, ils préviennent l'*Air Force*. J'ai vu le travail du côté de Metz, le ciel qui s'éclaircit soudain... les ronflements à l'horizon, le canardage, le carnage dans les lignes allemandes.

– T'es pas folle, non ?

Janine n'est pas du tout d'accord pour se propulser avec sa mitraillette dans le brouillard... l'au-delà de la rue ! On est toujours à plat ventre. On n'ose plus se relever. Beau être dans la guerre, sous le feu de l'ennemi invisible, j'en profite pour la tâter cette Janine. Je me serre contre elle.

– T'as peur ou quoi ?

Elle me repousse, elle se marre... mais tac ! tac ! tac ! d'autres bastos nous ajustent. Bien obligé de prendre la filante derrière les Ricains... courir le plus vite jusqu'où ?... ne sais ?... ça tiraille à droite à gauche ! des explosions... je me rends pas bien compte... de grenades ? de mortier ? Je trébuche avec leurs bardas. J'ai du mal à courir aussi vite qu'elles.

Je me retrouve quelques minutes plus tard avec mes minettes du Parti dans le couloir d'un immeuble à peu près intact. Plus question pour la sergente Maryvonne d'aller rejoindre sa C.H.R. Sans doute qu'elle s'est repliée aussi. Ça lui paraît le comble que les Boches aient assez de culot, assez de ressources pour nous forcer à déguerpir.

– C'est encore des coups de la 5e Colonne...

Vieille rengaine! Celle de juin 40... toutes nos piquettes successives, les catastrophes qui s'accumulaient, on mettait ça sur le compte des traîtres, des espions. Aujourd'hui, c'est les collabos dès que la situation se dégrade. Hop! On nous les réchauffe au gratin. Nous voilà coincés dans ce couloir... dehors ça tire toujours de partout. Maryvonne groume sec... Les prochains traîtres qui vont lui tomber devant le flingue, ils ne vont pas avoir le temps de voir la couleur de ses beaux yeux. J'ai pas bien le loisir de faire le point... mais déjà elle me plaît moins, Janine, j'ai surtout envie de me tirer de ce mauvais pas, de retrouver ma 3e compagnie. Elles non plus d'ailleurs, elles ne tiennent pas à rester ici. Elles parlent du P.C. de commandement... de rejoindre le Colonel. Elles croient savoir qu'il est à Urkange... aux dernières nouvelles il y était encore. Un héros de la clandestinité est justement venu lui rendre visite. Le camarade Ouzoulias... un colonel lui aussi.

Dès qu'elles évoquent Fabien, mes deux compagnes, je les sens en transe, toutes frémissantes... déjà rendues s'il se pointait et manifestait le moindre désir de les égoïner. On est presque dans l'obscurité à présent, dans ce couloir, parmi les gravats, les ordures, les boîtes de conserves, les douilles de balles qui jonchent le sol. Je suis tout près de la môme Janine. Tant pis, je risque un geste... je lui prends le bras. Je lui glisse, l'air de rien... qu'on serait mieux en train de danser le paso doble... que j'espère bien qu'on aura l'occase de se revoir. Je profite que la grosse Maryvonne est sur le pas de la porte, qu'elle va un peu se rendre compte de la situation.

Janine, elle pouffe, elle ne me prend pas au sérieux. Je me fais plus pressant... je me risque autour de sa taille, de son ceinturon à cartouchières. Elle a un geste pour se dégager et, à ce moment, la sergente se retourne pour nous dire quelque chose. Oh ! ça lui reste dans le gosier. Elle a surpris, la vache, mon geste... inutile de lui faire un dessin !

– Dis donc, toi, tu te crois où ? T'es pas bien !... Qu'est-ce qui se passe, Janine ?

Janine voudrait éviter l'incident. Elle minimise... une plaisanterie... le camarade est un petit rigolo. Il s'est cru encore à l'école quand il attendait les filles à la sortie pour leur tirer les nattes !

– Mais c'est pas possible, merde ! On est encerclés par les Boches et ce connard ne pense qu'à te peloter !

Elle s'est interposée, toute sa viande, sa carrure mastoc, son uniforme et puis surtout son calibre. Elle me le brandit sous le tarin. Intérêt à me faire tout mignard, à m'écraser. Elle me lance un regard chargé de haine. Tout à coup, toc !... l'éclair ! Oh, à retardement, j'entrave ! Je suis sur ses plates-bandes à la sergente ! La Janine, c'est sa protégée, sa partenaire et pas que dans les attaques ferroviaires ! Après les durs combats, elles se léchouillent, se tireboutonnent ! J'aurais dû comprendre ça tout de suite. Je manque encore d'éducation pour circuler dans l'existence, la société des hommes et des femmes. J'ai mis les panards où il ne fallait pas ! Le risque... elle peut m'en tirer une dans la tronche, cette salope, me flinguer pour si peu ! Je sens que c'est pas ça qui lui cloquerait de tenaillants remords jusqu'à la fin de ses jours. Elle m'ajouterait sans vergogne à sa liste de traîtres, de réacs hitléro-trotskistes. Plaf ! dans ma gueule un trou béant.

Bien ma chance, je suis tombé sur un couple

d'émancipées gonzesses, de gouines rouges un quart de siècle avant Mai 68!... A part Fabien ou Staline, aucun lascar ne peut s'y risquer. Isolée, Janine succomberait peut-être... visible que c'est la sergente le Jules. Elles auraient pu m'affranchir, se rouler une galoche devant moi dans le Dodge, je me serais pas berluré, fourvoyé jusque dans ce couloir. Pour une fois un tir, une rafale me fait plaisir... au-dessus de la porte d'entrée... Ran!... ça coupe court à l'incident... le Colt sous ma gorge. Elle trouve le moyen de me glisser encore une menace... que je ne m'avise pas de toucher à Janine, sinon j'aurai affaire avec elle. Elle me traite encore de petit con... Heureux, moi non plus que je ne sois pas enfouraillé... mon côté macho, phallo je ne sais quoi... ma vanité de jeune mâle, j'étais foutu de lui riposter à cette virago, lui défourailler dans le bide. A présent, y a intérêt à dégager du couloir. Les Ricains ne passent plus en courant dans la rue. On est peut-être les derniers... d'ici que les Chleus débouchent...

– Faut pas rester là! Tirons-nous!

Ce que je lui rétorque à cette furieuse. Je biaise... c'est pas le moment de se faire entre nous des embrouilles... de se diviser pour les affaires de trou du cul... l'ennemi approche... commun... nazi... offensif!

Je reviens à Reims... après cette déception au Palais Oriental... surtout pour Pedro... on a rejoint fissa le couvent des idiotes. Tout était déjà prêt. Jules maintenant transvasé dans son cercueil en chêne... le fourgon mortuaire dans la cour. Deux croque-morts en tenue, le chauffeur à son volant.

– On attend plus que vous, merde! Vous charriez!

Jean-Paul se figure qu'on s'est offert une troustafana fabuleuse. On va d'ailleurs le lui laisser croire, lui mentir pour le rendre jalmince, lui faire ponctuer notre récit de ses merde! merde! merde!... Curieux, mais cette bagnole noire des pompes funèbres ça me refroidit les os. Maintenant je le trouve vraiment mort, Jules... dans la camionnette de son père, ça me faisait pas le même effet.

A la chapelle, presque toutes les frangines sont là... et puis un curé... quelques personnes au premier rang, parmi elles deux trois officiers F.F.I. avec un drapeau. Ça joue je ne sais quel *De Profundis... Requiem aeternam* à l'harmonium plutôt poussif. On a mis des fleurs, une couronne, des bouquets autour du catafalque. On s'envoie encore une cérémonie, une bénédiction. Elles se régalent les petites sœurs, elles ont même amené leurs mongoliennes, dans les travées... elles se tiennent à peu près sages... juste elles se dandinent, elles bavochent... se bouffent les crottes du nez. Je regarde pas dans leur direction, elles me mettent plus mal à l'aise encore que le cercueil de Jules.

L'ambiance avec les fleurs, l'harmonium, cette odeur indéfinissable qui accompagne les enterrements... douceâtre... un mélange de chrysanthèmes, de cierges fondus, d'encens. Toujours, il émane des curetons, des choses pas si réjouissantes... des exhalaisons fétides... des couleurs grisâtres, des infirmités, des musiques tristes... des vieilleries. Enfin je parle des curetons de jadis, ceux de mon enfance. Maintenant ils sont devenus n'importe quoi, loubards à blouson clouté, pédoques sapés Cardin, prolos, bistrot dodo boulot! Ils se fondent de plus en plus dans la masse, dans l'époque, se confondent... s'assument ailleurs...

plus de sacristies, de confessionnaux, d'encensoirs, de goupillons! *Oremus vobiscum*, mon cul! le bras d'honneur aux pénitentes!... le poing tendu au meeting avec Jojo Messerschmitt, le résistant inconnu! Est-ce un progrès? une régression? Ne me prononce. Les pires Lorulot bouffe-ratichons du petit père Combes n'imaginaient pas... à cent lieues... pareille métamorphose des cloportes en scolopendres! Leur précurseur, je dois dire, ce fut l'aumônier de la Colonne, l'abbé Boulier. Le 11 novembre, à Montmédy, il nous avait passés en revue à la caserne avec Fabien, tous nos gradés anciens des Brigades Internationales. Par la suite, pendant quelques années, on l'a aperçu aux tribunes les 1er Mai avec Duclos, Thorez, Marty. Mais, lui, il avait encore sa robe noire, sa soutane ajustée au bide. En bleu de chauffe, il eût beaucoup moins intéressé le pourtant Parti des Travailleurs!

Donc, on finit par enfourgonner la bière de Jules dans la voiture de chez Roblot. C'est plus adéquat tout de même comme char funèbre que la camionnette gazo du louchébem paternel. Les sœurs et leurs petites pensionnaires sont sorties pour nous regarder partir. Elles sont groupées sous les galeries, derrière les colonnes, la statue de la Vierge avec son auréole de petites lampes qui s'allument pour les festivités nocturnes. Monsieur Ribourdoir, il s'est mis un costume sombre de circonstance qu'il avait prévu dans une valoche. Je reconnais ses amis de la veille, l'abatteur de bœufs au nez rouge, le boucher et la bouchère. Ils défilent aux condoléances et même la Mère Supérieure devenue tout miel et componction. Derrière le porte-drapeau, un adjudant ventru, deux officiers à brassard, des libérateurs de Reims. La France est là avec Dieu. Nous autres, après une dernière présentation des armes, le chauffeur du fourgon nous explique qu'on peut déjà s'installer... autour du catafalque... ranger nos bardas... il y a des sièges.

– C'est pas la madone des sleepings, les gars, mais à la guerre comme à la guerre !

Il a l'air, cézig, d'un heureux vivant... un luron de bonne compagnie, avec le teint couperosé des fières poivrades. Il pavoise, c'est pas l'hypocrite biberonneur lousdoc ! On se glisse, on s'installe; il y a déjà des bagages dans un coin, ceux du dab et puis des achats qu'il a faits ce matin en allant ou en revenant de chez Roblot. On remarque tout de suite, on est attentif à ces choses, des cartons de champagne Moët et Chandon. Il a beau avoir son chagrin immense, Gaston, il pense aux choses du gosier. Voilà il monte, lui, à l'avant avec le chauffeur qui manœuvre dans la cour. Les petites idiotes, elles s'imaginent sur le quai d'une gare, certaines nous font « au revoir », des saluts avec leur mouchoir... Les trois F.F.I. se sont mis au garde-à-vous, le drapeau en berne. Pedro, il a encore des réflexions paillardes malgré la gravité de la scène. Il nous glisse qu'il a repéré tout à l'heure une frangine au joli minois qui lui a coulé un regard plein de péché. De s'imaginer troussant la nonne dans la chapelle, ça le fait bander comme un tirailleur marocain. Il nous montre la bosse à travers le froc. Nature, Jean-Paul le traite de dégueulasse... que c'est pas étonnant de la part d'un anarchiste mécréant comme lui, etc. Ça nous entame une conversation, un dialogue tout à fait édifiant, qui traverse Reims et va s'aplatir un peu plus loin dans la cambrousse... au milieu des vignobles champenois.

Cette fois on roule belle allure... 70, 80 à l'heure. On croise les convois de l'U.S. Army, mais ça n'empêche, on ne ralentit pas pour autant. Gentilly, on devrait y être dans trois quatre plombes in the pocket ! Je calcule... ça sera à la nuit, mais on y sera enfin. C'est tout près de chez moi, limitrophe avec le XIIIe. Je vais faire une sacrée surprise à ma petite vieille, ma pauvre grand-mère qui se morfond dans son logement mal chauffé. Je lui ai écrit, bien sûr, que j'étais dans une planque, sans risque aucun, dans une cantine où je me rebecte le lard aux frais de la Charte Atlantique. Elle doit me croire à moitié, elle me connaît bien, mes capacités déconnantes, la gratuité de mes actes, mes inconséquences... tous les fourvoiements de ma jeunesse. Sur un certain plan où jouent les sentiments, on ne lui en raconte pas, elle a un instinct des choses et des êtres qui ne la trompe jamais. Toujours je me sens une joie à regagner un peu le bercail... à retrouver ma niche, mon coin derrière un paravent où je range mes affaires dans une caisse à savon. D'après ma feuille de route, j'ai droit à une semaine de perme une fois à Paris; ensuite il faudra soit que je rejoigne ma petite armée rouge, soit que je me mette en cavale, que je dégauchisse une combine pour m'engager ailleurs. On passe assez facile d'une armée l'autre... groupement F.F.I. ... F.T.P. ... corps franc ceci cela. Les choses ne sont pas encore bien rétablies, bien organisées au ministère de la Guerre. Nos engagements pas très légaux. Il est question que la Colonne devienne officiellement le 151e Régiment d'Infanterie... qu'elle reprenne les écussons du fameux 15/1. Si on veut se faire la jaquette, faudrait peut-être pas trop musarder. Pedro, lui, de toute façon, il ne remontera pas chez les Fabien, ils lui foutent la trouille, il les subodore toujours prêts à toutes les flingueries au nom du Petit Père et du fils du Peuple et du saint Lénine. Les camarades, là-haut, savent qu'il était à la F.A.I. pendant la guerre en Espagne. Les anarchistes, un peu partout dès qu'ils ont pu, ils s'en sont débarrassés... En Russie, le bon commissaire Trotski les a liquidés proprement avant de devenir lui-même renégat, vipère lubrique, agent de l'impérialisme anglo-saxon... bon pour le coup de piolet du camarade Mercader.

Alex, comme ça l'air de rien, m'avait affranchi que ma fréquentation assidue du Catalan pouvait me jouer quelques mauvais tours. On se rencontrait dans la cour, à la cantine, dans les rues de la ville lorsqu'on avait quartier libre. Il passait toujours un moment à m'entretenir... choses et d'autres, des potins de la caserne. Après ce 11 novembre où nous avions défilé dans les rues, devant le monument aux morts... ça s'était précisé les petites épurations internes. Tout d'abord quelques collabos glissés dans nos rangs... d'anciens du R.N.P.[1] ou de la Milice... des lascars qui pensaient sans doute se racheter, se faire blanchir un jour officiellement en se battant de notre côté sous un faux blaze. L'énorme gourance, ceux qui se font identifier, même s'ils ont fait des héroïsmes depuis deux mois... aucune mansuétude, pas l'espoir d'une grâce... on les emmène vers les casemates désaffectées de la proche Ligne Maginot et ils ont droit à leurs bastos... les douze réglementaires plus une! Un trou anonyme... Qui viendra les réclamer? même pas leurs familles... Ensuite c'est les trotskistes qui dérouillent, des petits naïfs, je vous ai dit, qui se figurent retourner l'armée allemande avec des tracts... des petits slogans. « *Prolétaires, camarades allemands, jetez vos armes. Venez nous rejoindre pour combattre le nazisme ennemi de la classe ouvrière...* » etc. Ça partait d'un bon sentiment, mais ça manquait de réalisme. Ce genre de chansonnette, ça ne paraît pas évident que les soldats du maréchal von Rundstedt soient mûrs pour la reprendre au refrain. Bien sûr, pour eux, la

1. Rassemblement National Populaire, parti fasciste de Marcel Déat.

blitzkrieg est terminée, la folle randonnée des Panzers jusqu'à Hendaye. On les a vus prendre la route inverse à vélo, en char à bancs... mitraillés loqueteux à leur tour. Mais tout de même ils ont su se reprendre, se cabrer. Je viens de m'apercevoir, ma petite expérience, qu'ils ont encore de quoi nous dissuader de les calcer sans lubrifiant. On les liquide donc ces trotskistes... on ne sait pas bien qui ils sont, ni ce qu'ils deviennent. Le bruit court qu'on les emmène, eux aussi, près des casemates... qu'ils retrouvent dans le trou leurs ennemis miliciens et collabos. On nous les présente comme des agents provocateurs à la solde d'Hitler.

L'ambiance à la caserne tournait à la sinistrose. On était nourris, de plus en plus ravitaillés par les corbeaux, entassés dans des chambrées misérables, humides, suintant la crasse, le délabrement. Sur notre front de la Moselle, on nous avait relevés... les deux bataillons de réserve. Le séjour à Montmédy était prévu pour se rebecter, se refaire à neuf, se remettre à l'entraînement afin d'être prêts le jour de l'assaut final. On allait faire un peu de tir, d'exercice dans la campagne environnante. On nous réunissait le soir pour la théorie et ça tournait invariable à la propagande... l'avenir radieux que nous aurions à bâtir sous la direction sans faille du Parti communiste. Nous étions, nous autres, l'embryon de la véritable armée du peuple. Celle qui devait amalgamer dans un même creuset les officiers d'active, les anciens de 1940, ceux qui rentreront bientôt des stalag, et les jeunes des maquis, les F.T.P. ... les F.F.I. Si nous étions si loquedus, à la galtouse de soupe aigre, aux résidus en conserves de la Wehrmacht, sans fringues décentes, sans munitions, ça provenait de l'incurie du Gouvernement Provisoire où les éléments bourgeois, réactionnaires, scrogneugneux, prédominaient sur les hommes issus des durs combats de la clandestinité.

De Gaulle n'était pas directement mis en cause mais, il n'empêche, dans le bureau du commandant Legrand, notre chef de bataillon, il n'était – son effigie – qu'en format carte postale dans un petit coin, sous un immense portrait du génial guide du prolétariat... le camarade Joseph Staline. Pas question en ce temps-là de mettre en doute la moindre de ses paroles. Ça partait de tirades sur l'héroïque armée soviétique, ça se mélangeait avec des cours sur l'observation d'artillerie, sur les mitrailleuses... les explosifs, les grenades Gammon. Nos instructeurs étaient tous des convaincus, des acharnés dialecticiens. On apprenait aussi la vie exemplaire du Colonel, l'air de ne pas y toucher... ses exploits, l'assassinat de l'aspirant Moser au métro Barbès... le petit poseur de rivets de Villeneuve-le-Roi qui déclenche tout seul la Résistance active ! Auparavant, sa bataille de Madrid... Gavroche aux Brigades Internationales. Toute son activité de franc-tireur en 41-42... les voies ferrées déboulonnées ! la bataille du rail ! les sabotages ininterrompus ! L'arrestation par la Gestapo... l'homme qui rit sous la torture ! Ses prisons... l'évasion du Fort de Romainville pour reprendre tout de suite le combat ! Une geste fabuleuse... les actes de bravoure à la queue leu leu... Tout ça pour la France, bien sûr, mais pas n'importe laquelle... la France des ouvriers et des paysans, la France qui sera bientôt socialiste et démocratique, etc., je vous détaille pas. Le plus surprenant c'est que c'était vrai, ou quasiment, toutes ses prouesses au camarade Pierre-Georges dit Frédo, dit le colonel Fabien. Ce petit homme malingre, sans prestance aucune, étail bel et bien un héros – si ce mot veut dire quelque chose. Il a passé sa courte vie dans les guerres, les maquis, les taules. A la Colonne, il jouit d'un très grand prestige, nul n'irait le contester. Il se donne même le gant de rectifier les plus graves erreurs... il réprime sec, comme à Verstange... il est, dit-on, sans indulgence.

Ça ne nous fait pas gras à ronger autour de l'os, l'admiration de notre chef. On groume un peu question jaffe, ça nous met pas des humeurs les plus joyeuses. Puisqu'il y a des saboteurs qui s'en foutent plein les fouilles à Paris, au ministère de la Guerre, ça ne serait que justice qu'on aille leur asticoter les miches avec nos Sten. La plupart, ça leur paraît autrement jouissif que de retourner s'enterrer devant la Moselle dans le brouillard de novembre. Ils se voient déjà dans la capitale en maîtres. Ils en discutent à la cantine des ravages qu'ils feraient dans les rangs des rescapés vichyssois.

– Tu viendrais avec nous, Kriegsmarine?

Dans notre chambrée, au premier étage, on bavache le soir... on belote... on se sèche quelques litres dégauchis en ville à des prix de marché noir. Kriegsmarine, c'est un calme, un colosse à tronche de brute. Il décortique ses clopes et puis il se roule avec le tabac récolté une réserve de cigarettes avec un petit appareil en caoutchouc. Il ne daigne pas répondre, à moins qu'il se demande ce que ça cache encore de vicelard cette question. Il mouille sa feuille O.C.B ... il est calme comme un bœuf.

– A Paris, tu retrouverais peut-être de tes potes chez les collabos?

Le plus inouï, son surnom de Kriegsmarine, ça ne part pas d'une galéjade, d'une plaisanterie de caserne. Vraiment, il a servi sous le grand amiral Raeder, dans la flotte du IIIe Reich. De quoi se retrouver devant nos pelotons... traître à la patrie... le cadavre ensuite jeté à la voirie. Le miracle qu'il soit maintenant des nôtres, brocardé certes, mais en parfait état de fonctionner. Il le doit sans doute au si peu de choses qu'il a dans la tête...

une noisette, un haricot de cervelle... tout à fait une brute, un stupide de démonstration. Pour peu qu'on le fasse picoler deux trois verres, on lui tire par monosyllabes son histoire... Qu'il est né natif de Boulogne-sur-Mer... « Je suis un vrai Chtimi! »... mousse à dix ans sur les chaluts... les terre-neuvas. Il se rappelait plus bien les escales, les ports où il avait mis sac à terre. Il s'y cuitait avec les autres, les Bretons... gast! qui l'entraînaient, des drôles de gars qui tenaient la bouteille autrement que nous. On le ramenait à bord par les pieds, on le baluchonnait à fond de cale. Il se marrait à certaines sonorités de noms, on ne savait plus au juste lesquels, ça variait. La défaite, l'Occupation l'avaient laissé sans travail, chomedu, semi-clochard et il avait été s'inscrire à la Kriegsmarine au moment où elle recrutait parmi les Français, en fin 42. Une gonzesse, la salope, l'y avait poussé pour lui extorquer sa prime d'engagement. Celle-là, elle avait disparu... une pute quelconque... ce qu'on savait par je ne sais quel recoupement, sans doute des zèbres de la région dans nos rangs. Voilà, il était parti... Dans la Kriegsmarine, il était nourri, logé à bord, sapé. Il n'avait pas vu plus loin que ça.

Ce qui s'était passé ensuite... sa reconversion chez les F.T.P. ... difficile de savoir exact. D'après Alex, il avait plus ou moins déserté... une permission dont il n'était pas rentré... des copains devenus maquisards qui l'avaient remis sur le droit chemin. En tout cas, il était bel et bien chez nous avec son sobriquet et personne n'avait pensé à le foutre au gnouf, l'épurer d'une façon quelconque. A le regarder vivre quelques jours, on comprenait tout... il débarquait en droite ligne du paléolithique... les siècles n'avaient aucune prise sur sa généalogie. Mais enfin il avait une sacrée veine... d'autres que lui, aussi près du singe... on n'était pas entré dans le détail de leur intellect... l'appartenance à la L.V.F., le volontariat dans une unité allemande, ça suffisait pour que nos mitraillettes se penchent sur le problème.

Pour tout arranger, il avait le physique aryen, Kriegsmarine, tel que les nazis le rêvaient... les cheveux blond paille... la nuque bien droite, bien rasée... les yeux très clairs, vides de toute expression... le menton carré... la mâchoire prognathe... baraqué bûcheron. Dans notre section, il avait remplacé Dimba comme mascotte. Tout de même extraordinaire, dans une armée comme la nôtre, si rouge, si révolutionnaire, d'avoir un spécimen pareil... ouvertement, pavoisant sans aucun complexe.

– Tu bectais mieux qu'ici, je suis sûr, quand t'étais chez les Chleus?

– Je chiais mieux aussi...

Ce qu'il répond tac au tac et de se fendre d'un large sourire découvrant deux dents en métal argenté. Là, il nous surprend! C'est pas dans ses habitudes d'avoir la repartie vivace à Kriegsmarine! Ceux du fond de la chambrée, on leur répète le mot d'esprit, ils ne prêtaient pas tellement l'oreille, tout à leur belote et re et dix de der! Certains, ça les défrise un peu... les plus susceptibles, les plus convaincus, ce Kriegsmarine parmi nous.

– S'il suffit d'être abruti, alors on a tous le droit de trahir!

Ce que proteste le caporal Gustave qui brille pas tant, lui non plus, de l'intellect, vous voyez... S'il est teigneux, cézig, je vous ai dit... il cherche tout le monde sous les prétextes les plus futiles. Il doit se méfier du Kriegsmarine qui lui rend quinze bons kilos de muscles. S'ils s'affrontaient seul à seul, le Gustave il irait d'un seul direct du droit par la fenêtre... il tomberait le cul dans la soupe d'une roulante qui est là, juste en dessous... dont on renifle le fumet si peu engageant. Comme il est plutôt vicelard, il ne l'attaque pas de front, il envoie quelques vannes sournois, il se cherche des alliés ! S'il pouvait provoquer une sorte d'émeute, il sait bien, l'enfifré, que le commandant, le colonel ne pourraient pas prendre ensuite le parti de Kriegsmarine. Heureux, lui, qu'il est paisible de nature, qu'il ne comprend jamais, même les plus gros sous-entendus... Ou alors, je me pose la question, il est peut-être super malin, il joue au con pour mieux nous posséder ?

Ce soir-là, il est en verve. Il a dû écluser quelques coups d'aramon, il a bien entendu Gustave, mais ça le fait rigoler encore et puis... flac ! il nous lâche une perlouse de fort calibre... un coup de 420... ça lui met les rieurs, les bons vivants de son côté.

– Ça, c'est le canon du *Bismarck*, les gars !

Flac ! il en balanstique une seconde, une plus longue, plus modulée. Gustave, habituellement, il est plutôt porté sur les manifestations de flatuleuses, il y participe actif... mais là, subito, il chochotise, il prétend que c'est pas des manières, que ça part d'un manque de respect de soi-même. La mauvaise foi de ce bovidé, ça dépasse l'entourage... l'entendement.

– Dis donc, Tête de mon nœud, t'es pas né chez les duchesses, toi non plus ?

– Et les duchesses, elles pètent aussi... et elles chient pas des confitures...

Etc... tout le monde lui rétorque... les saillies fusent de toutes parts. Cette fois il écrase, le caporal Gustave. Il se replonge dans sa belote... c'est à lui de distribuer les brèmes.

On est quarante dans la chambrée, vingt de chaque côté. On a des lits en bois à étages hérités de l'armée allemande. On se bat avec les punaises qu'il nous ont laissées, les fumiers! Kriegsmarine dort près de la fenêtre, la nuit il l'entrouvre pour pisser. Il a la rame d'aller jusqu'aux gogues... ça dégouline sur la roulante et personne n'y trouve à redire... La tortore est tellement immonde que la pisse de Kriegsmarine n'y change pas grand-chose, s'il en coule par les interstices, sous le couvercle. Sans la démerde, le chapardage chez les Ricains, ça serait le Carême en toute saison, on deviendrait tous bons à lape, incapables de tenir nos fusils. Bien bel de nous donner de l'Aragon, du Victor Hugo pour nous regonfler le moral... soldats de la Résistance! Va-nu-pieds superbes! Nous seriner qu'on sauve le prolétariat, la République et l'honneur de la Nation!... avec les galtouses qu'on s'ingurgite, on n'a pas les vitamines, le nombre de calories nécessaires pour aller achever, comme disent nos chefs, la bête hitlérienne dans sa tanière. Alors on trafique, on chourave. A la nuit, on fait des expéditions dans le secteur de la caserne réservé aux Amerloques. On se glisse, on rampe, on passe partout avec des clefs, des petits outils de cambriole pour s'introduire dans leur intendance, leurs magasins de vivres. On se garnit les poches, on remplit des sacs marins de chocolat, cigarettes, *beans*, biscuits, Nescafé... des boîtes de rations K. Ils sont si riches, si gavés, qu'ils ne s'en apercevront jamais... ce qu'on se dit. S'ils laissent parfois des factionnaires, ceux-ci régulièrement abandonnent leur poste, ils vont se vadrouiller dans la vieille ville, le Haut Montmédy, les petites rues derrière les fortifications Vauban... par là, on trouve des filles qui se vendent pour bouffer. Déjà que j'ai quelques penchants à la foire d'empoigne... quelques références sous l'Occupation, ça me botte plutôt ces raids, ces razzias sur la tortore. A bien réfléchir, ça m'exalte davantage que d'aller patrouiller entre Rezonville et Gravelotte à la recherche du corps de Jules. C'est la pente, la savonneuse qui me mènera un vilain jour à la XVIIe Correctionnelle, la XIIIe, la XIe... j'en passe et de pas plus gaies... la banquette des infamies. Là, je suis encore, il me semble, dans le bon droit, presque comme au maquis, comme avec Musique notre célèbre exploit en juillet 40... le vol du vélo d'un feldgendarme. L'armée américaine est une armée capitaliste et puisque, nous, nous sommes les petits soldats du peuple, c'est la moindre des choses qu'on aille un peu faire des ponctions dans ses réserves. Notre justification... on en trouve toujours une avec Madame ma bonne conscience. En tout cas, dans ce domaine de la chourave, je prends quelques initiatives, j'organise le travail, je deviens technocrate, stratège. Au début c'est si facile qu'on finit par trop s'enhardir, par ne prendre plus aucune précaution... voilà... jusqu'au jour...

Bang! Le coup de flingue qui déchire la nuit comme dans les romans policiers! La surprise! On est dans le saint des saints... un entrepôt au milieu des caisses de rations U... des boîtes de conserves empilées. On a même réussi à découvrir des fringues, des chemises, des chaussettes, des caleçons longs, des maillots de corps. On a cassé une vitre pour entrer là-dedans. On s'est glissé avec nos lampes électriques, nos sacoches de balluchonneurs. Nous sommes combien... six ou sept... notre équipe de malhonnêtes... ce soir-là? La bastos siffle, le coup de semonce. Ça vient de la porte... Bing! un deuxième coup de calibre... et puis le jet d'une lampe électrique. On était tout à notre besogne de rats, on n'a pas entendu la porte s'ouvrir. On aurait dû... l'enfance de l'art malfrat, laisser un mec dehors pour faire le serre. Quand les choses deviennent trop aisées, on perd la notion du danger. Ça gueule en anglais... juste, je comprends : « Eféfay ! Eféfay ! » Ça, il se goure pas tant, ce Ricain, il sait que nous sommes bons à toutes les rapines, tous les coups fourrés, il imagine pas, par exemple, un commando boche descendu jusqu'ici. Il avance vers nous avec sa lampe... plus à tergiverser... la seule issue, c'est la fenêtre par laquelle nous sommes entrés. Je fonce, je donne l'exemple... le bon ou le mauvais, n'importe, c'est une affaire d'appréciation ! Zim bing ! Il me vise, cet enfoiré !... me rate, mais ça m'a sifflé à l'esgourde. Ça y est, je suis dehors ! Je calte ! Il me faut regagner ma chambrée avant que toute la caserne soit en alerte. Ça se précise... des lumières s'allument partout... les fenêtres s'ouvrent. Autour du poste de garde, ça s'agite... ça tiraille... des coups de feu à droite à gauche. La carapate derrière moi... les autres et l'Amerloque qui nous poursuit avec son flingue. J'entre dans le bâtiment du milieu où se trouvent le réfectoire, la cantine... je descends, quelques marches... une porte, j'entre sans frapper...

Le bol, c'est une soupente, un tripot où des sous-offs autour d'une petite table tapent le poker et, parmi eux, il y a Alex. Je l'ai surpris un court instant, puis il a retrouvé son sourire. Il se lève.

– Qu'est-ce qui t'arrive ?

Con, je réponds : « Rien ! » Il me fait signe que je peux m'asseoir. Les autres pokermen... je les connais de vue, c'est des F.T.P. de vieille date, des durs et purs, de ceux qui nous parlent de la Révolution, de la lutte finale. Ils consultent Alex du regard... il les rassure d'une mimique, d'une moue. Je reprends mon souffle.

– Avec les Ricains, faut pas trop tirer sur la corde. Quand ils réagissent, ils y mettent le paquet.

Un des joueurs, un petit serpatte, qui me balance ce conseil tardif. En tout cas, eux, c'est pas de la bibine au gland de chêne qu'ils se boivent. Je respire l'arôme... ils se dopent aussi au Nescafé. C'est pas Fabien qui les gâte comme ça... nullement son genre. Lui, c'est le Spartiate, il est à la ration du deuxième pompe. Enfin, ce qu'on nous bonimente, la propagande, le culte de la personnalité au sein du régiment. Ça me paraît vrai tout de même, s'il se gavait en lousdoc, il n'aurait pas les joues si creuses. Je trouve subito la bonne explique pour me sortir de cette situasse embarrassante.

– Paraît qu'il y a des agents de la 5e Colonne qui viennent piller les entrepôts de l'armée américaine...

Il apprécie, Alex, ma présence d'esprit. Il sifflote admiratif et les autres reprennent. Ça a l'air de leur plaire ma trouvaille, j'ai presque du sens politique. Dans cette soupente, les bruits de l'extérieur nous parviennent assourdis... les coups de flingue... des cris, des ordres.

– Ça doit être ça, dit Alex... On s'occupe d'eux, c'est pas la peine qu'on se dérange.

Il m'offre du Nescafé et puis un verre de genièvre. Ils en ont dégotté, je ne sais où, en Belgique sans doute, une grosse bouteille en grès. Ils fument des blondes, des cigarillos... Tout ça, sous le portrait du camarade Staline... à la bonne sienne! À l'Armée Rouge, ils lèvent leurs verres!

Le lendemain, c'est devenu la version officielle, ma petite invention impromptue. Des miliciens, des parachutistes collabos étaient venus piller nos bons alliés américains. Echange de coups de feu... malheureusement les traîtres s'étaient échappés. Ça nous a conduit à battre la campagne environnante à leur recherche. Opération sans espoir s'il en est! Dans le brouillard, le froid... les chemins crotteux, les prairies moitié inondées, sous la direction, mon groupe, d'un certain sergent-chef Sicault, qui a l'air, lui, d'y croire à ces mystérieux de la Cinquième Colonne. Un rempilé de la guerre 40, un consciencieux qui s'occupait surtout des chiottes bouchées à la caserne. Ça lui donnait l'occasion de se lancer dans une littérature adéquate. Des petits pamphlets qu'il nous punaisait sur la porte... des menaces de sanctions graves contre les chieurs de travers, les dégueulasses qui se torchent avec les doigts et qui mettent ça sur le mur... etc. Des gens de la sorte, toute leur existence, se passionnent pour de piètres événements. Ils souffrent, s'enthousiasment, combattent, se déchirent pour des gogues bouchés avec autant d'ardeur que pour les grandes Causes. Mais après tout... les grandes Causes ne sont-elles pas en quelque sorte des chiottes bouchées? La question? *That is...* De quoi me faire traiter encore de philosophe de bistrot... pessimiste aviné de comptoir. Quand vous refusez d'être toujours le dindon de toutes les farces, on vous trouve de très mauvais goût...

Au bout d'un moment on s'habitue aussi au fourgon mortuaire. On faisait encore moins gaffe à Jules que dans le gazogène. Son cercueil risquait pas de glisser, s'écraser au milieu de la route. Du solide chez Roblot, les caisses, les voitures, les catafalques, les cordons du poêle! Mourez, nous ferons le reste! On s'est installé, calfeutré... il fait pas si chaud, mais on apprécie l'amélioration de notre sort... on zyeute la route, peinards, derrière une bonne vitre. Les gens se signent à notre passage. Ça donne l'idée à Pedro de leur répondre par des bras d'honneur, des grimaces... histoire de les surprendre un peu. Il a envie, nous confie-t-il, d'ouvrir sa braguette, de leur exhiber son zob en batterie. Du projet à l'action, chez lui y a pas tellement plus épais qu'une feuille de papier à cigarette. Je le dissuade, je m'efforce, non avec des arguments de bonne conduite, de moralité... mais que ça pourrait nous attirer, d'une façon l'autre, les pandores... la menace qu'on se fasse ramener directos à Montmédy devant le colonel Fabien qui ne comprend pas toujours la plaisanterie, faut bien reconnaître. On s'est tout de même donné du mal pour exhumer Jules, le transporter... toutes nos mésaventures, les péripéties du voyage, ça serait idiot de tout gâcher pour une gaudriole, une loustiquerie de carabin. Jean-Paul, il abonde dans mon sens, il n'a pourtant pas l'intention, lui, de déserter. Après sa semaine de perme, il va remonter bien docile. N'était sa teinture blonde, personne ne l'aurait remarqué. Il passe partout, il passe nulle part... c'est un courant d'air, un homme des grands troupeaux. Il nous trouve énergumènes, surtout Pedro. Il a la sainte horreur de celui par qui le scandale se pointe. Ce que je voudrais surtout... qu'il m'en dise encore sur le papa de Jules. Il se dessine de mieux en mieux dans ma comprenette, m'sieur Gaston. Je me le vois en pied dans ma galerie des monstres... entrelardé du marché noir, opportuniste, chieur en son false... servile cloporte! Capable jusqu'où, de tout? La seule question que je me pose. Ma curiosité des êtres qui ne peut être que malsaine, puisqu'on découvre toujours des drôles de trucs au fin fond de l'âme. Lorsqu'on veut se garder un joli souvenir de quelqu'un, mieux vaut rester à sa surface... ne pas s'aventurer dans les marécages... se contenter de ses bonnes paroles, d'un sourire furtif!

– Qu'est-ce qu'on lui reproche en dehors de son marché noir, à Gentilly?

Il ne sait pas au juste. Il croit que ça vient de cette histoire de portrait du maréchal Pétain qu'il avait chez lui... des gens l'ont vu, de leurs yeux vu, et maintenant ça les défrise qu'il se pavane dans la Résistance.

– Seulement, avec Jules qu'est mort, ils peuvent plus rien dire.

Ça fait sa pelote à Ribourdoir Gaston, ce fils mort au champ d'honneur. Il arrive fort à propos.

– Lui, ça lui plaisait pas tant que ça d'aller à la riflette... Il l'a fait surtout pour faire plaisir à son père...

L'affaire se corse. Jules, petit à petit, je le trouve réellement héroïque, pas tant à cause de la mine sur laquelle il a sauté, mais s'il s'est dévoué comme ça pour la famille, sauver l'honneur de son papa, ça devient un personnage de tragédie antique. Je ne l'avais pas entrevu sous cet aspect, il paraissait aussi anonyme, anodin que Jean-Paul, aussi neutre. Faut jamais s'hâter de conclure.

On a traversé Dormans, on approche de Château-Thierry. En sens inverse, ça défile toujours l'armada U.S. Army... ça dure depuis le mois de septembre... le matériel, les hommes qui montent. Les Chleus ont beau se cramponner, tenir dans les bois, au bord des fleuves, sur les collines, ils vont finir par se faire aplatir. A vue d'œil, sans être expert, on se rend compte. Ce n'est plus qu'une question de temps, de circonstances atmosphériques. Depuis plusieurs semaines les opérations aériennes sont ralenties à cause de la pluie, du brouillard. On n'en est pas encore à s'imaginer que ça pourra durer tout l'hiver, qu'il faudra attendre le printemps pour l'offensive finale, ça nous paraît juste une question d'organisation, de ravitaillement en carburant. On dit que si Patton n'a pas pu profiter de son offensive éclair, s'il n'a pas été dès le mois d'octobre au cœur de l'Allemagne, c'est à cause de l'essence... que ses chars se sont trouvés à court quelques jours... le répit qui a permis aux Allemands de se ressaisir.

Je ne lis pas beaucoup de journaux depuis le début de la campagne. A la caserne, un peu *L'Huma* distribuée gratis dans nos chambrées. Je m'intéresse plus, moi, au docteur Petiot qu'aux événements politiques. Mais, faute de papier, les canards n'ont plus qu'une page, ça fait pas lerche pour les faits divers. Petiot barbu, arrêté en capitaine F.F.I. à la caserne de Reuilly... en d'autres temps, ça vous aurait fait la une... avec photos, titres alléchants... « *Le monstre de la rue Lesueur.* » Dans *L'Humanité* il est en deuxième page, dans un coin. On le présume agent de la Gestapo, que tous ses crimes il n'a pu les commettre que grâce à la complicité implicite de Pierre Laval, du préfet Bussière... de tous les traîtres vichyssois.

En ce moment, dans *L'Huma,* ils n'en ont... leurs gros titres... que pour le retour à Paris de Maurice Thorez. A la Colonne ils doivent fêter ça, obligatoire. La discipline jouant, la base va se soumettre, entonner les louanges au Fils du Peuple, mais se dessinent déjà les dissensions, les conflits futurs. Pedro, il commentait sans ambages... net et imprudent, avant même que le cher Maurice soit amnistié.

– Il vous foutra dans lé coul oune bite énorme!

Il leur retournait, touillait le fer dans la plaie. A la cantoche, il s'en prenait cinq six à la discussion... il les contrait sec... que la Révoloutione, s'ils voulaient la faire, ils pouvaient bien se passer dé Thorez. Ils avaient bien fait la Résistance sans lui.

Les autres, ça les foutait à ressaut, ils savaient parfaitement qu'il avait raison, mais eux ils avaient pas le droit d'exprimer le moindre doute sur la ligne, les décisions du Comité Central.

– Il va vous ténir les bras pendant qué dé Gaulle va vous encouler.

De jactance lasse, ils finissaient par le traiter de dégueulasse, d'obsédé sexuel... que ses métaphores toujours à base de sodomie, ça dénotait bien le peu de sérieux de sa formation politique. C'était quasiment un langage fasciste! Hop! le tour est joué... l'épithète infamante! Vous allez direct au but, vous posez les questions précises, on ne peut jamais vous répondre. La dialectique, c'est tout autre chose, un langage sérieux, un bon moyen de vous faire prendre de la fiente pour du chocolat glacé, des coups de trique pour des mignoteries, le lacet de strangulation pour un ruban d'œuf de Pâques... la perfectionnée manière de tout vous faire accepter, encore plus au point que la sanctification des souffrances pour la gloire du saint nom de Dieu.

Thorez, j'avais sa prose sous les yeux, un numéro spécial de *L'Humanité.* Il était devenu superpatriote, un vrai petit Clemenceau... « *Ce n'est pas quelques divisions mais vingt, mais quarante que nous pouvons, que nous devons organiser et mettre en ligne le plus vite possible.* » Voilà, il y a les bonnes et les mauvaises guerres. Le plus pacifiste bouffeur de képis, un jour ou l'autre, il trouve sa Cause, son uniforme, son fusil, son armée pas comme les autres puisque c'est celle qu'il a choisie...

En tout cas, ceux qui n'avaient rien choisi du tout, je dois reconnaître, c'était les rastas qu'on avait libérés en fin septembre... ce camp près de la frontière belge. Libérés, si on peut dire, ils avaient déjà fait le travail eux-mêmes! Lorsque le corps franc *Trompe-la-Mort*... ce qu'il en restait au moment où nous allions rejoindre les Fabien... s'était pointé après un déploiement en tirailleurs ridicule dans les champs, une avance derrière les haies... l'utilisation classique du terrain, un siège en règle... on les avait surpris en pleine nouba, la musique... rumba, samba... ils jouaient, se déhanchaient, dansaient avec quelques gonzesses qui les avaient rejoints. Ils attendaient je ne sais quoi... qu'on les rapatrie à Montmartre, Montparnasse, Pigalle. Ils étaient joueurs, la plupart, dans les boîtes de nuit, de banjo, mandoline, saxo, guitare... des orchestres de rythme sud-américain. Pendant l'Occupe, presque jusqu'à la fin, les Fritz venaient s'amuser un peu dans leurs boîtes entre deux Russies, deux Cassino, deux Afrika-Korps. Et puis leurs différents pays d'origine avaient eu la mauvaise idée de déclarer la guerre à l'Allemagne. Depuis le débarquement, que ça sentait la fin... tous voulaient participer à l'hallali, déchirer un petit morceau de barbaque à l'animal... les bleds les plus éloignés, le Nicaragua, le Honduras, Costa-Rica, le Paraguay... je me trompe peut-être dans ma liste... en tout cas le Brésil. Du coup, tous les ressortissants de ces pays s'étaient fait emballarès... mis en résidence surveillée dans ce camp que nous attaquions. En pleine campagne des baraquements entourés de barbelés. Juste un mirador au milieu, quelques vieux territoriaux pour le garder, des anciens de 14-18, des rappelés quinquagénaires... le *Volsksstурm*, les fonds de tiroirs raclés par Hitler qui consommait tant d'hommes en Russie qu'il acceptait maintenant tous les âges dans ses armées, toutes les ethnies dans ses légions S.S... les Mongols, Ouzbeks, Tatars, Kirghizs de Vlassov... les Turkmènes, Indiens, Bosniaques, de curieux

Aryens blonds arménouches, géorgiens. Si les rastaques du camp en avaient manifesté le désir, fissa ils étaient incorporés, casqués teuton, sapés vert-de-gris. Fini les temps de la race pure des seigneurs. Il n'y avait vraiment que les Juifs qu'il ne pouvait pas récupérer, le tonton Adolf! A l'usage tout barre en brioche, les doctrines, les théories... elles ne subsistent qu'en se reniant comme l'Evangile.

Mais les Caracos, les Nicaraguayens, Panaméens, Cubains, Hondursiens, préféraient nettement les maracas aux grenades offensives. Déjà ils étaient tous trop viocques pour aller s'exciter à la mitrailleuse. Plutôt surpris de notre intrusion... armés, braqueurs, dégoupilleurs. On avait rampé, progressé selon les préceptes du manuel d'infanterie, dirigés par le capitaine du Diable, le petit Robert. Dans les derniers mètres, on a entendu la musique... surprenante, une sorte de rumba... quelque chose de joyeux! Aucun Boche au mirador, à la porte, le long des barbelés... que fifre! Ça nous aurait pas déplu une petite riposte... juste quelques coups de mauser qu'on puisse montrer notre savoir-faire, qu'on ait encore quelques exploits à bonir en 1979 aux veillées des living-rooms, emmerder nos descendants avec nos fanfaronnades héroïques. Certains, d'ailleurs ça ne doit pas les empêcher, ils enjolivent depuis trente-cinq ans. Le camp des Sud-Américains, dans leur récit, il a dû devenir une sorte de Buchenwald défendu par cinq cents S.S. fanatiques... ils ont fini par le prendre d'assaut, en laissant sur le terrain les plus valeureux copains..., etc.

On est entrés tous par le portail grand ouvert. Tellement c'était insolite, facile, on se la donnait d'un coup de Jarnac... que tout à coup on serait peut-être pris sous le feu meurtrier de tireurs planqués partout. La musique venait du baraquement principal. Le pitaine nous a fait encore manœuvrer pour le cerner... pénétrer brusque par toutes les fenêtres. Le dernier mouvement... le signal... hop! l'arme au poing, on s'est propulsés de toutes parts. La surprise totale, notre irruption en plein bal... le baraquement transformé en dancing.

– Que personne ne bouge!

L'ordre glapi du Diable, mitraillette braquée sur l'orchestre. Tout s'est arrêté, figé, tous les musiciens, les gambilleurs et gambilleuses sur place, les yeux ronds! On est restés un instant muets, s'interrogeant du regard les uns les autres...

– Où sont les Boches?

Ils étaient là, les trois pépères en bretelles, picolant, insouciants, des bouilles bovines. Un Nègre, un immense à chemise bariolée, un joueur de saxo, s'est avancé vers le capitaine. Salut militaire d'opérette.

– Mon colonel, ils sont là... Mais eux c'est pas des Boches, mon colonel, c'est des Allemands!

Texto, la réplique du Négro tout à fait spirituel... qui mériterait de figurer dans les anthologies pacifistes. Seulement notre pitaine, monté en grade par le saxophoniste, c'était pas son style ce genre de nuances. Nous étions là pour libérer ceux du camp et faire prisonniers leurs gardiens. Où irions-nous, si les détenus brisant leurs chaînes ne les rafistolaient pas aussi sec pour y cadenasser leurs adversaires? Ça serait plus la peine de faire la guerre, la révolution, si ce n'était pas pour remplir les taules. Ça n'amuserait plus personne. Seulement, là, la mécanique était détraquée. Dès qu'on a voulu obéir au capitaine, se saisir des Chleus, tous les rastaques à moustagaches, les zambos, les métèques, les métis chevelus ont fait rempart de leurs corps... les gueulantes... les cris aigus des nanas! Ça tournait vinaigre! Le monde à l'envers, justement des hybrides, des sous-hommes selon la doctrine d'Hitler qui protégeaient ses soldats! On pouvait pas se mettre à crosser les Sud-Américains, les mettre au mur avec leurs guitares, leurs mandolines. Robert le Diable, il était marron... rageur. Il essayait de leur expliquer qu'il faisait son devoir... accomplissait sa mission... que tous les Allemands étaient des salauds.

– Eux, ils ne nous ont rien fait!

Le grand Bamboula brésilien gesticulait... tous les autres se mettaient aussi à nous convaincre... qu'ils ne se trouvaient pas si mal dans leur camp avec les colis de la Croix-Rouge et des Américains! Surtout que les derniers temps, à Montmartre, les affaires ne tournaient pas si rond. Eux d'ailleurs qui nourrissaient leurs geôliers. Tout à fait la bonne entente... la *kolossal* rigolade... ils leur apprenaient la rumba! Pedro leur parlait en espagnol. Il a fini par faire en quelque sorte l'interprète. Le calme est revenu peu à peu. Voilà... les Allemands resteraient là jusqu'à ce que l'armée américaine vienne les récupérer. Ça dénotait une certaine suspicion à notre égard... l'argument qu'on n'était pas habilités, organisés pour garder les prisonniers puisque nous étions des F.F.I. de choc... d'héroïques combattants comme nous ne pouvaient s'abaisser à garder ces trois pépères. Certes, c'était à tout point de vue préférable qu'ils soient livrés aux Ricains. Avec nous, en général, ils passaient de sales quarts d'heure, même s'ils n'étaient pas S.S. La bonne dérouille en hors-d'œuvre, le punching-ball... poings et tatanes, toujours la même équipe de joyeux volontaires. Un gradé finissait par intervenir lorsqu'il jugeait que ça allait trop loin, que la vue du sang décuplait la férocité des lyncheurs. Ensuite c'était le fond d'une cave, nourris d'épluchures dans de l'eau grasse, les corvées sous les coups de crosse. On se comportait pas mieux qu'eux, je dois bien reconnaître, avouer. Nous étions, nous aussi, des salauds.

Tout le mal, l'horreur est dans le camp des vaincus. Dans le nôtre la générosité, la grandeur. Nous combattons, nous, pour la liberté, il est vrai, nous sommes le parti de la démocratie, le parti de l'Homme majusculé. Ça devrait nous rendre magnanimes, justes... nous donner du discernement. Les Fritz qu'on maltraite, certains ne sont que des victimes, de pauvres types arrachés de leur foyer, de leurs amours, de leur petit métier pour se retrouver dans les fournaises mitonnées Führer. Devant les monstruosités commises par leurs chefs, par leurs fanatiques, ils sont un peu comme moi... ils regardent, ils n'osent rien faire... ils ne sont pas vraiment assez héroïques pour *s'opposer*, pour dire ne serait-ce qu'une parole qui leur coûterait sans doute la vie ou en tout cas de partager le sort des victimes. Saint et martyr, c'est bien joli dans les niches auréolées, mais ça provoque pas tant de vocations.

Le bol de ceux-là, en bretelles et maillot de corps, d'avoir trouvé de vraiment bons rastaquouères... tout à fait joyeux, musiciens, rigolards, guitcharos. Robert le Diable, il a bien été forcé de rengracir, de laisser faire. Au bout d'un moment, pris par le dynamisme des musiciens, on participait tous à la fiesta. Ils avaient de sacrées réserves de fromage en boîte, biscuits, chocolat, pâtes de fruits, chewing-gum... des cigares... des rafraîchissements aussi, et pas que des jus de pamplemousse... du whisky, du rhum, du gin. Ils se faisaient de drôles de punchs... tequila, margarita... des cocktails carabinés! On s'est mis à la conga, la rumba, la cucaratcha... les rythmes typiques. On a vite tombé nos vestes, tous nos harnachements guerriers. On danse, on tortille miche-miche, c'est tout de même plus humain. Question gonzesses, il n'y en a qu'une douzaine. Elles étaient, en principe, dans un baraquement à part, mais depuis longtemps elles ont rejoint les hommes. La plupart sont férocement bandantes, des métisses, aux rires à gorge déployée... le corps fait pour la danse, pour l'amour. Avec elles, on se sent lourdauds, nos gros culs kaki, nos grolles cloutées, nos ceinturons, on est vraiment de pauvres plouques. Pour se mettre dans le rythme, on a bien du mal. Tagada! les maracas, la batterie. Les punchs aidant, le mezcal, ça va bon train... les trois vieux Teutons sont tout à fait devenus négroïdes dégénérés avec des petits chapeaux pointus sur leur tronche hilare. (Si le furieux Führer Adolf de son bunker pouvait les voir, il se flinguerait huit mois à l'avance. Ça économiserait dix, douze millions de vies humaines.) En leur honneur, pour ainsi dire, l'orchestre leur joue *Lily Marlène* en rythme cubain. Seul le pitaine ne goûte pas la plaisanterie, il n'arrive pas à se mettre au diapason... à la réconciliation générale. Je l'aperçois dans un coin, l'œil plutôt torve, il a gardé son ceinturon, son flingue à portée de la pogne. Cependant il tutute tout de même... il ne laisse pas passer les bonnes occases. Il tient sérieux la boutanche mais, là, avec les cocktails antillais, mexicains, il va s'ourder sévère la crête, rouler comme ses hommes sous les tables, les lits... dégueuler dehors dans les plates-bandes, sur les barbelés maintenant inutiles. Le risque... qu'une fois bien plein, ses idées meurtrières lui remontent, qu'il se mette à menacer tout le monde... sortir son calibre. Dans nos beuveries fallait faire gaffe... les grenades traînaient, les Sten partaient presque toutes seules. Ça nous avait valu, tout le long de la campagne, des accidents parfois mortels. On les passait aux profits et pertes. Les morts faisaient partie de notre lot coutumier, du paysage... ceux du champ d'honneur, ceux du poteau d'exécution sommaire, et ceux par erreur, les éclaboussures... les femmes et les enfants d'abord!

Ça s'est tout de même terminé heureux, sans flingoteries, sans bagarres, notre fiesta sud-américaine. J'aurais bien voulu, moi, m'allonger sur une adorable métisse, une grande fille aux seins en loirepem... réussi à danser avec elle... l'inviter... me frottis-frotter fripon frivole après sa jupe. Elle redoublait de déhanchements, la vache, en sentant ma pointe d'orgueil sur son ventre... se marrait de mon émoi! Hop! elle est passée brusque à un autre danseur. Elle a excité toute la section, toute la compagnie, pour s'achever sans doute, s'envoyer en l'air avec un musicien. Il ne nous restait au bout du compte que notre paluche consolatrice, la bonne branlette de notre enfance... enfin, après avoir cuvé, le lendemain soir avec le souvenir encore brûlant. C'était mieux que rien... mieux que d'être manchot.

Nous dépassons Château-Thierry... que je vous reprenne. Avec mes digressions, diversions égrillardes sur le prosinard de l'adorable métisse, j'en oublie Jules, notre mission d'escorte du héros mort au champ d'honneur. On s'ennuie ferme dans ce corbillard... on bâille, on somnole... d'être plus confortable que dans le gazo du louchébem, on se laisse aller. Le dab, on aperçoit sa nuque, son cou à bourrelets derrière la vitre de séparation. De temps en temps il se retourne, il nous fait un clin d'œil complice. A ce train, on va être plus vite que prévu à Paris. Mais je cause trop vite... tout à coup on s'arrête... le fourgon stoppe le long d'un bois... pour le pipi du papa. Il a des ennuis, il nous a dit, déjà et il est pas si viocque, avec sa prostate... Va falloir qu'il passe sur le billard, qu'il aille souffrir un peu lui aussi dans sa propre viande. Y en a pour tout le monde des douleurs. Pas toujours bien réparti, mais avec l'âge ça s'égalise peu à peu... les arthroses, les lumbagos, la sciatique, les rhumatismes. Passé le cap des cinquante carats, les joies du corps se font la valise. On se rend pas compte, nous trois, Jean-Paul et Pedro... on bouffe, on bande, on chie allègre, on se plaint parfois mais on a tort, pisser dru c'est un vrai bonheur... comme tous les bonheurs, on ne l'apprécie que lorsqu'on commence à uriner au compte-gouttes... à grimacer au-dessus des gogues.

Justement il s'est mis un peu à l'écart, m'sieur Ribourdoir, contre un arbre. On a tous déjà vidé notre gourde, lui il reste, il pousse... on voit bien, il fait des efforts.

– On peut pas vous donner oune coup dé main? lui lance Pedro.

Il ne répond pas, il doit trouver cette blague de mauvais goût. On est à l'orée de la nuit maintenant, elle nous tombe sur le râble avec un petit vent glacial. Encore le Catalan qui propose qu'on devrait se requinquer un peu... il a aperçu les cartons de champagne. Lorsque Gaston, enfin délivré de sa lansquine, revient en boutonnant sa braguette, il le cueille aux sentiments, qu'on a besoin de se réchauffer... que ça serait pas un outrage à son fils d'ouvrir une petite bouteille. Ce genre d'argument, il est pour, ce bon papa. C'est son côté positif... qu'il ne lésine pas sur la bectance, le tutu, les joies de la panse pleine... s'il est trafiquant sordide, ça ne se remarque pas dans les détails. Le champagne, tout de même il renâcle. Surtout qu'on n'a que nos quarts militaires en fer étamé pour boire, ça ne se fait pas d'écluser du Moët et Chandon dans de pareils gobelets! Et puis sur le bord de la route... ce fourgon des pompes funèbres avec des drilles qui débouchent une roteuse, il nous fait admettre que ce n'est pas des plus convenables. Non, mais il a aussi quelques bouteilles de marc, cadeau de son collègue de Villers-aux-Nœuds... le même, le fameux qu'on a bu hier soir. Ça, on pourra en boire un petit coup en route, on va pas encore se retarder.

– Ma femme doit se faire du mauvais sang.

Il n'a pas pu lui téléphoner. A Reims, toutes les lignes extérieures sont réservées aux Amerloques. Il nous passe une boutanche... il nous recommande d'être raisonnables. Il a tort, avec Pedro être raisonnable c'est vivre au rabais.

Mais, lui, il me surprend toujours. Je le redoutais fin défonçaresse au bout du parcours, arrivant braillard, pétomane, exhibitionniste chez la maman de Jules... plus vicelard, il se restreint, se retient devant la dive, par contre il incite Jean-Paul, le pousse au crime... lui remplit ras bord son quart. Il trouve ça trop dur, Blondinet, il s'étouffe, merde! il en a des larmes plein les yeux. Le remède... il a dans sa musette une petite réserve de sucre qu'il voulait ramener à la maison. Chez lui, c'est pas la richesse, son père travaille chez Panhard... tourneur, fraiseur, quelque chose comme ça. L'idée de tremper des morceaux de sucre dans le marc, de faire des canards, lui est venue... il s'exécute. Il va se noircir, ce nave, encore un peu plus, il ne se rend pas compte. Le Catalan, il me pousse du coude, il me force à la complicité. Moi, je me méfie, j'y vais tout à fait le fond de mon gobelet avec ce marc des familles, une dose homéopathique. Je le connais de la veille... mon retour en fanfare chez les sœurs... mes vomissures scandaleuses sur le portail de la chapelle! Gaston Ribourdoir, vraiment il manque de jugeote, son ratafia il aurait pu nous en servir juste un petit verre. Ça serait le comble qu'il s'arsouille avec le chauffeur, qu'il puisse plus monter l'escalier en arrivant chez lui. Je commence à me faire du mouron. On se croit quasiment arrivé au bout du parcours et puis... une bouteille suffit pour tout remettre encore en question.

La couille que je subodore, elle nous arrive juste après Meaux... pleine cambrousse et il fait nuit. Badaboum! Un choc violent... tout le fourgon qui valdingue, sursaute... on dérape dans le fossé, dans la flotte, il me paraît. Le chauffeur, sans doute qu'il y a été sec au goulot, qu'il a trouvé le marc à son goût, mais il nous envoie, ce con, dans les décors! Il a frôlé, je ne sais quoi, un arbre... le coup de volant brutal, et nous voici bel et bien enlisés... tout l'avant de la voiture dans le fossé. Se sortir de là, de ce merdier?... ça ne va pas être du sucre d'orge... dans la nuit, la vase, la gadoue! J'ai déjà de l'expérience dans ce domaine, j'ai vu pire, certes... il n'empêche, je préférerais une péripétie plus cocasse, moins humide... Avec Pedro on a réagi immédiat, mais Jean-Paul, lui, il n'est déjà plus en état de se tenir debout, il est dans les vapes... n'entrave plus que dalle... s'écroule tout son long... il glisse, on est obligés de le retenir, de le coincer entre nos sacs. On est sortis retrouver Gaston. Le chauffeur, lui, il ne pense qu'à se justifier... qu'il n'a rien vu à cause de ses phares camouflés, comme c'est de rigueur avec la Défense Passive... il ne sait pas du tout comment il a pu se retrouver là! On s'en cogne de ses justifications, ce qu'il faut... s'arracher... dégager le fourgon mortuaire le plus rapidos. Le dab, maintenant, est tout à fait conscient... il pige son erreur... qu'il aurait pas dû lui donner à boire à ce croque-mort. Il ne se doutait pas que ça puisse lui faire un effet pareil en si peu de temps. Sans doute, ce qu'on ne sait pas, ce qu'il avait biberonné avant de prendre la route... peut-être depuis les aurores plusieurs litres. L'accident l'a tout de même dérondi un peu, il va se mettre au volant, essayer d'extirper le fourgon en marche arrière. Nous autres, on va pousser, s'arc-bouter... y aller de toutes nos forces. Jean-Paul, c'est impossible de l'utiliser, il a voulu sortir du fourgon... Plof!... il s'est affalé dans l'ornière. Il faut le relever, le gifler, il hoquette! Incapable d'autre chose que de bafouiller ses merde! merde! merde!... il est à présent trempé, crotteux, hébété.

Il est bien englué le fourgon, le corbillard de Jules! On serait dix douze à le pousser, ça ne suffirait pas. Le chauffeur s'efforce, emballe le moteur, bernique! Ça s'enfonce davantage, on dirait. On s'escrime, s'épuise, on va sombrer dans le désespoir... Ah! mais voilà peut-être du secours... une voiture qui s'arrête, une traction avant... une 15 CV, des grivetons qui sortent, des Franchouillards! On va pouvoir s'expliquer. C'est des collègues, des F.F.I... tout un état-major, un colonel, deux capitaines et leur chauffeur. Ils sortent tous et nous éclairent, nous éblouissent de leurs lampes torches.

– Qu'est-ce que vous foutez là?

Tout de suite, bien entendu, ils se braquent dans les soupçons. Ça les arrangerait plutôt qu'on soit des cinquième colonneux, des parachutés de Sigmaringen! Ils seraient félicités de leur prise, décorés, ils se cloqueraient un galon supplémentaire pour se récompenser eux-mêmes de leur exploit. Dans le fossé, panards à la flotte, dégueulasses, ahuris, il faut encore leur raconter tout... se justifier, ressasser, leur servir encore notre héros froid, Jules en bière... son papa qui le ramène... l'accident idiot, n'est-ce pas... le virage... le croque-mort qui a évité le pire... qu'on s'écrase contre l'arbre.

– Ne bougez pas.

Un des capitaines, par précaution, a sorti son pétard… il nous tient, ce nave, en respect. On n'arrive pas à les convaincre avec notre histoire. Ils nous trouvent louches. Ils se demandent si c'est bien un mort qu'on transporte. Leur imagination, nourrie aux mamelles de la méfiance, préfère un cercueil plein d'armes, de plastic.

– On va vérifier.

Vérifier quoi ? Ils vont pas sortir Jules de sa caisse… Ils nous chient la bite, ces enfoirés !

– Vous feriez mieux de nous donner un coup de main.

Je les invite, mais ils ne tiennent pas à salir leurs beaux uniformes. Ça palabre interminable dans la nuit, le froid. Ils exigent nos papelards, nos ordres de mission, le laissez-passer de chez Roblot. Ça ne leur suffit pas. Ils n'arrêtent pas de retourner nos faffes, de les éclairer, les zyeuter en transparence. Ça finit par foutre le dab en suif… il explose. Un monde ! Il est, lui, un pauv' père qui vient de donner son fils à la patrie… il le ramène à son épouse, il est bien triste… et à cause de cet accident stupide, on lui cherche des poux dans la tête, on l'accuse presque d'être collabo ! Il va se plaindre à je ne sais qui… au ministère de la Guerre ! au général de Gaulle lui-même ! Ça porte, on dirait, sa gueulante, son indignation de père outragé… Le colonel lui-même le calme… il est obligé simplement de faire son devoir ! Il va donc le conduire à son Q.G. à Villeparisis, faire les vérifications nécessaires et ils vont nous demander un camion avec une grue… une dépanneuse à l'armée américaine.

Le capitaine au flingue s'est penché sur Jean-Paul allongé ivre mort dans l'herbe… il s'inquiète s'il est blessé. Je lui explique que c'est sans doute le choc, la peur ! L'emmerde, c'est qu'il hoquette encore, qu'il bavoche d'une drôle de façon. Le pitaine, j'ai le sentiment qu'il a entravé la coupure, qu'il a senti son haleine en s'approchant. Il va parler en lousdoc au colon, ils se chuchotent près de la 15... la traction. Ils vont encore nous interroger... savoir pourquoi ce soldat est dans cet état... ça n'en finit plus!

Cette fois j'en ai ma gamelle pleine de ce voyage, je me demande si j'ai bien fait de larguer ma petite armée rouge pour me lancer dans les aventures avec des loquedus pareils! Pedro, je lui en veux de son idée de faire sortir les bouteilles à m'sieur Ribourdoir! C'est lui le fautif, merde! Sans ce putain de marc, on arrivait tranquilles jusqu'au caveau, jusqu'à Gentilly. Des avaros, on en avait eu suffisamment avec les M.P., la fuite à Varennes... des bluettes avec la jument... des oraisons avec les sœurs! On s'était suffisamment arsouillé la veille.

Il respire bien mon état d'esprit, le Catalan, il a un instinct d'animal. Pour l'instant il s'écrase, mais tout à l'heure il va trouver le moyen de redresser la barre. Il va me rappeler des souvenirs bien plus grotesques, bien plus dangereux pendant sa guerre, la seule, la vraie... celle contre le général Franco... l'encoulé de sa mère!

On a attendu, piétiné... on s'est gelé encore les claouis avec un capitaine resté avec nous pour nous surveiller pendant que le dab et le chauffeur croque-mort étaient au P.C. du colonel à Villeparisis. Savoir ce que c'était ces officiers-là? Sécurité Militaire, ils s'étaient intitulés. Après tout, les miliciens déguisés parachutés par Darnand, c'était peut-être eux. On pouvait, nous aussi, se méfier. Ça ne nous venait même pas à l'idée. Plutôt, je me gourais que c'était une de ces équipes marginales, des justiciers de la dernière heure qui n'étaient pas encore rentrés dans le rang. Le colonel, il avait quoi? même pas trente ans... un bellâtre, si j'ai bonne souvenance... une sorte de garçon coiffeur.

On était regrimpé dans le fourgon avec Jean-Paul qu'on avait poussé, hissé, vraiment en piteux état. Avec nos pompes, nos bas de froc trempés, c'étaient des coups à s'agriffer une pleurésie, se mettre les éponges en dentelles! Plus tard, dans cinq ou six ans, j'attraperai mes bécas, ma tubardise... j'ai dû y mettre une sorte de bonne volonté. J'avais pourtant bien résisté tout le long de mes campagnes guerroyeuses, je devais être de bon métal. Tant va la cruche et même le pot de fer... qu'il se rouille!

Ça serait trop fastidieux, trop robbegrillesque, de vous laisser là, deux trois plombes dans ce fourgon mortuaire quasi renversé, avec Pedro, Jean-Paul et ce capitaine qui nous surveillait, sa sulfateuse sur les genoux. On aurait pu d'ailleurs s'en débarrasser facile de ce branque, il n'était pas si attentif... J'en profite donc pour un flash... une traversée... un morceau encore de cette période avec la Colonne et son Colonel devenu depuis station de métro sur la ligne Nation-Etoile... la consécration glorieuse entre toutes, l'égal de Richelieu-Drouot, du Père Lachaise, de Pasteur, de saint François-Xavier!

Me voici donc dans une école, une salle de classe. Celle-là pas du tout transformée en dortoir, en écurie porcherie d'hommes. Non, tous les pupitres en ordre, l'estrade, le tableau noir et un instituteur en uniforme. Un aspirant jeune, dodu, rose, blondasse. Il nous fait des dessins au tableau, des flèches, des graphiques, il nous apprend l'observation. Un cours spécial pour nous former ultra-rapide. On est une vingtaine, là, toutes sortes, tous âges, sous-offs ou simples deuxième classe. On est, déjà ça, tenus au chaud par un gros poêle, tandis qu'il vente et pleut dehors, que mes petits potes sont dans leurs trous à s'imbiber les burnes de brouillard. Ça me fait, je me suis calculé, une sorte de planque, une trêve de merdouille, ces cinq jours de formation accélérée. Au bout du compte je passerai une sorte d'examen et ensuite, si je suis reçu, je serai peut-être caporal-chef observateur... j'aurai des jumelles, une boussole, on me postera pour borgnotter les mouvements de l'ennemi et les communiquer presto aux artilleurs, aux hommes des mortiers. Dans mon trou devant la Moselle, je m'ennuyais trop, je crevais de froid, je me suis porté volontaire... tout aussi bien je me serais inscrit pour devenir cuistot ou infirmier.

Au même pupitre, mon voisin de classe... comment dire autrement?... on n'est pas dans les mêmes âges! Il me paraît tout à fait viocque, il a bien dans les quarante-cinq six piges... difficile à préciser, peut-être est-il plus jeune, mais il a dû pousser sur la boutanche le long de son existence... son papa aussi sans doute, il a hérité. Il pavoise de trogne, couperosé, cuit au pinard... les châsses injectés, le tarin piqueté... et puis l'haleine, les chicots jaunis de nicotine.

– Salut, camarade...

Il me serre cordial la cuillère avant de s'asseoir. Je m'aperçois qu'il a un galon sur sa vareuse... avec un liséré, un fil au milieu, c'est donc un adjudant. Je le salue comme il se doit, mais il me rassure... ici, on est égaux, tous élèves...

– On va pas jouer au guignol.

Il se roule une cigarette à la main... il s'installe. On fait connaissance. Lui, il est de Ménilmontant... rue des Panoyaux, il me précise... un quartier d'élite à l'argomuche. Dans le civil il est chaudronnier. Voilà, il a quitté sa Germaine, il fallait bien reprendre du service, virer les Boches, préparer les lendemains qui vont, il n'en doute pas, chanter!

La classe commence. L'aspirant Bébé rose se présente, Pradin il s'appelle. Il nous demande de remplir une feuille avec nos noms, prénoms, grades, etc... On va faire des devoirs, ça va me rajeunir, mais pas autant que mon voisin. Cézig, il peine au porte-plume, il commence par faire un pâté, il se fout plein d'encre après les doigts... il groume! Je jette un œil... La déjudent... ainsi il écrit son grade. Je suis pas fortiche en orthographe mais, lui, il est carrément dyslexique... plus ce qu'il écluse, a dû écluser, il y voit plus clair. Ça le transporte pas dans la joie sans égale de reprendre ses études primaires.

– Y nous fait tartir, ça fait trop longtemps que j'ai plus été à l'école.

Ce qu'il me bougonne lorsque l'autre entreprend de nous dicter un poème d'Aragon... *Du Poète à son Parti.* Le contenu, on ne peut trop rien dire, c'est patriotique et marxiste, mais on est venu pour apprendre à observer les Chleus qui nous canardent de l'autre côté de la Moselle, pas pour se taper une composition d'orthographe. L'adjudant de Ménilmontant, il n'arrive pas à filer le train... il copie sur moi sans vergogne... « *Mon Parti m'a rendu mes yeux et ma mémoire.* »

– A la ligne...

Bébé rose, il articule le mieux qu'il peut, il va lentement, il a une voix douce, les gestes mesurés, quelque chose de précieux dans le comportement. Il est frais rasé, sapé impec, culotte de cheval, de jolies bottes bien briquées. A première vue, si j'étais un peu plus marle, un peu plus expérimenté de l'existence, je l'aurais flairé craquousette de la bagouse... chochote probable... berger d'Arcadie, naturalisé chez Sodome. Seulement, là, je suis tout à ma dictée, je m'applique, je tire un bout de langue... je transcris de mon mieux les vers du poète rendu au clairon de la Patrie grâce à son Parti... le seul, le grand, celui qui détient la Vérité, l'Avenir du monde !

Au bout d'un moment, Ménilmuche, il abandonne, il pose le porte-plume... il n'y arrive pas, même en me copiant.

– Si je vais trop vite, il faut me le dire...

L'aspirant s'est aperçu qu'il a levé les rames, mon pépère voisin. Il s'approche, s'inquiète...

– T'as qu'à mettre zéro, camarade, et puis c'est marre !

Pas question de note, l'aspi proteste ! Juste, il voulait se rendre compte un peu de notre niveau, cette petite dictée pour nous mettre en train, ce très beau texte d'Aragon si pénétrant, si exaltant. Les autres aussi, aux autres pupitres, derrière, devant, à gauche, à droite... merde ! ils renaudent, ils ne se sont pas inscrits pour retourner à l'école, certains ont déjà leur certif ! Ce qu'ils veulent, c'est apprendre à mieux détruire le fascisme hitlérien, à hâter la victoire finale, le Grand Soir, les lendemains qui chantent ! Bébé rose, sous l'avalanche des récriminations, il bascule, renverse... il rengaine son Aragon ! Il va passer directos aux choses tout à fait pratiques... la lecture de la carte d'état-major, les signes conventionnels... il nous les dessine au tableau... des ronds, des croix, des triangles... tours, chapelles, châteaux, points trigonométriques ! Il active ses petites miches moulées dans son froc de cheval, notre instructeur, il a respiré tout de même le vent de la révolte ! Il est marxiste léniniste, lui, il a tout lu et épluché... les ouvrages de base, la dialectique, le matérialisme historique... ça serait le comble qu'il se fasse bordurer par les militants, les prolos provisoirement en uniforme.

Il me repère, tout d'abord sans que je subodore

la poloche, il vient me parler après le cours... au moment pour ainsi dire de la récréation. Il me demande si j'ai lu, moi, Aragon... toutes ses poésies de la Résistance. Il me prend pour une sorte d'étudiant. J'ai pas le genre, c'est exact, manuel au physique. Je suis toujours à contretemps, contre-emploi... malade à l'air bien portant, malfrat à mine d'honnête homme. Aragon, j'en ai juste entendu parler depuis que je suis chez les Fabien... je me l'imagine poète-ouvrier en casquette et bourgeron, comme aujourd'hui Jean-Pierre Chabrol ! A cet âge je suis total ignare, j'ai juste mes connaissances de la communale... les départements, la règle de trois... question littéraire, quelques tirades de Totor... quelques fables essentielles de La Fontaine... « *Apprenez que tout flatteur vit aux dépens des électeurs.* » Depuis, certes, j'ai emmagasiné bien des livres... des ouvrages d'érudition, mais ne savais-je déjà pas là l'essentiel avec ce mince bagage pour circuler dans l'existence, défendre mon steak-frites, faire jouir les dames comme il faut ? Aragon ? Je lui avoue mon ignorance. Ça le désappointe... il croyait que... oh, mais il est certain que je peux faire cette découverte, il va m'y aider si j'y consens... me prêter, m'offrir un recueil, *Le Crève-Cœur.* J'ai une tronche, il voit bien, à me cultiver, me raffiner l'esprit, atteindre les sommets. Il faut que je me forme politiquement, il m'y invite, incite par la même occase ! Il aurait beaucoup de plaisir à bavarder avec moi... voilà, il se sent des affinités... comme ça... instinctif ! Je peux pas le repousser, le rabrouer, le vexer, il me paraît gentil, mais je le trouve pas, au premier abord, très marrant. C'est mon critère, ça, et surtout à cette époque, je recherche des potes pour plaisanter plutôt douteux, balancer le sarcasme, les vannes aux passants... des compères, complices pour marauder, chouraver, larciner...

des partenaires de belote, des pétomanes éteigneurs de bougie! Je préfère les énergumènes comme Pedro, les petits marles comme Musique. L'aspirant, je le trouve pas mon genre... et puis cette façon de m'attaquer, cette déclaration d'amitié brusque. Il me gêne, mais je ne sais pas encore bien pourquoi, je lui trouve un côté cureton, séminariste. Il m'explique sa vie... il est décorateur d'appartements, de boutiques. Hélas! il ne travaille que pour les privilégiés, les gens d'Auteuil, du XVIe, de l'avenue Foch. Il espère que ça va changer, qu'après le grand chambardement, la révolution marxiste, il pourra mettre son talent au service des classes laborieuses. L'adjudant de Ménilmuche, sans craindre d'être indiscret, il est venu nous écouter, participer à notre conversation. La révolution, il a des craintes, qu'on l'ait encore dans le fion ce coup-ci! Il a été échaudé par le Front Populaire... il y a cru mordicus et puis ça s'est terminé en bibine... « *Faut savoir terminer une grève* » et Léon Blum qui passe à la réaction!

– On devrait descendre sur Paris! Pendre tous les patrons! Virer les bourgeois de leurs turnes!

... s'installer dans leur pageot... il voit les choses comme Tatahouine[1]... en toute simplicité. Il a raison d'ailleurs, tout le reste n'est que dialectouille, phrasibulerie pour vous renvoyer à la niche dès que vous avez fini de mordre. De nouveaux maîtres sont toujours en apprentissage, ils ont instinctif tous les tours de passe-passe, les manigances les plus incroyables pour détourner vos conquêtes à leur profit. On a beau se soulever, tout casser, on ne change que les tronches, les titres, les uniformes...

Ce stage d'élèves observateurs se déroule dans une petite bourgade tranquille près de la frontière

1. Voir *Les Combattants du petit bonheur.*

luxembourgeoise, les habitants y sont restés presque tous. On va loger chez eux, répartis par deux trois selon les possibilités. Justement, l'aspirant Pradin, il me place dans la maison où il s'est installé lui-même, chez une vieille et charmante dame... une veuve de la guerre 14. Il y a encore une chambre libre. Il m'y accompagne après le cours. Il est serviable, pas possible ! Je suis coinçaresse, je ne peux vraiment pas lui échapper. Il va me pomper l'atmosphère avec son Aragon, je me goure, sa Révolution... et puis le cinéma... il est du genre rat de ciné-club, le premier spécimen de l'engeance qu'il m'est donné de rencontrer... les frénétiques du *Potemkine*, enivrés du *Chien andalou...* les dithyrambiques décortiqueurs de la sublime séquence... les avaleurs de gros plans... suceurs de travelling. Je ne puis alors me douter qu'un jour je serai porte-plume dans le Septième Art, Cosette de metteurs en scène, écrivain-enfant martyr de bourreaux-vedettes ! Pour la moindre humeur, la moindre lubie du tyranneau, de la tyrannette... se remettre à l'ouvrage, Pénélope !... tout reprendre, tout réécrire dix fois, en général pour que ça devienne de plus en plus plat, de plus en plus lisse, de plus en plus nul... des efforts, une patience ! Et ça ne l'est jamais assez... jamais assez lèche trou du cul du public, assez démagogique, psychologique soi-disant !

Je m'écarte, revenons à cet aspirant Pradin. Le soir, une fois dans ma piaule... dans mon page presque... un lit de campagne en noyer avec un gros édredon rouge en plume... toc ! toc ! il frappe à ma lourde. Il a un petit cognac à me faire goûter, une bouteille qu'il a eue en échange d'une cartouche d'américaines... il m'explique...

– Je ne te dérange pas, camarade ?

Lui aussi, il s'y est mis au tutoyage, au camarade. Pourtant, moi, je ne suis pas inscrit au Parti, je ne devrais pas y avoir droit. Mais il me suppose, pour le moins, sympathisant puisque je suis dans une unité F.T.P. ... presque acquis, néophyte... que je vais, à ma démobilisation, courir pour m'inscrire aux bonnes adresses du P.C., prendre ma carte. Je suis encore bien pomme, encore bleubite, je le vois pas venir sur le vrai terrain... j'envisage pas qu'il voudrait bien, en définitive, me sucer la poire, se pelotonner dans mes draps, m'offrir son trou de balle à égoïner. Je le trouve simplement collant, ce zèbre, trop loukoum, trop suave. Je n'imagine pas, à ce moment-là, qu'un communiste comme lui, fiévreux, débordant de prosélytisme, puisse en même temps en refiler à pleine jaquette. Je suis farci d'idées toutes construites, reçues, incontrôlées. On passe une vie entière à se débarrasser des clichetons, des icônes, de tous les grigris. On avance qu'en débroussaillant, en se déplumant peu à peu... hélas, au propre comme au figuré.

Il s'installe, Bébé rose, avec sa boutanche, il est en négligé, en civil presque, avec un pull-over orange que sa maman lui a tricoté. Il me questionne, je l'intéresse trop, je devrais être sur mes gardes. Je pense simplement qu'il s'ennuie, que les alcoolos alentour le rebutent. Lorsque je me regarde dans la glace, je me trouve rien de joli joli... avec mon grand pif, mes petits yeux... à dix-neuf ans ma tronche en lame, ma pomme d'Adam proéminente, mon allure efflanquée, grand dépendeur! Je me voudrais tout autre bien sûr... Rital à guitare d'amour pour emballer toutes les mutines, les nanas sur leurs semelles en bois. Plutôt, j'ai tendance à me déprécier, je me pousse jamais du col. Que je puisse plaire, surtout à un homme, ça ne me traverse pas le chignon. Je m'endors d'ailleurs à ses boniments. Il est tard, j'ai déjà les paupières qui me descendent en capote de fiacre. « Oui, oui! » Je ne sais trop ce qu'il me débite, mais je suis d'accord... lorsque j'ai sommeil, je vote n'importe quoi... nous allons faire un monde meilleur! Il lésine pas sur la formule... il attend tout du socialisme... un homme nouveau... changer la vie! Déjà les mêmes espoirs qu'en 56, en 68... aujourd'hui... toujours déçus, mis en bouillie, anéantis par les événements, les tanks, la vie chère, l'intolérance... le goût du meurtre, la routine, la concussion, la trahison, etc., tout l'éventail, la variété des passions humaines! On doit naître croyant ou non... beau s'efforcer, par la suite, de se changer le tempérament, autant faire vocaliser les protozoaires. Je suis venu au monde agnostique, sceptique, épicurien... ça vous facilite simplement la mansuétude. On a aucun mérite à être ceci cela... tout vous vient on ne sait comment... le caractère, les impulsions, on ne se corrige de rien.

L'aspirant, c'est pas lui qui va encore me convaincre. Malgré sa mine franche, ses yeux bleu porcelaine, il y va du couplet vengeur. Il veut, lui aussi, qu'on fusille, qu'on étripe, qu'on emprisonne. Vous n'en sortez pas! Le Parti, ça me paraît sa faiblesse à ce moment... puisqu'il n'a pas le pouvoir et qu'il se proclame le défenseur des misérables, il devrait s'ouvrir un peu à une certaine indulgence pour tous les loquedus qui se sont fourvoyés dans ce qu'il appelle la trahison. Dans le lot, il y a pas mal de gens de toute petite condition. J'en sais quelque chose, je n'ai pas perdu subitement la mémoire le 25 août 44. J'en ai entendu dans mon quartier pourri, dans les bistrots, à mon usine, des propos de maréchalistes, d'attentistes, de culs coincés ou même de zélés convaincus qui ressemblaient à s'y méprendre aux camarades que je côtoie à présent. Ça me semble qu'ils auraient pu, les évêques du Comité Central, les cardinaux du marxisme... se les récupérer facile. Un geste...

vos péchés vous seront remis. Une parole... elle ne viendra jamais. On est dans la haine vitam aeternam. Mais peut-être ont-ils raison, ils détiennent toute la vérité, ils ont la révélation du dieu Marx. Je raisonne à côté de mes grolles!

Toujours, à travers ses tirades vengeresses, il me câline du regard, cézig l'aspirant. Il sirote son cognac, il me sourit, il me donne du feu... il n'en finit plus de me dévisager. Si Pedro était là, lui, il entraverait la coupure, il se bidonnerait, il balancerait le vanne terrible! Par la suite, quand je lui ai raconté toute cette mésaventure... sa réaction... que j'aurais bien dû me faire soucer, l'encouler ce stalinien! Surtout ça qui le mettait en verbe... l'encaldossage d'un intellectuel stalinien. Jamais il avait eu, lui, pareille aubaine, il me trouvait bien cave de ne pas avoir saisi l'animal aux hanches, par les oreilles.

– Tou lé régretteras. S'ils prennent lé pouvoir, c'est eux qui t'encouleront.

Le lendemain, on devait se déplacer, quitter l'école pour des exercices pratiques, des relevés d'itinéraires en campagne, valait mieux se pieuter de bonne heure. Ça m'a permis de le bordurer, ce camarade aspirant si affectueux. Sur le pas de la porte, il m'a serré longuement la pogne, le regard mouillé. Un doute m'a saisi... mais non, quoi, je me faisais des idées saugrenues! Au Parti, ils ne pouvaient pas avoir de folles, ce n'était pas ça *la maladie infantile du communisme.*

Nous sommes toujours dans le fourgon, le temps s'écoule, il ne sert à rien! Un brouillard épais nous est tombé dessus, nous pénètre, nous glace jusqu'au fion! A se demander s'ils ne se sont pas perdu en route avec leur traction ou s'ils n'ont pas enchristé, à Villeparisis, notre dab Ribourdoir et le chauffeur de chez Roblot. En période libératrice, quelque peu révolutionnaire... tout le monde est forcément suspect... Une tête de traître, c'est difficile à reconnaître. Ce genre de colonels F.F.I., la plupart gradés du 31 août, pour se faire mousser, ils arrêtaient un peu n'importe qui... quand ils ne flinguaient pas immédiat, c'étaient déjà des humanistes.

Jean-Paul, il reprenait son peu d'esprit, il hoquetait moins, mais il n'était pas encore tout à fait présentable. On discutait maintenant avec notre capitaine-gardien. Il en avait marre d'attendre lui aussi. Je l'interrogeais sur ses exploits, ça les amadoue toujours les militaires de carrière ou d'occasion. Il avait libéré Aulnay-sous-Bois, Villeparisis, Montfermeil, toute la région de Lagny, Thorigny, Pomponne! De farouches corps à corps d'après ses dires, avec des S.S. tête-de-mort, d'affreux mais coriaces adversaires. Lui-même avait détruit trois chars... fait, avec sa compagnie, trois cent cinquante prisonniers.

– Pour voir ce qu'on voit à présent, c'était bien la peine!

Je ne sais pas ce qu'il voit, mais je l'approuve, je lui flatte l'encolure à ce Tartarin de banlieue. Je redoute seulement que Gaston ait fini par s'énerver au milieu des tracasseries F.F.I. et qu'on vienne nous chercher pour moisir encore une nuit dans un poste comme, vous vous souvenez, avec les M.P.

Ça me fait encore l'occasion de vous faire partager mes rêveries. Je vais pouvoir, en attendant encore Gaston, vous finir mon roman d'amour avec l'aspirant Pradin. Vous devez vous questionner, fébriles, si finalement ce Bébé rose je lui ai fait son toucher rectal, si on n'a pas fait ensemble la soupe aux choux. Ça déplaît pas aujourd'hui, ce genre d'anecdotes, dans les meilleurs ouvrages en prose (!!!), tous les freudiens décortiqueurs de textes, s'ils bichottent! Ça vous propulse dans les hauteurs, les anthologies, les rétrospectives, une bonne petite troustafana entre messieurs, le chuchotement des biroutes. Je pourrais même vous en inventer à défaut de... j'ai l'imagination assez féconde quoi qu'en disent ceux qui me cataloguent minable autobiographe. Ça me réjouit pas de me vagabonder les esprits sur ce qui aurait pu être dans ce domaine. Pourtant dans un lieu assez inédit... le haut d'un clocher. Sans doute quelques curés y ont-ils sabré naguère leurs bedeaux, leurs enfants de chœur. On avait, bien sûr, pas idée d'aller les surprendre si près du ciel... du septième à défaut de l'autre!

L'exercice pratique... il fait radieux ce matin-là... le soleil a fini par percer le brouillard. Sur ordre de l'aspirant, je monte au clocher d'une église de campagne... notre point d'appui, le bled où ma compagnie se cantonne. L'escalier, faut faire gaffe aux marches branlantes, vermoulues, aux trous par moments. Là-haut, je dois gaffer comme il se doit les mouvements de l'ennemi!... L'étrange, je n'ai ni radio, ni rien pour communiquer mes éventuels précieux renseignements, mais il ne s'agit que d'un entraînement. Ça serait suicidaire en réalité de laisser un homme ainsi exposé dans ce clocher. On se demande d'ailleurs pourquoi les Chleus ne l'ont jamais décapité... Vraoum! à coup de 88! Un jeu gamin pour leurs canons si précis, leurs artilleurs expérimentés de cinq ans de guerre. J'ai des jumelles, une carte, une boussole... un Mas 36... tout l'harnachement avec une couverture, une toile imperméable pour s'il fait frisquet là-haut ou s'il se mettait à vaser.

Exact, ça caille dans le clocheton... C'est à tous les vents, les bourrasques... c'est bancal... ça grince... le plancher s'effondre! M'installer là, il en a de sévères, Bébé rose! S'il m'aime, il me gâte pas, le con! Voici le panorama... le fleuve, le petit canal le long du fleuve. On ne distingue pas encore très bien, il reste partout des plaques de brume, il est encore tôt. Au-dessus, au loin, j'aperçois le secteur allemand... les petites collines en face, une route bordée d'arbres... quelques maisons. Faut que je me repère avec la carte... que tout ça concorde. D'après l'aspi, je devrais apercevoir un village qui s'appelle Montenach. Les Chleus, par là, ont installé leurs pièces d'artillerie, paraît-il. Je devrais pouvoir me rendre compte, rencarder le colonel Fabien... qui sait? ensuite il me cloquerait peut-être la Croix de Guerre à l'ordre de la brigade en attendant mieux. Ça, ça en jetterait dans le quartier à mon retour, ma concierge, madame Legras et sa fille Marthe... peut-être même que le papa de Caroline, avec une Croix de Guerre, il me laisserait parler à sa fille. Même ma grand-mère serait toute fière... du moment qu'elles ne sont pas posthumes, elle aime bien les décorations. Ça peut paraître étrange aux lecteurs d'aujourd'hui... la mode a changé, le renversement total des valeurs. La Croix de Guerre, même gagnée dans la lutte contre l'Allemagne hitlérienne, à présent vous pouvez vous l'accrocher sur la braguette sans vous donner la peine de la soulever pour faire votre pipi. Ça peut vous occasionner un joli plan au Septième Art... les exégètes ne manqueront pas d'y percevoir une intention métaphysique et, il va de soi, contestataire.

Ce bled, j'ai beau braquer mes jumelles... je n'arrive pas à le repérer. Le soleil en plus est contre moi... c'est le matin, il est à l'Est, il est boche, le salaud, jusqu'à neuf dix heures. Il m'éblouit, j'attends un nuage pour mieux apprécier la situasse. Je croyais bien me changer le train-train en allant m'inscrire au cours des observateurs et, au bout d'une demi-plombe dans le clocheton, ça me devient évident que c'est pas encore là ni le bonheur ni l'aventure de cape et d'épée. Je caille autant que dans mon trou en bas dans la plaine. Et puis... beau m'écarquiller, régler soigneux mes jumelles, j'aperçois pouic, ni convois, ni canons, ni groupes d'infanterie. C'est mort du côté des Fritz. En apparence... ils y sont pourtant dans ces massifs, derrière cette butte, devant... camouflés alors pas possible... en léopard, feuillus, terreux... de vraies taupes! Un long sifflement et schraoum! l'explosion... la terre en geyser! Ils trinquent, c'est l'artillerie américaine qui les arrose un peu, qui vient leur rappeler qu'un de ces jours on va traverser le fleuve coûte que coûte... qu'on va aller les déterrer. Schraoum! Ça se succède... au 75... quand ils s'y mettent, nos libérateurs, ils ont de quoi, ils ne lésinent pas de la munition! Leurs tirs, je me rends compte, se groupent... oui, très précisément sur l'endroit où je devrais voir le village. Ils sont mieux rencardés que moi... je suis tout à fait inutile ici. La Colonne Fabien n'a que quelques mortiers, une artillerie de campagne à peu près nulle.

Encore, on fait joujou... on est présent, ça doit suffire. Je gribouille quelques notes sur un carnet. L'adjudant de Ménilmuche, lui, je me demande comment il va s'en sortir si on l'envoie dans un clocher? Il y montera avec un kilbus de rouge pour se tenir le moral au frais. Hier soir, à la cantine, il nous a chanté *La butte rouge*... C'est son répertoire, il paraît... dès qu'il a sa dose... Hop! il entonne... « *qui boira de ce vin-là boira le sang des copains* ». Ça fait partie des traditions ouvrières, les goualantes de Montéhus... le folklore... et aussi *Les braves soldats du 17e*... Je connaissais tous les couplets. Tatahouine, le père de mon pote Musique, nous les chantait, lui aussi, les soirs où l'ouvrier peut enfin boire à sa soif.

L'aspirant Pradin, ça lui plaît, m'a-t-il dit, ces chansons naïves qui fleurent bon la révolte, les barricades, les piquets de grêve. Il découvre tout ça sur le tard, ce petit jeune homme, il ne s'en remettra plus. Justement, il m'appelle d'en bas... « Ohé! Camarade! Ohé!... ça va?... » Il va monter me voir, m'inspecter, il me crie, profiter que les Boches dérouillent pour découvrir lui-même le panorama. Je dois faire un croquis, une sorte de vue générale en indiquant bien l'orientation.

Je l'entends qui grimpe. Les artilleurs américains ont fini leur concert... ça redevient calme... Juste, me parvient dans les lointains, le tac-tac d'une mitrailleuse. Le voilà... casqué, botté... bien propre malgré la boue du chemin, la poussière, les plâtras dans l'escalier. Tout de suite, il me prend les jumelles, il fait le tour d'horizon. Il m'explique ensuite des choses avec la carte, des choses auxquelles je n'avais pas prêté attention. Je dois reconnaître qu'il est expert. Il a appris tout ça où? Je me demande, puisque dans le civil il décore les appartements, les boutiques! Tout d'abord, il est moins tendre qu'hier soir, plus technocrate. Il fait des croquis, il note, il biffe, il boussole, il n'a cure du vent. Je le préfère net dans ce rôle. Il me rassure en officier conquérant et sûr de lui... jumelles aux châsses... scrutateur des horizons ennemis. De toute façon, j'aime mieux les gens dans leurs fonctions naturelles... le prêtre à son goupillon, le facteur à son courrier, la pute à sa turlute, le président à la présidence en haut-de-forme, plutôt qu'en accordéoniste... en Verchuren pacotille! Mais je me berlure toujours trop tôt... Il rebarre, cézig, à la surprenante...

Ah Dieu! que la guerre est jolie
Avec ses chants ses longs loisirs
Cette bague je l'ai polie
Le vent se mêle à vos soupirs.

Il me cueille à froid, il me déclame Apollinaire, dont je ne connais même pas le nom. J'ai entendu parler de Verlaine, de Baudelaire, d'Alfred de Musset, lu quelques extraits dans les bouquins de classe... mais Guillaume Apollinaire, en ces temps, on n'en parlait pas au certif. Il est fervent quand il récite, Bébé rose, il en sait des kilos par cœur. Il arrêterait plus n'était le décor. Il s'étonne que je soye si ignare, si peu ouvert aux belles choses de la culture. Il me flatte... qu'il me trouve intelligent... que j'ai les moyens, moi aussi, d'accéder à la poésie, la beauté, le luxe... la volupté qu'il envisage dans sa petite tête de tantouse.

– Si tu le veux bien, lorsque la guerre sera finie, on se reverra et je t'emmènerai voir des expositions... visiter le Louvre. La vie ne vaut d'être vécue que si elle est faite d'un enrichissement permanent.

Ça, c'est ben vrai! Sur l'instant, dans le clocher, je ne sais trop que lui répondre. Je suis apte à pas grand-chose, on me l'a ressassé... bon à rien... prêt à tout. Avant que je m'y mette, à ses poètes, ses enrichisseurs de l'esprit... ça va couler des mètres et mètres cubes d'eau verte sous le pont Mirabeau, puisqu'il en est question! Je vais accumuler les bévues, les filouteries, les dommages sans grand intérêt... collectionner les citations en Grande Instance, les mandats d'amener... glavioter les cent mille bacilles! Peut-être que si je m'étais engagé résolu avec cézig, dans la briocherie infernale, j'aurais progressé plus vite sur les chemins de la connaissance. Aujourd'hui serais-je sans doute plus en cour... éditorialiste des libérateurs de l'anus!... soubrette de ministre! Toujours, on avance plus rapide par les histoires de trou du cul... avec les vieilles dames ou les messieurs, mais faut tout de même s'y prendre à temps, pouvoir bander à la commande.

Attention!... le sifflement et schrac!... Vraoum! J'oubliais la guerre... cette fois, c'est les Teutons qui nous ripostent... les barbares nazis! On a parlé de culture, et ça nous a pas porté chance, ils sortent leur 88... mieux encore que leurs revolvers... des obus perforants, les ordures! Nous, on devrait bien gafouiller à présent, repérer d'où viennent ces pruneaux. On est tout saisis d'abord... L'autre coupé en plein du poème... ça nous passe juste au-dessus du toit... le long sifflement...

« *Je me jette vers toi et il me semble aussi que tu te jettes vers moi.* »

Le vers, voyez, adéquat! Il me tombe dans les bras, casque et tout... jumelles... la secousse, il se rattrape... est-ce un hasard... à mon futal, le long de la cuisse? Ça m'a tout l'air d'une main tombée, un peu comme moi avec la camarade Janine, la guérillérote, dans le couloir à Thionville. J'avais, vicelard, profité du canardage des Allemands pour la saisir, la peloter... constater de pogne le ferme de ses doudounes, si ça tenait bien dans sa vareuse. Juste retour des choses, il a le même genre de technique, Bébé rose. Vraoum! Ça nous éclate au-dessous. On ne se rend pas bien compte... c'est peut-être dans l'église. Le comble, on est là, nous, en observateurs, on n'a rien vu, mais les autres en face, eux, ils ont dû nous repérer aussitôt. J'aurais mieux fait de rester en bas, parmi la piétaille tout aussi glorieuse, si j'en crois les articles de *L'Humanité*...

« *Sur la Moselle avec les héroïques fantassins du colonel Fabien.* »

Cet enfoiré, il me serre la cuisse. Certes il a les flubes, mais il pourrait manifester sa trouille autrement. Je manque de toc, c'est un chef, un officier, pour réagir sec comme il se doit... comme il se devait avant l'époque du laxisme, de tous les doigts partout permis. Il faut dire qu'il choisit son moment, le dégueulasse! Schrouf! On se met à tanguer... l'église vient d'en prendre une dans la façade, aucun doute... le portail, en plein transept...

Tout en même temps vous arrive dans la vie... la maladie, les impôts, les échecs, les flics. Là, les 77...88 perforants et cézig qui se révèle folle. Je me dégage sec tout de même... je lui fais lâcher prise d'un coup de poing.

– Faut descendre, camarade lieutenant!... Faut pas rester là!

Déjà, je suis dans l'escalier. On va pas se faire démolir, pulvériser pour rien du tout, des fariboles observatrices! Ce qu'il m'a été donné d'apprendre au cours de cette fin de guerre, avec Fabien, puis par la suite chez de Lattre de Tassigny à la 1re Armée... qu'on se fait tuer le plus souvent dans des coups complètement fourrés, des amusettes d'officiers en mal d'action... des choses qui n'avancent à rien, les casoars de 14, les glorioles, les expériences imbéciles! L'aspirant, il est de cette race d'esbroufeurs. Ça peut très bien s'acoquiner son goût du panache avec ses mœurs de mignonne! Que je l'emmanche sous le tir d'artillerie... dans ce clocher, il y verrait de la poésie surréaliste, un acte digne de Lafcadio. L'enfifré mondain, il me rappelle... « Restez à votre poste! » Soudain, il ne me tutoie plus, il a compris que j'étais pas bonnard à ses singeries gidiennes, il redevient mon supérieur hiérarchique. Balpeau! je descends en voltige, je lui laisse les jumelles, la carte! Vraouf! ça continue alentour... ça morfle devant, derrière l'église. Les autres en bas, les écoliers observateurs, s'ils se sont planqués rapidos ! Il me crie, Bébé... m'ordonne... « Remontez tout de suite ! » Je lui désobéis, je déserte en quelque sorte. Mais déjà se construit, dans ma petite tête, ma défense s'il s'avise de me foutre un rapport. Son papelard à lui, je vais lui confectionner sur mesure, plaider que j'ai fui son attaque à la braguette. A la Colonne c'est plutôt, question mœurs, pas tellement libéral, ouvert à toutes les fantaisies du sexe. Fabien, je l'imagine pas en robe du soir, maquillé aguichante. L'aspirant, il doit être tout à fait au coup... en ce temps-là, marxisme et sodomie ne faisaient pas si bon ménage.

Je suis presque en bas... les ultimes marches avant que je puisse me carapater hors de l'église où pour l'instant c'est pas le salut, je n'y puis rien ! Fissa, me glisser dans un trou, une cave. Avec ses conneries, l'autre là-haut, c'est un gode d'acier Krupp explosif qu'il va se prendre entre les miches !

Mais voici que Jules repart, je me dois de vous l'accompagner, vous narrer menu son itinéraire puisque c'est l'objet, le sujet de cet ouvrage. Si j'en suis là, c'est que je ne suis pas devenu caporal-chef observateur. Le soir même de cette péripétie du clocher, j'ai demandé à rejoindre mes copains, à reprendre mon poste dans les gadoues. L'aspirant n'a pas cherché à me retenir... lui qui me trouvait si doué la veille encore, il voulait plus me cultiver, m'apprendre des poèmes d'Aragon. Qu'est-ce qui lui avait pris, à ce nave, de me gringuer... d'habitude, ils entrevoient mieux leurs perspectives de coup de bite, les pédoques. Celui-là, il essayait peut-être de me convertir. Pas pu tirer tout ça au net... ni le désir, ni le loisir non plus. En tout cas, il ne m'a pas cherché noise pour ma désertion du clocher, ça prouvait bien que son geste d'approche, la crispation de sa paluche sur ma cuisse, n'étaient pas fortuits. Ceux qui m'attendaient, les lecteurs libidineux, dans les jeux interdits qui craquent en seront, mille excuses, pour leurs frais sans remboursement.

La grue, un camion U.S. Army qui nous sort enfin du bourbier... qui arrache Jules, le fourgon! Heureux que notre moteur ne soit pas inondé, on a pu repartir, se remettre d'aplomb sur la route... enfin cette fois pour la dernière étape... revoir Paris. On y fonce, m'sieur Ribourdoir il s'est encore arrangé avec tout le monde, les F.F.I. de Villeparisis... les Ricains, il a dû encore les arroser tous, sortir ses talbins soyeux! J'ai remarqué il en a partout, toutes ses fouilles... les poches intérieures de sa canadienne doublée mouton... son froc, sa veste... il sort des liasses de grand format, il envoie cash la soudure! Les choses ainsi s'aplanissent, les idées farouches s'édulcorent, les haines s'évaporent, les intraitables deviennent indulgents... vrut! vrut!... les fafiots jolis, la tendre musique! Ce n'est pas le tonnerre mais les oreilles sont tout ouvertes, elles perçoivent ces ultra-sons-là... vrut! vrut! Il n'a pas d'autre culture, d'autre sentiment, Gaston Ribourdoir, que vrut! vrut! Son lazingue, ses liasses qui sortent de partout. Avec Pedro, pensez si on les a frimées, photographiées, estimées au pifomètre. Il vous traverse de singulières idées... cet étalage de pognon... Merde! on aurait pu profiter de son sommeil... tant qu'à déserter, autant avoir les moyens de prendre ses distances. Pedro, de théorie, il était pour la reprise individuelle... anarchiste plutôt tendance Stirner, Marius Jacob. Ça commencait à me séduire ce genre de philosophie, ça collait tout à fait avec mes tendances naturelles. Dans l'ensemble, on se cuisine toujours une morale qui vous facilite les vices, les faiblesses, les insuffisances...

Tout de même ç'eût été duraille de le pirater, ce gros lard, sans s'attirer d'énormes ennuis. On s'est contenté de rêvasser comme devant les coffres qui s'ouvrent à la banque, les lourdes liasses qu'on entrevoit...

Enfin, le moteur tourne... tout est en ordre... on rajuste Jules sous les tentures. Le chauffeur Roblot, toutes ces mésaventures l'ont dessoulé. Le colonel et les capitaines, ils sont revenus pleins de respect, ils rectifient la position, nous saluent tandis qu'on démarre. On les regarde, ils disparaissent vite dans le brouillard, on ne demande qu'à les oublier! A présent, ça devrait tout de même se finir, mission bientôt accomplie. Jean-Paul s'est allongé, il se remet mal de ce qu'il a bu, il n'a pas l'habitude, il est jeunot comme moi. On n'est pas encore de vrais bons Français tous les deux, on ne tient pas suffisant à la gobette.

La banlieue, on y pénètre. En ce début décembre 1944... lugubre dans la brume... de rares silhouettes hâtives qui passent, traversent... en nous apercevant, elles se signent. On ne revient pas joyeux vainqueurs comme j'avais pu m'imaginer en partant, sous les vivats! le soleil, les fleurs jetées sur nos convois par les jeunes filles. Le problème se pose de ce qu'on va faire à présent. Pedro, il a une gonzesse dans le Quartier latin qui va l'héberger, le soucer, une vague étudiante on ne sait en quoi...

– Et si tu trouves un autre mec dans son plumard?

Je lui balance la guillerette question. Il prend ça comme il faut... l'autre lascar, il le laissera coucher par terre s'il ne sait pas où aller. Il est magnanime. Ça se pourrait bien qu'elle se fasse fourrer, son étudiante, pendant qu'il lutte contre le fascisme... C'est probable, il ne trouve pas ça si scandaleux.

– Ce n'est pas ma femme.

La nuance... il a l'esprit large, plutôt en avance sur son temps, mais n'empêche... une vraie concubine, une épouse même sans être passée à l'église, celle-là il ne lui permettra plus rien. Elle se tiendra debout derrière sa chaise lorsqu'il dînera.

– Tu devrais quand même venir à l'enterrement.

Pas certain... il a envie de prendre dès cette nuit ses distances. A quoi bon faire les guignols aux obsèques de Jules... il en a sa claque des *Requiem*, des discours... il prévoit que ça ne va pas s'expédier dans la simplicité.

– C'était un copain.

J'argumente... ça le fait presque rire. Si on n'avait pas été l'exhumer, ce Jules Ribourdoir, on ne se rappellerait même pas de son nom, de sa frime... rien... un mort parmi tant d'autres. Enfin il viendra peut-être... il verra, si les circonstances le lui permettent. Moi, c'est tout vu. Je vais coucher chez moi ce soir, réveiller ma grand-mère dans nos deux pièces sans doute bien froides. Elle va avoir les larmes aux yeux. Elle va me dire : « Ce que tu m'en fais faire du mauvais sang! » J'y suis déjà... aucune surprise mais, n'empêche, je serai bien ému. J'ai quelques provises dans mon sac, des boîtes de conserves, du sucre, des rations K que j'ai fauchées par-ci par-là... ma petite récupération. Je gamberge déjà... le père Ribourdoir, je vais essayer de me faire offrir un rosbif, un pot-au-feu... Un morceau de plat de côtes, de macreuse! Puisque je lui ai ramené son Jules des lignes allemandes, il peut bien me récompenser comme un chien d'un morceau de barbaque.

Après les festivités mortuaires, je me tâte encore, si je vais rejoindre les Fabien ou quoi. J'ai pas tout à fait les mêmes raisons idéologiques que Pedro de me tirer de cette galère. Je suis noté un peu farfelingue, mais je ne suis tout de même pas encore hitléro-trotskiste... réactionnaire traître. J'ai une petite semaine pour me décider. Savoir si je peux changer d'armée sans mandat de la prévôté militaire au cul ? Toute la question est là...

On entre, il me semble par Pantin, dans notre bonne ville comme on dit... disait je ne sais qui... un Roy de France sans doute ! Elle est noire et pauvre et vide. Elle a échappé par miracle à la destruction, au sort de la plupart des grandes cités européennes... les bombardements au phosphore, le ratissage anéantisseur des S.S. comme à Varsovie. Mais tout n'est pas joué... On parle des V2... les fusées, dernières trouvailles des savants d'Adolf... d'armes absolues qui pourraient retourner au dernier moment la situation. Nous roulons dans les rues, les avenues désertes. Les quartiers pauvres, ça se respire aux façades des maisons, on n'a pas besoin de statistiques. Quelques chiftirs sont déjà au travail dans des poubelles qui ne doivent pas regorger de résidus... les restes de la pénurie, y a pas gras à récupérer. L'hiver qui s'annonce, qui est déjà là avec le brouillard... à part la suppression du couvre-feu, on ne voit pas bien ce qui s'émeliore. Le charbon est de plus en plus rare... le beurre, la viande, le pain, les fringues ! On fait toujours la queue interminable devant les boutiques. Au petit jour, les femmes attendent n'importe quoi qui se bouffe, n'importe quel chtir, n'importe quelle tétine de vache, n'importe quelles patates gelées !

Le Général a remplacé le Maréchal en effigie dans les vitrines, ça fait pas tant pour l'essentiel, les ventres toujours aussi vides... les joues creuses... les vieillards chancelants dans les files d'attente. On aperçoit aussi parfois des G.I.'s titubants... bouteille brandie à la pogne... ils s'affalent sur le trottoir, ils dégueulent, ils braillent, ils se castagnent entre eux tout à fait comme dans leurs films avec une violence, une brutalité sans égale. Vers la République, leurs camions sont alignés devant le Grand Hôtel. On passe... on est adéquat dans ce décor de nuit brumeuse... ce corbillard qui roule lentement. Dans ces avenues, ces rues désertes, on a l'air de transporter une marchandise illicite... un petit soldat presque inconnu du marché noir.

« La première patrie ici-bas, c'est la vie. »

Paul LÉAUTAUD

– C'EST pour permettre à notre pays de vivre, libre, démocratique et socialiste, que notre camarade Jules Ribourdoir, soldat du colonel Fabien, s'est battu et qu'il est mort héroïquement.

Il roule les r... le fameux accent de la rocaille pyrénéenne. Il est là... bien lui... sa bonne bouille derrière ses lunettes, les yeux globuleux, sa moustagache, sa petite bedaine dans son gilet... rondouillard, le camarade Jacques, malgré les restrictions, l'insuffisance de calories alimentaires dénoncée dans *L'Humanité.* Il débagoule son boniment, nous lit son discours d'un ton monocorde... entouré, faut voir, de drapeaux tricolores et rouges, symbole de la réconciliation entre la France et la classe ouvrière. Il a bien fait les choses, monsieur Ribourdoir... un enterrement, on peut dire, de première classe. Tous les militaires qui sont là, couverts de bananes, l'abbé Boulier, l'aumônier du Groupe qui a célébré la messe, donné l'absoute, et surtout Jacques Duclos, déplacé spécial de sa circonscription de Montreuil. Par les temps actuels où les hommes politiques sont si accaparés... le tour de force, le passe-passe, on ne sait comment qualifier l'exploit!

Bien sûr, Gaston il aurait préféré Thorez lui-même... le camarade n° 1, frais de retour des Républiques Socialistes Soviétiques, mais il n'était pas libre ce matin, le camarade Maurice. Il négocie avec de Gaulle, il est partout... dans les mines, sur les chantiers, dans les usines. Il demande, à présent, aux travailleurs de retrousser leurs manches pour que ça aille mieux... d'augmenter la production! On aura bien tout entendu depuis 1939... les pirouettes, retournements, des uns des autres... Certes, pour l'affiche, Thorez c'eût été l'apothéose... mais avec Duclos, il n'a pas à se plaindre, Jules. Il ne pouvait pas imaginer pareilles obsèques quand on était à Rezonville à se mitonner des boîtes de *beans*... Le monde qui se presse sous les pébroques... tous ses copains de classe, les boy-scouts... les commerçants... tous les F.F.I. de Gentilly, les porte-drapeaux glorieux galonnés de septembre.

– ... jeune patriote sans peurr et sans rreprroche comme le chevalier Bayarrd...

Il met le pacsif, papa Duclos! A y repenser aujourd'hui avec ce que j'ai appris des choses du Parti... sa tactique, son machiavélisme constant... je m'interroge... le pourquoi il est venu là, débiter l'oraison funèbre de Jules? Le lendemain, sans doute, on en parlera dans *L'Huma*... Ça fera encore un petit modèle de martyr pour les jeunes, les F.U.J.P. [1]. D'après Jean-Paul, Jules il n'était pas du tout communiste... il allait plutôt à la messe, il était catholique à une époque où ça n'impliquait pas, au contraire, d'être tellement chevillé avec les marxistes athées. La raison, alors, de cette cérémonie? La main tendue aux catholiques? Possible, mais ça tenait peut-être plus simplement aux manœuvres sournoises du dab... qu'il avait envoyé son indigne soudure de marché noir pour aider le

1. Front Uni des Jeunesses Patriotiques.

Parti, ses finances... une sacrée pincée afin de se faire bien absoudre! se retrouver, là, père éploré à la droite de Jacques Duclos!

Il est en noir, Gaston... costard, cravate et il a troqué sa gapette de louchébem pour un chapeau noir à bord roulé. Il pourrait être près de sa femme, de l'autre côté du trou... la soutenir... Il a laissé ce soin à un grand-père, à une sœur... lui, il faut qu'on le voie bien à côté du représentant du Comité Central, qu'on puisse le photographier. Jules, dans tout ça, il est le prétexte. Je pense vaguement à lui, ça me traverse... une petite incursion... je le retrouve mal, ses traits... ses yeux, son nez... ça fait comme le travail de la décomposition physique... il se ronge dans ma mémoire. Duclos ronronne toujours son homélie patriotarde comme un gros ecclésiastique. Il arrive sans doute, en même temps, à penser à tout autre chose... à toutes les salades compliquées du bureau politique.

Je n'y prête pas assez attention à ce personnage, je suis trop jeune. Il me fait l'effet d'un pépère quelconque... les révolutionnaires de mon certif, Danton, Marat, Robespierre me paraissaient autrement à panache... leurs fringues, leur jactance... l'envolée! Lui, cependant, il est bien plus sérieux que tous nos braillards débraillés grands ancêtres... il est l'homme de l'appareil... *l'apparatchik* d'acier trempé. La réelle difficulté de se rendre compte... il a vraiment l'air bonasse, patron pâtissier, le maire de sa commune, président de comice agricole! Mon tort de jeunesse, ne pas bien photographier dans ma mémoire celui qu'il fallait. Je me disperse facile et ce qui me passionne, il faut bien dire... la sœurette de Jules, Thérèse elle s'appelle. Elle est en noir elle aussi, en grand deuil comme on le portait en ce temps-là, mais elle est blonde... la peau laiteuse, les yeux très clairs. Je trouve qu'elle ne ressemble pas à son père... elle en aurait même hérité quelques traits que ça ne me plairait pas d'en convenir. Elle pleure toute seule... un peu à l'écart de sa mère... sans grimace, juste les larmes qui coulent sur ses joues. Ce que débite le camarade en service commandé... je ne pense pas que ce soit ses accents de sincérité qui la touchent. Non, elle devait bien aimer Jules, c'est aussi simple. Une vie qui s'arrête comme ça... Schraoum! une mine qui vous pète à la gueule... tout est fini! Déjà, on passe tous rapidos dans l'existence, en vent coulis dans les siècles des siècles... on est quasi rien du tout! Si, en plus, on se prive des quatre cinquièmes du peu de jouissance qu'il y a à vivre... pour la patrie, certes, l'idéal démocratique qui nous anime tous, comme dit Jacques Duclos... il n'empêche, ça fait un immense sacrifice! Jules, pas héros, il serait louchébem aujourd'hui comme papa à peu près à cette époque dans les mêmes âges... avec le même bide... la calvitie... le taux de cholestérol élevé sans doute et puis les redressements fiscaux! Ça vous laisse tout de même quelques répits, quelques petites joies... quelques petites putes à trombiner.

C'est elle qui nous a ouvert, Thérèse, lorsqu'on est parvenus enfin à destination l'avant-veille sur les deux heures du matin. On avait pris un retard sérieux avec cet accident imbécile, toutes les tracasseries éféfites supplémentaires. Le dab avait pu leur téléphoner, les avertir de son retour. Elles nous attendaient, la mère et la fille, elles ne s'étaient pas couchées. Tout de suite, moi, je ne me suis intéressé qu'à celle-ci... j'ai fait le *point* sur elle, comme le caméraman au cinoche. Ebloui, je fus. A cet âge tendre, on l'est facile... on tombe vite en pâmoison. On est amoureux, paraît-il... c'est pour s'arranger le rut à la sauce sentimentale, enjoliver la bandaison. Elle vous arrive si subito qu'on a du mal à s'avouer qu'on est ni plus ni moins un clebs, un matou de gouttière. Faut déguiser la bête en ange.

Elles sont tombées toutes les deux sur le daron en sanglotant... dans le vestibule... « Il est là? » a demandé la mère. L'autre a fait « oui, oui » de sa grosse bouille. Jules était en bas, devant la boutique. Spectacle tout à fait insolite, ce corbillard en pleine nuit dans cette rue déserte à Gentilly. Et puis la suite... encore plus bizarre... la sortie du cercueil de son corbillard... un côté louche, comme si on faisait quelque chose d'interdit. On l'a monté avec le chauffeur à l'appartement... dans le salon où des fleurs, des couronnes déjà l'attendaient. On se tapait le plus pénible de la corvée à présent. On n'était pas très guillerets, moulus nous autres, plutôt fatigués... nos fringues mouillées, crotteuses après l'embardée dans l'ornière... Jean-Paul aussi s'est mis à fondre, à sangloter, quand la mère de Jules l'a embrassé, serré dans ses bras. Une femme de la quarantaine assez forte, les cheveux déjà grisonnants. Je vous passe un peu les menus détails, la funèbrerie de toute la scène. Lorsqu'on est revenus dans l'appartement, elle a poussé un gémissement en se précipitant sur le cercueil... « Mon petit Jules! Mon petit Jules! » On l'a posé sur un divan, on était tout cons, contrits d'on ne sait quoi... mal dans nos pompes en regardant cette mater dolorosa.

J'ai décidé une bonne fois pour toutes dans mes œuvres complètes de vous amuser, lecteurs et lectrices... de toujours trouver le biais pour vous divertir... que vous vous bidonnassiez si possible. La vie ne vaut d'être vécue, je trouve, que si on se marre au moins une bonne fois par jour. Alors, là, je regrette le macabre de ce morceau. Impossible d'y échapper... deuil et crêpe et le cortège... le surlendemain, dans les allées du cimetière avec le discours de Duclos.

Ça se mélange dans mes souvenirs... les objets, les visages, n'est-ce pas, ce qui m'arrivait simultanément... les décors, l'appartement des Ribourdoir. Ça sentait l'encaustique mélangée avec les fleurs. Pour la pénible circonstance, ils n'avaient pas illuminé... juste des éclairages adéquats de veillée mortuaire. Sans bien que je me rende compte, d'autres personnes sont arrivées... des voisins sans doute, des amis sortis de leur sommeil... en pantoufles, le manteau par-dessus la chemise de nuit, le pyjama.

La remarque primordiale, qu'il faisait tiède dans l'espèce de salon où l'on avait déposé le cercueil. Une salamandre qui ronflait, rougeoyante d'excellent charbon. On se sentait, malgré l'affreux de la situation, dans le confortable... la richesse par rapport au reste, à cette époque de misère. Cette chaleur de salamandre garnie d'anthracite, c'était le Pérou... un bonheur difficile à apprécier pour les gens d'aujourd'hui qui mijotent toujours dans les 22, 25° de leur magasin et de leur bureau. Le cinquième hiver, nous, qu'on se caillait, qu'on se bousculait vers le moindre poêle, qu'on se triturait pour inventer des combustibles de papier mâché, de poussier, de bouses diverses... qu'on brûlait tout ce qu'on pouvait, tout ce qu'on trouvait, tout ce qu'on dérobait à autrui.

On était donc là avec Pedro, avec nos flingues, nos bardas... on attendait, on regardait la mère, la sœur... le cercueil, on ne savait quelle contenance prendre! M'sieur Ribourdoir allait de l'une à l'autre pour les consoler. Il a fini par se rappeler qu'on était là... on ne pouvait pas se chagriner comme ça avec eux des heures et des heures. Le bon endroit, c'était finalement la cuisine! J'y pensais depuis le début... qu'il fallait tout de même qu'on se requinque, rebecte les muscles après tous les efforts qu'on avait fournis.

Il nous a ouvert son garde-manger… on n'avait qu'à se servir, faire comme chez nous. Des paroles à ne pas nous répéter, même à Jean-Paul qui est venu nous rejoindre, qui a séché ses larmes, pour nous donner un coup de paluche. Au début, on y allait mollo, on était intimidés, surtout à cause de la veillée funèbre à proximité… et puis ça nous a ouvert vraiment l'appétit tout ce qu'on découvrait comme saucisses, jambonneaux, pâté de foie… frometons ! On a débouché une bouteille de rouge. On n'osait pas trop jacter, rire encore moins, on se chuchotait tout en se morfalant sans vergogne.

Difficile, n'est-ce pas, à se comporter dans le chagrin… la vie est là qui vous enserre… il faut continuer à se nourrir, boire, pisser, toutes ces choses viles. Même la maman a fini par rappliquer avec Thérèse… elles nous ont surpris en flag, la bouche pleine.

– Vous avez raison, mes petits… Si Jules était là… Il avait si bon appétit !

A l'évocation du bon appétit de Jules, elle est rebarrée dans les pleurs. Elle s'est assise devant nous, la tête dans les mains. Pedro, ça ne l'empêche pas de vider son verre. Officiel qu'il gamberge tout de même dans les libidineusités, le dégueulasse ! Il n'arrive jamais à s'en empêcher, il me l'a avoué. Madame Ribourdoir, lui, il se la fabriquerait gaillard, je n'ai pas besoin de l'interroger, elle est tout à fait, il est vrai, encore consommable. Moi aussi, j'ai des pensées troubles en zyeutant Thérèse. Elle s'est assise près de sa mère, elle lui passe le bras autour des épaules. Elle murmure… « Notre pauv' Juju ! » C'était donc son petit nom d'enfant, son sobriquet… Juju ! On entrait dans le nid des Ribourdoir, leurs petits secrets familiaux. On n'osait plus se recouper du sifflard, se goinfrer devant elles. Surtout Thérèse, je voulais pas lui donner une image de moi les joues pleines... en train de bâfrer. Elle m'a souri à un moment... je vais pas dire coquin, mais enfin... on se fait tout de suite des idées! Déjà j'avais oublié mon idylle idiote avec Marie-Claude, la fille du juge, au mois d'août pendant l'insurrection. La première qui se pointait... Hop! je rebarrais, j'ébauchais une nouvelle possible aventure. Elle était roulée joyeux, cette petite Thérèse aux yeux pervenche. Je pouvais pas m'empêcher de plonger sournois le regard dans son corsage. Sans doute elle avait enfilé un chandail direct sur sa peau... elle était sans soutien-gorge et ses roberts gardaient leur fermeté, leur hardiesse. Je n'écoutais plus trop ce qui se disait... Monsieur Ribourdoir était là, et puis ces gens... les voisins et amis. L'air de rien, ils griffaient aussi quelques rondelles, quelques bouts de bricheton... ils se tartinaient les uns les autres... toute une activité discrète de mandibules.

Fatal, on s'est rebranché sur la mort de Jules... les circonstances exactes. Là, j'étais de jugulaire, je devais tout de même m'exécuter. Le dab me faisait des signes derrière sa femme, que j'aille piano... pas trop de détails douloureux. Surtout il ne fallait plus du tout parler de la mine, ça je le savais. La balle en plein cœur, ça me raccourcissait le récit. A la dérobade, pendant que je racontais, je borgnottais la môme, voir comment elle m'écoutait. Elle faisait fille sage, genre bien éduquée, elle fréquentait les patronages, les églises de cette époque où il fallait se tenir décent sous l'œil acerbe des curetons. Ça pourra peut-être s'arranger par la suite, mais pour l'instant avec son deuil, je pouvais pas lui en vouloir de rester dans la réserve. En tout cas, sa présence m'a donné des ailes verbales. Je me suis défoncé, surpassé dans l'évocation de nos exploits... notre raid avec Pedro pour ramener

Jules des lignes allemandes... qu'on avait dû se battre à l'arme blanche avec des S.S. dans les ténèbres, une lutte sans merci. On s'en était sortis par miracle. Je leur balance des petits détails, des petits mensonges qui font vrai. Je mime, je me suis levé. Pedro me soutient ferme, ponctue, approuve... il rajoute des trucs à lui. Il devient lui aussi un ami intime de Joules. La veille de sa mort, il prétend qu'il avait oune pressentiment... etc... on y va le pacson ! On continuerait mais le dab, sans doute, trouve qu'on va finir par en faire trop. C'est lui qui conclut.

– Sans eux, Marguerite... le corps de notre pauvre Juju ne serait pas ici ce soir.

Exact tout de même. Les Allemands l'auraient enterré Dieu sait où... non identifié et M'sieur Ribourdoir, ça ferait pas sa botte. Bien beau de se répandre partout avec un fils mort pour la France, mais avec le corps dans le cercueil et un drapeau sur le cercueil, c'est tout de même un peu plus visuel comme effet... ça vous ramène Duclos soi-même... ses r roulés... la caution pour ainsi dire du Grand Parti des Travailleurs. Au temps de l'inquisition épuratrice, ça valait son pesant de viande sans os. Ce qu'il a mijoté, Gaston, dans sa petite cervelle de louchébem. Dans son genre, il a oublié d'être si con. On lui aurait fait faire des études supérieures dans sa jeunesse, pas obligatoire qu'il s'en soit mieux tiré dans l'existence.

Ça va me parvenir, un tas de rumeurs à son sujet... le lendemain lorsque je me repointerai. Des gens qui ragotent, bavachent près de la porte de l'immeuble drapée de noir, frangée d'argent... l'écusson J.R.

La concepige qui m'a entrepris, accroché par la capote, happé au passage, la salope!

– Vous étiez à la guerre avec Juju?

Elle le sait déjà, mais elle voudrait que je lui réchauffe mon récit. J'écourte tout de même... pas faire mon grand numéro tout bout de champ. J'ai mis au point une espèce de digest... les grandes lignes. Oui, oui, m'dame...

– C'était un brave petit gars, moi, je peux vous le dire. Serviable et franc du collier.

Perfide, elle ajoute et là, elle m'intéresse soudain, que son père méritait pas d'avoir un tel fils. C'est une cloporte classique d'époque avec le chignon, les charentaises, le sarrau noir, le balai tenu à la pogne comme un sceptre. D'habitude, je passais fissa devant leur loge, je m'arrêtais le strict minimum si l'on me hélait... je me faisais bref, concis, hâtif. Je les avais, en ce temps-là, en sainte horreur toutes ces épieuses de derrière les rideaux de la fenêtre, ces ragotières médisantes, gravosses, adipeuses ou sèches harpies aux mamelles en blague à tabac. Depuis, la nostalgie aidant, je me les remémore souriant. La part des choses me vient... qu'elles n'étaient que la caricature de nos propres curiosités. En chaque écrivain sommeille une bignole, sinon il passe à côté de ses pompes, à côté de la plaque, à côté de l'homme... de l'essentiel sans doute... à moins qu'il n'ait envie de rassurer sa clientèle, une académie, un parti politique ou une chapelle. Préférable dans ce cas qu'il prenne, qu'il fasse bien gaffe de prendre, toujours ses désirs pour de fraîches réalités. En tout cas, celle-là, à la porte de sa loge, elle ne dépare pas l'engeance. Elle a un dentier superbe qui se fait la valoche lorsqu'elle jacte trop vite. Elle est fébrile... elle m'attire dans sa cagna, rapport à ce qu'il fait froid sous le porche, que je pourrais attraper la crève.

– Ça serait pas la peine d'avoir échappé aux Boches pour mourir d'une pneumonie.

Son luxe, c'est un Godin rougeoyant, une petite combine qu'elle a pour se procurer du charbon. Que demander de plus au ciel lorsqu'on peut, les miches au chaud, borgnotter tout un immeuble... tout un quartier, toute une tranche de société. Elle est reine ici, avec son clébard, son roquet ventru qui m'aboie, le con, dans les leggins.

Elle veut que je lui raconte vraiment comment il est mort, Juju... les circonstances exactes, savoir s'il n'y a aucun mystère. C'est qu'un prétexte, elle a surtout envie, elle, de m'en susurrer de bien croustilleuses. A peine entré, juste une autre dame qui se ramène, qui revient de faire ses courses, qui veut profiter aussi du Godin. Elles se font des politesses comme ça, depuis les Allemands, les commères... quand l'une a un poêle qui ronfle, les autres viennent s'y réchauffer. Elles se font des tisanes et elles causent. Celle-ci est du genre sec et raide avec un pif à piquer, dit-on, les gaufrettes. Ça tombe parfait, les Ribourdoir elle les connaît dans le recoin des meubles, elle a fait le ménage chez eux. En un bref quart d'heure, je vais en apprendre bien davantage que pendant tout ce parcours du retour du corbillard avec Jean-Paul. Le dab, d'entrée, elles me le portraiturent à la fiente, elles lui crèvent les yeux en effigie avec des épingles rouillées. Elles savent mitonner la fausse confidence, saler tout ça, poivrer comme il faut. Une science très au point. Je m'instruis, on peut dire, sur lui aussi bien que sur elles. D'une certaine façon les concierges, comme les peintres, font toujours leur autoportrait. Elles m'assènent que ce n'est pas le brave homme qu'on pourrait croire. Il s'en est fallu d'on ne sait quoi (mais c'est là la grande question) pour qu'il aille se laver les pinceaux à Drancy, Gaston Ribourdoir... Dans le camp où furent bouclés les Juifs et où on enferme à présent les vedettes aussi bien que le menu fretin de la Collaboration. Cézig, en tout cas, il a vraiment surpris tout le monde lorsqu'on l'a vu avec un brassard, qu'il s'est mis à raconter qu'il jouait le double jeu depuis 1941, qu'il profitait de son *ausweis* pour sillonner toute l'Ile-de-France, la Picardie, la Champagne, afin de mieux renseigner la Résistance. Ça expliquait d'un seul coup tout... le pourquoi on l'avait vu cul et chemise avec les Boches... qu'il recevait jusqu'à chez lui le major Rotteman, un nom comme ça à coucher dehors. Il lui tirait soi-disant les vers du nez, etc.

– Surtout, il s'est enrichi... v'là la vérité vraie, madame Rabec!

La sèche femme de ménage... elle pouvait en témoigner devant n'importe quel tribunal, elle avait, assurait-elle, des preuves et des preuves, mais hélas! on ne lui demandait rien. C'était pas la peine d'écrire au Comité d'épuration puisqu'il en faisait partie, ce cochon-là! Il s'était même permis d'emmerder les autres, de faire arrêter des employés de la mairie accusés d'avoir porté la francisque du Maréchal.

– Ça l'arrangeait que Juju s'en aille à la guerre, le pauvre gamin...

Etc... elles corroboraient tout ce que j'avais respiré. Le couronnement, c'était tout de même son inscription au Parti communiste. Sur la route, ça, il ne nous l'avait pas dit, il se méfiait sans doute à cause des propos incendiaires du Catalan. Il avait toute la technique, très au point, des opportunistes. Ils attendent toujours un peu, ils écoutent avant de se prononcer. Devant les Ricains, il avait joué le bon commerçant bien français. Avec les frangines de l'Annonciation, il s'est souvenu de son catéchisme. Caméléon total, il s'adaptait tout terrain à la moindre alerte... à tous les feuillages, toutes les couleurs de l'arc-en-ciel. Et chaque fois d'ailleurs avec une conviction dans les propos, une force persuasive jactancière étonnante. Par la suite, bien sûr, j'ai pu observer quelques champions de cet acabit, des vicelards tellement fortiches dans leur numéro qu'on en arrive à se demander s'ils ne sont pas sincères, pour ainsi dire, successivement. Si vous vous avisez de les contrer, ils souffrent réel, ça les dépasse... ils vous trouvent, vous, dégueulasse, de mauvaise foi... ils vous feraient guillotiner.

Enfin, à présent avec les gars qui défilent là-haut devant le cercueil de Jules, ça coupe court aux vilaines langues. Plus personne ne va les écouter, tout du moins officiellement. Il n'empêche, sur leur élan, elles continuent... elles ont un auditeur attentif, n'est-ce pas l'essentiel. Elles savent tout de même doser les choses. Gaston Ribourdoir, elles reconnaissent qu'il n'était pas si mauvais père.

– Jules, aussi bien que la petite, ils ont jamais manqué de rien.

Déjà ça... il n'était pas bourreau d'enfant... seulement, en tant que mari, la pauvre madame Ribourdoir, elle avait plutôt sujet à se plaindre. Une brave femme qui ne méritait pas d'être cocue comme elle l'a été.

On soulevait là, le lourd couvercle d'une importante boîte à ordures... les affres, turpitudes sexuelles, tous les dévergondages du quartier qui aboutissaient ici... en échos, ragots divers... les secrets d'alcôve, les savoureuses confidences au jus de braguette. De ce côté-là, je ne me l'étais pas imaginé, le gros dab, frétillant du chibre, enjambeur forcené de mignonnes. Certes, sa plaisanterie à propos de son beau morceau dans sa culotte, il nous l'avait faite en cours de route. Elle n'était pas du meilleur goût mais de là à en tirer un enseignement sur la perversité foncière du personnage, c'était tout de même un peu fragile.

– L'histoire avec madame Favrelle, c'est déjà pas joli joli... profiter que le mari est dans un stalag pour fricoter avec sa femme...

... plutôt banal, le tout venant de l'Occupation. Le gras commerçant qui remplace de temps en temps le prisonnier en Allemagne dans le lit conjugal moyennant rosbif ou côtelettes... ça ne fait pas lerche question débauche et corruption, surtout en ces temps d'horreurs et de crimes. Seulement elles avaient en réserve, pour la bonne bouche, des anecdotes plus croustilleuses. Papa Gaston, il s'était penché sur la jeunesse d'un mouvement que le maréchal Pétain n'avait peut-être pas bien prévu... les amies de Thérèse, sa fille. Difficile à démêler derrière les allusions, les gloussements, s'il les avait pelotées, tripotées ou quoi... des jouvencelles du patronage voisin, des girl-scoutes.

– S'il ne s'était contenté que de la langue!...

Ambigu... a-t-il tenu des propos salaces ou a-t-il léchouillé, dans son arrière-boutique, le petit cul à peine pubère de quelques gamines? Tout est possible, mais avec une certaine Claudine, il a poussé les choses plus loin... au point qu'elle s'est retrouvée en cloque. Mes bonnes dames, elles en étaient sûres certaines. Claudine n'avait jamais accouché... un véritable miracle, l'inverse de celui de Marie vierge et mère! Là... un ange passe avec la faiseuse! Des allusions graves... je vous rappelle qu'à cette tendre époque une avorteuse avait eu la tête tranchée. Une loi de Vichy. Nous ne sommes plus à même d'apprécier.

Au fur à mesure de leurs historiettes, il se gratinait aux petits oignons, le papa de Jules... collabo renégat, affameur du peuple, fornicateur... il avait sa dose. L'image de ce père me permettait d'apprécier ma situation d'enfant naturel. Je n'avais rien, moi, à rejeter, j'étais peinard de ce côté-là.

Je ne pouvais pas rester plus longtemps dans cette loge, à la chaleur du Godin, avec les deux concepiges et leur clébard boudiné dans sa miteuse peau de toutou menthe-réglisse. J'en savais assez maintenant. J'ai décliné l'invitation à boire une petite tasse de café d'orge grillé à la saccharine, on m'attendait chez les Ribourdoir... le monstre et sa famille. Il recevait depuis ce matin des visiteurs, des amis, des clients, des patriotes du quartier qui venaient se recueillir devant Jules. Ça défilait dans l'immeuble autant que pour un ministre, un archevêque... ça prenait, ce deuil, des proportions invraisemblables...

Nous sommes donc le lendemain soir. Entre-temps, j'ai été chez moi. Reçu comme l'enfant prodigue par ma grand-mère. Elle ne m'a pas trouvé bonne mine, c'est sa marotte et elle a peur que je devienne poitrinaire. Ça m'agace, bien sûr, toutes ses prévenances, ses gentillesses. Elle me parle comme si j'avais encore six ans... et je me veux, moi, vieux guerrier, déjà briscard, fripouille, rouleur de mécaniques. L'âge qui veut ça... cette vanité de tout becter, de tout savoir! J'ai été aussi voir les copains, me montrer un peu en kaki glorieux, raconter mes aventures. C'est plus aujourd'hui dans les mœurs de se pavaner griveton héros. De quoi au contraire se faire glavioter par les minettes émancipées. J'espère tout de même vous avoir restitué au fil des pages la couleur tricolore de ce temps, les clairons, les cocoricos d'Aragon, notre poète national...

Chez les Ribourdoir, c'est devenu une chapelle ardente leur salon... le catafalque au milieu... les chandeliers, les fleurs qui s'amoncellent... des chaises pour les dames qui restent un peu là à prier, qui se recueillent. Sans doute qu'à la longue, elles vont se mettre à bavarder, à s'en dire en lousdoc des pas mûres. Elles ne pourraient pas m'en dévoiler beaucoup plus que la concierge. Je ne peux plus m'empêcher à présent d'imaginer le dab dans des situations scabreuses. Le flash... qu'il est dans sa boutique et qu'il soulève brusque son tablier sanglant de louchébem pour montrer à une jeune cheftaine sa réelle affection. L'effarement de celle-ci! Si elle reste coite, rouge jusqu'aux nattes! Ça suffit peut-être comme plaisir ce trouble qu'on jette chez une pucelle par l'apparition soudaine de Priape. Hop! vite fait, il rabat son tablier, pépère... il se remet, comme si de rien n'était, à préparer son tendre aloyau en sifflotant. La môme, elle se demande si elle n'a pas été le jouet d'une hallucination. Beau être enfant de Marie, oie bien blanche, dans le fin fond de son âme, il y a un marécage plein de vilains crapauds... toutes sortes de bébêtes velues comme son pubis... et ça glougloutte, ça bave, ça transpire! Aux confessionnaux, les bons abbés, ils s'en pourlèchent derrière leur grille... ils demandent, au nom du Seigneur, toujours davantage de détails, si ce démon était rouge ou rose, sa dimension. Pour l'exorciser, le repousser dans son enfer, ils ont besoin de le connaître exactement.

Il m'embrasse, Gaston, il m'aime bien et ça ne me paraît pas tellement bidon. De nature, tout de même, c'est un chaleureux, un affectueux. Malgré tout ce que j'ai appris sur son compte, ce que je viens d'apprendre, je n'en finis plus... je n'arrive pas à le trouver si antipathique. Il s'active, il se débat... il m'amuse presque. Déjà je n'ai pas le goût de juger, de trancher ceci cela, les idées et puis les têtes. Je regarde... je n'en perds pas une et ça me suffit, ça me permet de vous rapporter un peu ces choses aujourd'hui, de témoigner pour la petite histoire. Il m'entraîne tout de suite à la cuisine où sont les hommes... le seul lieu où l'on ne pleure pas dans l'appartement. J'y retrouve Jean-Paul, Pedro et plusieurs autres militaires. Ceux-là galonnés, culottés de cheval... les baudriers, les kébours... tout un comité encore de vigilance. Sournois, ils lichent sévère. Gaston connaît bien leur penchant. Ils s'étanchent la soif vengeresse au Côtes-du-Rhône. La mort de Jules, ils vont la faire payer aux Boches et à leurs complices qui se gobergent à Fresnes avec les colis des Américains.

– Faudrait nettoyer tout ça à la mitrailleuse lourde.

Ce que suggère un grand, un maigre, un rouquin, un capitaine. Près de lui, approuve d'une grimace un commandant avec une curieuse tête ridée, simiesque... un tout petit bonhomme qui a l'air d'être le plus important, le chef. C'est avec lui qu'on va partir... Le dab nous prend à part... pour nous remercier, il nous emmène, les trois hommes d'escorte, dîner quelque part, il ne nous dit pas où... il nous réserve la surprise, mais on va se régaler, voilà. Il veut que demain on soit d'attaque pour présenter les armes, rester ferme et droit pendant la cérémonie. Je me demande si c'est le bon moyen... depuis Rezonville, nos agapes le long de la route, ça nous a pas mis tellement en forme pour les lendemains.

Donc, on laisse Jules à la garde des femmes. J'aurais bien voulu rester un peu plus pour voir Thérèse, essayer de lui parler, mais son papa nous embarque rapidos. On s'entasse dans sa Juvaquatre avec ce commandant à tête de singe. Il me met mal à l'aise, je ne sais pas... il n'arrête pas de cligner des yeux, de faire la lippe, de tournicoter la bouche. On ne sait pas quelle contenance prendre, s'il vous veut en connivence, s'il faut lui répondre ou quoi.

Toujours, le dab, il a du carburant pour sa Juva... des bidons dans une réserve. Il a fait son plein avant de partir. Nous traversons Paris dans la brume, la froidure. Au début, nul ne jacte. Même pas Pedro, il ne me dit pas s'il a retrouvé son étudiante, je le trouve l'air soucieux que c'est pas dans ses habitudes. Il ne sera pas demain au cimetière... je suis certain, il est juste venu en quelque sorte pour me dire au revoir... adieu serait plus juste. Il va disparaître lui aussi de ma petite sphère, il va retourner dans ses aventures, sa vie errante de clandestin. Il va rejoindre la cohorte des copains perdus, des morts et des vivants dont on ne sait plus rien.

– Les envieux, ça ne manque pas.

Ce que dit tout à trac ce commandant à tête de singe... On est à l'arrière avec Jean-Paul presque sur nos genoux. Je n'entends pas bien ce que Gaston marmonne dans sa moustache... Il est question de gens qui écrivent et qui écrivaient aussi à la Kommandantur. Tête de singe m'éclaire un peu... je crois comprendre que c'est lui qui reçoit toutes les lettres de dénonciations.

– On comparerait les écritures, ça réserverait des surprises.

De dos, je vois tout de même qu'il grimace... ses oreilles sous son képi se soulèvent. Il a un petit rire pointu. Enfin il trie, lui, dans son bureau, il choisit dans le tas celles qui arrangent les autorités en place. Elles servent toujours à ça, les bafouilles anonymes.

– A mon sujet, t'as dû en recevoir? demande le dab... un rien d'inquiétude dans la voix.

Il ne va pas répondre direct, le commandant, pas si tronche, il savoure un peu sa puissance... il dit que tout ça n'a aucune importance... qu'il n'y a pas lieu de se tracasser.

– Avec ce qui est arrivé à ton fils, mon pauvre

Gaston, tu ne t'imagines pas que je lis des saletés pareilles.

L'ennui... qu'il jacte entre les dents, ce Tête de singe, il avale la moitié des mots. Je me penche, je capte le plus possible. Il dévie la conversation sur Duclos, s'il sera là demain ou pas? Il a fait le nécessaire, il a écrit, téléphoné à Untel... un ami quasiment d'enfance qui devait le voir ce matin. C'est qu'il est pris partout, le grand camarade... à l'Assemblée Consultative, au Comité Central, à la présidence des anciens combattants républicains. On se l'arrache à ce moment-là, un peu comme Brigitte Bardot quinze vingt ans plus tard!

– S'il ne peut pas venir, on aura l'abbé Boulier.

Il cause bien aussi, l'abbé Boulier, je l'ai entendu, je vous ai dit, à la caserne de Montmédy, le 11 novembre. Il était tout à fait le premier, l'innovateur, à l'avant-garde de l'Eglise conciliaire. Il avait découvert Jésus sous la barbe de Karl Marx... socialo-révolutionnaire... en salopette, ce menuisier de Nazareth... résistant bien avant de Gaulle aux nazis romains! C'est devenu aujourd'hui le prêche de presque toutes les meilleures messes!... mais ça surprenait la première fois dans la bouche d'un cureton. On les avait plutôt entendus sur un autre registre... le Maréchal sauveur de la France! Ils avaient même joué la victoire éventuelle du Führer avec monseigneur Maillol de Lupé à la Légion contre le bolchevisme... le pendant pour ainsi dire de l'abbé Boulier. Tout l'éventail... toute la gamme! S'ils sont marles derrière leurs airs de componction! Rien ne m'empêche de penser que si les événements avaient tourné dans le sens de la svastika, on aurait aujourd'hui un clergé au bras tendu devant un Christ cloué par les Juifs maudits à jamais.

En fait d'église, nous, on pénètre dans le saint

des saints, le temple du marché noir... des agapes clandestines. On est tout aussi respectueux, intimidés qu'à notre première communion. On en chuchote avec Jean-Paul. Il nous parvient aux naseaux des fumets d'avant le déluge, des effluves préhitlériens. C'est du côté de Pantin, la célébration de cet office, près du marché aux bestiaux. On traverse quelques couloirs sombres, une première salle vide, avec des tables, des chaises entassées... On passe une tenture, ça devient plus feutré... une douce chaleur vous envahit. Une jeune fille nous débarrasse de nos fringues, nos capotes, nos calots à pointes. Rien que pour elle je me serais déplacé. Elle est souriante, mais elle ne me regarde pas, elle doit avoir l'habitude... elle en voit des hommes, autre chose que moi, sapés, oseillés, baraqués, à l'aise dans leurs pompes en croco ! Elle m'a troublé un court instant, elle nous ouvre la vraie lourde maintenant. Ça, il nous traite royal, papa Ribourdoir ! Rien à comparer avec tout ce que j'ai vu jusqu'ici question restaurant du noir. Il faut bien vous replacer dans le temps, n'est-ce pas, un retour en arrière de trente-cinq ans et puis le traîne-lattes que je fus ! Mon éblouissement alors par l'olfactif, les yeux... tout de suite j'aperçois sur les tables les victuailles... les légumes, les fruits... des barbaques de rêve, rumsteck, gigot, épaule d'agneau ! Les convives... du beau linge... nanas parfumées, sapées au sans ticket de textile ! Des airs de prospérité sournoise... couperoses d'avant-guerre, des bajoues, des bides provocants. Tout ça m'arrive d'un seul coup ! Dans nos postes, le long de la Moselle, nos fabienneries... tous nos cantonnements de misère, souventes fois nous parlions des repus, des gavés planqués capitalistes bourgeois... le toutime ! On se promettait de les trucider, de les pendre haut et court, de les essoriller... et puis les voilà... toutes nos farouches résolutions s'évaporent dans le fumet des rôtis. M'sieur Ribourdoir connaît tout le monde, il serre des pognes, salue les dames... droite à gauche. La patronne vient l'accueillir, l'escorter jusqu'à sa table réservée.

– Vous avez ramené votre pauvre petit, m'sieur Gaston?

Une femme, on se goure, en pareil lieu, plutôt rebondie... le cul, les doudounes... fausse blonde platinée... la quarantaine en l'an 40 déjà... les perlouses de culture en collier autour du cou. Elle a pris l'air attristé de circonstance. Le dab gêné... il faut qu'il se mette tout de suite la tronche en berne lorsqu'on lui parle de son petit Jules. Il en profite pour nous présenter... « Les petits gars qui me l'ont ramené des lignes boches. » Malgré sa douleur, son chagrin, il a tenu pour nous remercier à nous offrir un bon petit repas ainsi qu'au commandant Rosbof, le héros des barricades. Mais la taulière, elle le connaît Rosbof, c'est un habitué de la cabane... inutile de lui faire son papelard!... elle est au courant de sa vaillance.

Jean-Paul, je me rends compte seulement, depuis qu'il a retiré son calot, que ses cheveux sont redevenus bruns. Ils sont à présent plus vrais que nature... d'un noir soutane... ça déborde des traînées sur son front. C'est sa mère qui s'est occupée de le déblondir, elle y a mis la dose. Enfin, lui, il est encore plus ébahi, plus étonné que moi. On lui en avait bien parlé de ces restaurants du marché noir... ça dépassait large tout ce qu'il avait pu gamberger dans sa petite tête de banlieusard. Sur une table voisine, on apercevait un plateau de fromages... aujourd'hui, bien sûr, tout à fait banal, mais dans le contexte, une féerie! On s'était tapé, avec nos tickets de rationnement, pendant quatre piges de joyeux petits calendos 0 % de matières grasses garanties, des morceaux de plâtre à se mâchouiller avec du pain noir! Aucun risque qu'on s'encholestérole les artères! Seul avantage, dont nous n'avions même pas idée.

Encore plus que chez les louchébems de Reims, je ne voulais pas en perdre une... des yeux, des oreilles, de la bouche... déguster tout... la rosette sifflarde, l'onglet aux échalotes, les frites croustillantes à l'huile... ne pas trop boire surtout, que j'aille pas rouler dans la sciure, retrouver un balèze clébard, un berger allemand qui nous flaire les grolles! En même temps frimer tout autour les tronches, glaner les propos... les vocables argotiques qui fusent... les rigolades le verre en pogne! La patronne, elle s'est penchée sur nous... sa doudounerie retenue de soie naturelle... elle nous chuchote des jambonneaux, des pieds panés, de l'andouillette de Vire... des promesses à s'en baver, saliver dans la cravate. Le commandant Rosbof, il approuve, on dirait lui qu'il veut de tout... on ne sait au juste avec ses clignotements, ses lippes, ses tortillements de bouche, s'il dit oui ou si c'est une façon de se rendre complice d'une proposition malhonnête. Les autres privilégiés de la panse, nos voisins de droite, de gauche... de derrière, ça semble des commerçants, des B.O.F. on les appelle... beurre, œufs, fromages... leurs manières, leurs pognes rougeaudes, ça dénote pas le bourgeois de vieille famille! Ils n'ont pas encore les habitudes, l'aisance du fric. Ils viennent de conquérir la placarde, ils s'y prélassent comme des pourceaux, rotent et pètent sans vergogne... et dans les tuyaux de poêle et toile à matelas!

– En attendant, j'ai du vrai pastis à vous offrir... de la part de monsieur Roger.

A Marseille il le fabrique, ce monsieur Roger. Il est là, justement, il est monté à Paris pour ses affaires... il a invité quelques amis avec leurs dames. Ils sont à une table à ma gauche. Limaces foncées, costards ritals à rayures... des gourmettes, des bagouses en or ! Les pouliches, officiel qu'elles en écossent à la Madeleine ou à Pigalle, ça me paraît difficile de les imaginer dans une de ces professions qui commencent à s'ouvrir au deuxième sexe... le professorat de philosophie, le barreau ou la médecine. Monsieur Roger, il adresse un petit salut au commandant Rosbof. Ils se connaissent de la clandestinité... Roger le Book, son sobriquet, tout bonnement parce qu'il a débuté sur les champs de courses où il fourguait des petits tubes, prenait les paris en lousdoc. Ce qu'il nous explique en catimini, le grimacier... que ça ne l'a pas empêché, dans la Résistance, de faire un travail extraordinaire. Une mission ultra périlleuse... qu'il est entré rue de Paradis pour le compte de leur réseau. Grâce à tous les renseignements qu'il communiquait, ils ont pu sauver des tas de vies humaines... des quantités de gens qui allaient être faits aux pattes... des Juifs, des communistes, des aviateurs anglais...

Rue de Paradis, par la suite au cours de mes pérégrinations pénitentiaires, j'apprendrai que c'était, au 425, le siège de la Gestapo à Marseille. Pour s'y reconnaître dans les doubles, les triples, quadruples jeux des malfrats entre la Carlingue et la Résistance... les poulets spécialistes, les historiens encore aujourd'hui s'y cassent la prothèse dentaire. Maintes et maintes fois j'entendrai le même synopsis... le voyou patriote qui rencarde Londres et Alger, qui permet au général de Lattre de débarquer avec un minimum de pertes à Saint-Tropez. Tout de même, entre les messages transmis à de Gaulle par radio, on se pose des questions... ce qu'il traficotait rue de Paradis pendant les heures creuses ? S'il faisait de la broderie anglaise ou quoi ? Le mieux, évidemment, ne pas trop chercher à comprendre... se perdre dans les marais où croupissent tant de cadavres ! Faut se contenter, comme avec les hommes politiques, de la cordialité de bistrot. Sans doute, au cours de ces bectances de marché noir, on doit se laisser aller facile de combine en compromission, entre la poire et le fromage, du pousse-café au pousse-au-crime. Surtout lorsqu'on démarre dans l'existence plutôt à côté de ses lattes.. Le luxe, le confort, les gonzesses faciles... le champ' à flots... tout vous invite, incite, enivre. Quel sens moral peut vous retenir? Pour peu qu'on ait l'œil attentif sur tout ce qui se trame... la foire aux plus vicelards, aux plus menteurs, aux plus culottés. On les voit grimper aux échelons des honneurs les godasses encore pleines de fiente... le bas du froc... les pognes encore toutes sanglantes. Suffit qu'ils restent attentifs à tous les traquenards, tous les pièges qu'on ne manquera pas de leur tendre... et s'ils ont la baraka, ils termineront dans l'humanisme, les idées les plus généreuses. On citera dans les manuels éducatifs leurs plus belles paroles d'abnégation.

Pour cet instant, je profite honteux de la bonne galtouse, ça ne me mèrera pas très loin, moi... je suis trop nature, jeune con minablos pour intéresser qui que ce soit, ici ou ailleurs, en dehors des marchands d'idéologie. Papa Gaston, on l'aide provisoirement pour son numéro de pater dolorosa... on le cautionne! Tout le monde fait semblant de se croire, d'une table l'autre... ils ont tous rendu des services inestimables à la bonne Cause, celle qui a gagné. Ça mérite bien que le contrôle économique, la D.G.E.R.[1], la Préfectance, même la Sûreté Nationale baissent chastement les paupières lorsqu'une bricole, une petite malversation passe devant leurs jolis yeux!

On n'est pas tellement en âge de se poser toutes ces questions. Même Pedro, il se contente de se

1. Direction Générale des Etudes et Recherches.

marrer, de boire, de se goberger ! Il lance quelques vannes encore pour embarrasser le dab et aussi ce commandant Rosbof à tête de singe, aussi louche cézig que tout ce qui ripaille dans cette cantine de première catégorie. Où avait-il gagné ses galons, toutes les médailles qu'il arbore sur sa tunique ? Il ne racontait pas, comme la plupart de ses pairs, ses exploits... Modestie ? Incapacité de s'exprimer ? Au milieu de ses grimaces, il faut tendre l'esgourde pour entraver son bafouillis, ses mots moitié bectés.

On s'enfonce donc moelleux dans la tortore. Précautionneux, j'ai dégrafé mon ceinturon... que j'en profite. De quel brouet insipide demain serai-je sustenté ? On a attrapé la manie de se morfaler maximum dès que l'occase est favorable. Depuis quelques jours... ce matin brouillasseux où m'sieur Ribourdoir est arrivé à la caserne de Montmédy... mon estomac est à la fête... Qu'est-ce qu'on s'est goinfré comme saucisses, comme lard... comme pain blanc ! On avait pas l'habitude, on est un peu mal bigorné, on rote, on pète... on est congestionné, ballonné, on chie par kilo ! Ça continuerait de la sorte, on finirait par prendre du bide comme le dab. Je me gourais pas quand Alex m'a fait appeler. On se tapait des pluches... un monticule de patates... on était de corvée avec Pedro, toute la bande des blondinets, tous les frais teints, je vous ai dit... et puis Kriegsmarine et quelques ostrogoths estompés de ma mémoire. Un arrivage de pommes de terre, c'était pour nous une aubaine. Elles venaient d'une réquisition. Le colonel mettait en coupe réglée toute la région. Il envoyait des commandos chez les plouques... leur secouer leurs œufs, leurs volailles... tout ce qu'ils se planquaient pour fourguer au noir. On parlait de leurs lessiveuses pleines de biffetons, de lingots, de pièces d'or. Ça suscitait des vocations de chauffeurs de panards, même chez les plus probes fantassins. Tout revenait au XIXe siècle depuis 1940... les moyens de locomotion, d'éclairage, d'économie, même le banditisme. C'est à ce moment-là que le mot truand est revenu dans le langage.

– Quelque chose pour toi...

Il m'attendait, Alex, devant le corps de garde à la grille de la caserne. Il avait son petit calot posé sur le côté... son pistoulache à la ceinture, ses bottes toujours bien luisantes. Il m'a expliqué le topo... ce boucher qui venait d'arriver avec sa camionnette qui était là, stationnée devant le poste... ce tacot d'allure poussive... *Boucherie Ribourdoir* inscrit en lettres jaunes sur la bâche avec une tête de bovidé.

– Son fils était avec toi chez Kerloch?

Ribourdoir?... j'avais déjà oublié son blaze, mais quand il a précisé Jules, ça m'est revenu... la mine antipersonnelle... l'odyssée avec Pedro pour le ramener des lignes allemandes! C'est le hasard qui nous propulse ce bon papa qui veut récupérer le corps de son fils mort pour la France qui a besoin de deux trois hommes... une petite escorte. Alex, ça lui paraît légitime que nous en soyons, avec ce Jean-Paul, son copain d'école. Là, qu'il est à la fois chouette et super-viceloque l'Alex... l'air de rien il me parle de ses soucis... ces lascars imbéciles qui font le mur, désertent et qu'on rattrape le plus souvent. On les voit, nous, de temps en temps, sortir de leurs cellules sous bonne escorte, maigres, mal rasés, les yeux éblouis par la lumière du jour, pour se farcir quelques corvées, balayer la cour, transporter leurs tinettes. Impossible de leur jacter, les sentinelles nous écartent, ils sont devenus pestiférés, hitléro-trotskistes. Un de ces quatre, ils vont disparaître sans que personne s'en émeuve.

Il ne dit jamais rien ouvert, Alex, il sait parfaitement se faire comprendre même en disant le contraire de ce qu'il pense. Il est rodé, lui, pour le Parti... la dialectouille, toutes les chausse-trappes, toutes les diableries des matérialistes historiques... il a tout compris d'un seul coup! Ce qu'il m'explique, en réalité, c'est que je peux, à la faveur de cette escorte pour le petit Jules, atteindre Paris sans encombre. Après ça, à moi de jouer... Les engagements dans les groupes de F.F.I. genre corps franc *Trompe-la-Mort* n'ont guère de valeur légale. Si je peux entrer dans une armée plus régulière, chez Leclerc ou chez de Lattre, ça couvre tout, je serai à l'abri... enfin façon de dire... la guerre n'est pas finie.

Ça se mesure à des choses comme ça, l'amitié. Il a tout deviné de nos intentions avec le Catalan, il pourrait faire abstraction de tout sentiment, et nous préparer un joli traquenard... Déjà il m'a mis en garde. Comme il se goure que je ne tiens pas compte de ses conseils, il me tend une perche pour que je décarre sans aucun risque, sans provoquer trop de remous. Ça me pose des questions à son sujet... le jeu qu'il joue exact? Ses convictions profondes? L'impression surtout qu'il s'amuse dans un rôle, qu'il est toujours un peu dilettante, mais que pourtant il est capable d'aller jusqu'au bout. C'est-à-dire de tuer ou de se faire tuer. Le final de tous les engagements... martyr ou bourreau... selon les circonstances!

M'sieur Ribourdoir est sorti du corps de garde avec le commandant, je crois me souvenir... J'aurais dû être plus attentif à leur comportement réciproque. Ce qui m'a frappé, sa canadienne doublée de peau de mouton au louchébem... sa grosse casquette à carreaux posée bien droite sur le trognon à la paysanne... son aspect confortable. On m'a présenté... et puis voilà... je suis là maintenant, j'ai rebondi dans ces ripailles crapuleuses. Le dab s'est mis à l'aise en bretelles, dégrafé son col, le premier bouton de sa braguette. Il est bien attentif à ce que nos verres soient toujours pleins. Ce qui m'envahit, m'empêche d'être affûté d'œil et d'oreille... une douce torpeur qui m'ensuque peu à peu. L'atmosphère est tiède, enfumée de tabac blond, de vapeurs d'alcool... emparfumée par les gonzesses. Nous sommes là, îlot de bâfreurs tandis que tout autour ça claque la dalle, ça dévisse cachectique, ça ramasse les épluchures... dans toutes les villes d'Europe... ça crève sous les bombes, les tortures, dans les fours crématoires, ça erre dans les ruines sous la bise... tous les enfants paumés de la guerre! Ça me traverse cette pensée, mais à quoi bon, ça servirait à quoi de se priver? Même Pedro, pourtant libertaire égalitariste, il s'en enfile jusqu'aux trous de nez, il se bidonne, il lève le coude allegretto... il lèche et liche et se pourlèche.

Peut-être tout à l'heure je vais dégueuler encore, arrivé à l'air frais de la nuit. Je morfale comme un porc, tant pis! Ça va finir vomi, je retiens jamais les gueuletons. Une fois tout rejeté, j'éprouve un dégoût incommensurable...

On en est au dessert... aux charlottes, aux crêpes flambées... ne sais-je... aux tartes Tatin... des gourmandises de ce genre. En tout cas le personnage qui fait son entrée, je le revois encore. Un gros... la tête, le poitrail, le bide... un costard croisé... quelque chose de luisant dans le visage. Il est tout sourire... ses petits yeux qui se plissent dans sa grosse bouille en saindoux. Ça fait comme une rumeur dans la salle lorsqu'il apparaît... les fourchettes s'arrêtent devant les bouches, les petites cuillères, les verres. Il salue de la main, ce gros bonhomme... droite à gauche, un peu comme Chirac ou Mitterrand dans les allées du meeting! S'il respire le ruffian, le mariolle super vicelard! Il serre quelques mains, on sent qu'il est admiré, respecté. Sa table est mise... réservée dans le fond de la salle. Derrière lui, suivent trois comparses, deux hommes et une femme, trois ombres. Il vient saluer spécial le commandant Rosbof. Gaston Ribourdoir se lève... je le sens fébrile, tout à fait ravi de serrer la louche du gros.

– Bonsoir, m'sieur Joseph...

Le m'sieur Joseph, je n'ai pas l'impression qu'il reconnaît le dab... il fait semblant, il est aimable, affable, jovial, cordial.

– Quelle injustice! Quand j'ai appris ça...

Joseph le coupe... il a un accent pas possible, bien pire que Pedro, des *ou* à la place des *u*, des roulements d'*r*... comme lui, mais différent... russe, hongrois, roumain... une musique tzigane dans la gorge. Il dit que l'erreur est humaine... oune malentendou...

– Tout de même, après tout ce que vous avez fait pour la Résistance...

– Et maintenant, mon cherrr, il faut en fairrre encorrre plous!

Sa conclusion... il s'en va ensuite à sa table. Gaston attend qu'il soit bien installé pour parler de lui... se rencarder auprès de Rosbof à voix basse.

– Mais sa rosette?

Le commandant explique qu'il l'avait déjà avant d'être enchristé... un des premiers décorés après la Libération par le préfet Luizet en personne. Voilà... et puis il cligne des châsses, fronce les sourcils, avance sa lippe... Vous m'avez compris?

– Je dis pas qu'il ne la mérite pas, mais enfin...

L'autre tête de ouistiti, j'ai du mal à interpréter sa nouvelle grimace. Il me semble tout de même qu'il ne conteste pas le bien-fondé de cette décoration à la boutonnière de Joseph. Gaston, lui, on le sent envieux... il n'ose plus invoquer encore le sang versé par son fils pour la patrie... ça deviendrait déplacé peut-être. Il n'en pense pas moins.

Je n'avais pas fait gaffe, moi, à cette rosette... maintenant il me tourne le dos, m'sieur Joseph, je ne peux plus me rendre compte s'il s'agit de la Légion d'honneur ou de la médaille de la Résistance. Je crois comprendre qu'il sort de cabane... que des sales cons veulent sa peau, mais qu'il a pu prouver, non seulement son innocence, mais tous les services rendus à la Cause sacrée... qu'il a retourné la situasse... enculé sec les candidats sodomiseurs de son gros cul! Je suis bien loin de m'imaginer que je vais le croiser quelques années plus tard dans les couloirs de la Santuche, dans le panier à salade, aux Trente-six carreaux sous le Palais de Justice... toujours aussi souriant, détendu, enjoué... qu'il va finir par me fasciner.

– Il a fait des choses que personne aurait osé.

Ce qu'il finit par nous bafouiller, le commandant Rosbof. Plus il a bu, plus il grimace... il se contorsionne le tarin, il renifle, il grince des dents. On dirait une de ces tronches en caoutchouc que les malfrats se mettent pour les braquages. Pas possible, je ne peux plus le regarder sans avoir l'envie irrésistible de me fendre la pêche. Je me demande aussi quel bataillon, quelle unité, il commande, ce con? S'il inspecte ses hommes comme ça, plein de tics sous son képi?

C'est duraille de se faire une idée de ce qu'il a osé, m'sieur Joseph. Je respire, bien sûr, des drôles d'arnaques, des combines soignées. Je suis très au-dessous de la réalité avec mon imagination gamine. Papa Ribourdoir, il approuve le commandant, il ne conteste rien, il est prudent et il s'écrase dans son assiette. Le vin aidant, il va pleurnicher tout à l'heure, se rappeler soudain qu'on enterre Jules demain... son fils, son petit.

– Je n'arrive pas encore à y croire.

Nous y voici pourtant... toujours Duclos qui roule ses phrases. On a eu du mal à se lever ce matin après nos agapes. J'ai la tête en peau de tambour, les yeux encore en trou de bite, la gorge pâteuse, mes quelques pauvres idées de moins en moins nettes. J'ai surtout hâte que ça finisse, j'ai les panards aussi à la glacière. Avec Jean-Paul, on est chacun d'un côté de la tombe, l'arme au pied... en grande tenue guerre 39, avec le casque, le ceinturon de cuir avec les cartouchières autour du bide, les pans de la lourde capote relevés. Dans les rues de la capitale, ça ne nous attire pas les mignonnes mais plutôt les quolibets. « Alors, ça tient la ligne Maginot ?... Comment y va Gamelin ?... » Les vannes de ce calibre qu'il nous faut bien supporter. A la Colonne, les officiers voulaient même qu'on s'enroule des bandes molletières pour faire plus français, nous différencier à tout prix de l'armée capitaliste américaine. De toute façon, on n'a pas tellement de mal de ce côté-là... même avec quelques-unes de leurs défroques... des leggins et des blousons, on reste Franchouillards garantis... l'allure, la dégaine laisser-aller... des relents de vinasse... de guerre perdue.

Il a bien fait, Pedro, de ne pas venir... ça a choqué le dab et surtout Jean-Paul qui ne comprendra vraiment jamais rien à rien. Je me demande tout de même ce qu'il aurait fait, sa réaction, en apercevant le Duclos ? S'il aurait eu le culot de l'insulter ? Il lui en voulait de salades recuites, bien sûr, datant de la guerre d'Espagne, où se mêlaient la Pasionaria, Durruti, le P.O.U.M... la C.N.T... la F.A.I... André Marty et ses brigades. Je n'avais pas pu le convaincre de venir... « Douclos, jé loui crache à sa gueule dé crapaud stalinien ! » Au cimetière, certes, ça aurait déclenché l'esclandre. Seulement il y avait Jules, la mémoire de Jules... et puis sa mère, sa sœur! c'était préférable finalement que tout se passe dans la dignité, le calme. A le voir, ce pépère, avec son grand froc, sa brioche, ses lunettes... à l'entendre rouler les r... on pouvait difficilement croire tout ce que m'avait raconté Pedro... qu'il était le représentant du *Guépéou* en France... le super-flic du Parti... l'exécuteur en chef de toutes les basses œuvres, le plus implacable des implacables... sorte de Beria occidental, d'après Trotski qui s'y connaissait sérieux dans cette histoire. Comme il exagérait un peu dans tous les domaines – et en particulier dans celui du sexe – le Pedro, j'avais tendance à en laisser de ce qu'il me disait. Duclos ronronnant son laïus funébro-patriotique, il me paraissait assez inoffensif. Et puis, j'avoue, je m'intéressais plus à la frangine du défunt. Hypocrite, je la zyeutais en lousdoc. Tout en noir, le manteau, les pompes, une espèce de chapeau cloche qui lui coupait le front, elle me paraissait bien belle, rayonnante au milieu de sa famille, parmi les F.F.I., les officiels. Je m'attardais sur ses guibolles, ses mollets gainés de noir. La rêverie cochonne... j'imaginais le haut de ses cuisses... la découverte de la chair blanche entre le porte-jarretelles et la petite culotte. La mort n'arrive pas à vous calmer les ardeurs trouducuilières, hélas! Comment la revoir, cette blonde pouliche? *The question?* Juste après l'enterrement, c'était plutôt glandilleux de la gringuer d'autor. Ensuite, je n'avais pas tellement le temps de me prélasser dans les parages! Six jours pour regagner mon armée du peuple... après ça, fallait que je me planque ou que j'aille fissa m'inscrire chez Leclerc ou chez de Lattre. Je gambergeottais à tout ce que je pourrais lui susurrer pour l'envelopper. Déjà lui parler de Jules, lui raconter encore sa mort, enjoliver de plus en plus le scénario... lui dire qu'on était devenus les meilleurs amis du monde. Ça me semblait une forte entrée en matière, on n'a pas tous les jours un copain mort au champ d'honneur pour engager une idylle. On dit que les croque-morts, les maîtres de cérémonie ont assez beau schpile auprès des veuves... qu'ils profitent de leurs larmes, leur désarroi pour leur glisser une consolation vigoureuse. « Monsieur Albert, qu'est-ce qui vous prend? »... mais il est déjà trop tard!

Voilà... je m'arrangerai pour aller la revoir. Je suis suffisamment pote avec son papa. Hier soir, on est encore rentrés quasi pompettes du gueuleton clandestin. Le commandant Rosbof, lui, carrément beurré, gelé... de plus en plus grimaçant, roulant sous la table... prêt à pisser dans son képi. Enfin, tout ça crée des liens, n'est-ce pas, je faisais un peu partie de la famille à présent. La mère m'embrassait, pleurait dans mes bras.

– Si j'avais pu le ramener vivant, ça m'aurait fait autrement plaisir...

Le genre de formule que je sortais... d'ailleurs tout à fait sincère. Je n'avais pas pu encore lui parler seul à seule à la petite Thérèse. Bien sûr, il m'avait semblé que je ne lui étais pas indifférent... toujours la vanité qui vous précède les érections. On s'était glissé des sourires. Deuil ou pas, elles vous allument les gonzesses... D'instinct on fonce, toujours clébard, et souventes fois elles vous rembarrent, jouent les outragées si nous sommes allés trop loin, mes bien chers frères phallocrates. De toute façon vous étiez, vous êtes, vous serez piégés... rôtis, bectés jusqu'à l'os sous une forme l'autre, naves prétentieux!

Pas si simple... je ne m'occupais pas exclusivement des guibolles de la sœurette. Outre Duclos, redondant bavacheux raminagrobis, il y avait tout de même Jules au fond de son trou! Me traversaient des idées sur la mort... plutôt ma mort. Ça m'obligeait, ce cercueil, à réfléchir... que j'allais repartir guerroyer sur les bords du Rhin, en Teutonie... Je risquais de me retrouver comme cézig sapé de sapin, drapé tricolore, même pas, moi, encensé Duclos, mais peu importe... ça me préoccupait pas tant. Trois mois de campagne... j'avais vu quelques copains dévisser... des allongés dans les labours, les champs de betteraves, sur les talus au bord des routes... le bide ouvert, toute la tripaille répandue au soleil, les mouches qui bourdonnent autour du festin. Je n'arrivais plus à les répertorier exact tous ces héros... leurs visages déjà s'estompaient... leurs noms de ma mémoire... Et je ne me suis même pas aperçu que Duclos avait fini son discours.

– Présentez arrrmes!

L'ordre retentit... C'est Rosbof, le commandant tête de singe, qui nous le glapit dans la froidure. Une sonnerie aux morts me couacque dans les esgourdes. C'est un bibard qui nous l'envoie, un de la der des ders avec son béret basque et sa brochette de médailles. Il tire la guibolle, je vais me rendre compte tout à l'heure. Sans doute il se console de sa jambe offerte à la France, à l'aramon, le jinjin des comptoirs... ça se devine à sa trogne illuminée.

Maintenant, voilà, c'est bien fini. On a reposé arrrmes, Jean-Paul et moi... les gens défilent, jettent une dernière fleur. J'ai tout de même du mal à m'imaginer à la place de Jules... dans le noir, le néant.

Et la pluie se met brusque à nous tomber sur l'alpague. Une sérieuse, drue, rapide, qui va nous tremper le temps de dire ouf! Du coup ça s'accélère le cinéma... les pébroques s'ouvrent, les drapeaux se roulent autour de la hampe. Si je n'étais pas là, de jugulaire près de la fosse, je pourrais demander à Thérèse de m'abriter... *un petit coin de paradis sous son coin de parapluie.* Elle s'éloigne, entourée de sa famille. Juste le dab qui se détache... qui largue les siens, qui brave l'averse pour rattraper le camarade Duclos, lui dire combien il a été touché de sa présence, le remercier à l'infini des belles choses qu'il a dites, qui partaient d'un homme de cœur. Il se penche, il se plie... obséquieux, cajoleur... il ne le sera jamais assez! Si Jules n'est pas mort pour la France, en tout cas, il est mort pour son papa, déjà ça! Deux ans plus tôt, l'idée me traverse... Gaston, il aurait raccompagné de la sorte le Maréchal ou Laval... et pourquoi pas le Reichführer si l'occase s'était offerte.

Je voudrais tout voir en même temps... les yeux bleus de Thérèse, son père, Duclos, le clairon de 14-18, les croque-morts, les fossoyeurs qui en ont marre, eux, hâte qu'on ait fini nos salamalecs pour se mettre à leurs pelles.

Duclos avance dans l'allée centrale, il va rejoindre avec ses gardes du corps sa traction avant. Il a sans doute un autre discours à prononcer, dans un autre cimetière pour un autre pauvre type qui n'a pas eu de veine. Il fait sa tournée des grands patriotes. Délicatesse... l'abbé Boulier a ouvert son immense parapluie de curé et il abrite le camarade, l'accompagne jusqu'à sa voiture.

1er décembre 1978

Je m'efforce de ne mépriser personne et j'y réussis presque constamment : le mépris me fait l'effet d'un bandeau qu'on s'applique sur la conscience pour se dispenser de comprendre.

Marcel AYMÉ.

DU MÊME AUTEUR

Aux Éditions de la Table Ronde

L'HÔPITAL.
LA CERISE. (Prix Sainte-Beuve 1963.)
CINOCHE.
BLEUBITE.
LES COMBATTANTS DU PETIT BONHEUR. (Prix Renaudot 1977.)
LE CORBILLARD DE JULES.
LE BANQUET DES LÉOPARDS.
LA MÉTAMORPHOSE DES CLOPORTES.
LE CAFÉ DU PAUVRE.
LES SALES MÔMES. (Théâtre.)

Aux Éditions Flammarion

LES ENFANTS DE CHŒUR.

La Jeune Parque

L'ARGOT SANS PEINE OU LA MÉTHODE À MIMILE.
(En collaboration avec Luc Étienne.)

Aux Éditions Robert Laffont

LA FERMETURE.

En préparation

MONSIEUR JOSEPH.
VULCANOS OU LA LANTERNE MAGIQUE.

Le Livre de Poche Biblio

(Extrait du catalogue)

Ismaïl Kadaré
Avril brisé
Qui a ramené Doruntine ?

Franz Kafka
Journal

Yasunari Kawabata
Les Belles Endormies
Pays de neige
La Danseuse d'Izu
Le Lac
Kyôto
Le Grondement de la montagne
Tristesse et Beauté
Le Maître ou le tournoi de Go

Andrzeij Kusniewicz
L'État d'apesanteur

Pär Lagerkvist
Barabbas

D. H. Lawrence
L'Amazone fugitive
Le Serpent à plumes

Sinclair Lewis
Babbitt

Carson McCullers
Le Cœur est un chasseur solitaire
Reflets dans un œil d'or
La Ballade du café triste
L'Horloge sans aiguilles

Thomas Mann
Le Docteur Faustus

Henry Miller
Un Diable au paradis
Le Colosse de Maroussi
Max et les phagocytes

Vladimir Nabokov
Ada ou l'ardeur

Anaïs Nin
Journal 1 - *1931-1934*
Journal 2 - *1934-1939*

Joyce Carol Oates
Le Pays des merveilles

Edna O'Brien
Un cœur fanatique
Une rose dans le cœur

Liam O'Flaherty
Famine

Mervyn Peake
Titus d'Enfer

Augusto Roa Bastos
Moi, le Suprême

Raymond Roussel
Impressions d'Afrique

Arthur Schnitzler
Vienne au crépuscule
Une jeunesse viennoise

Isaac Bashevis Singer
Shosha
Le Blasphémateur
Le Manoir
Le Domaine

Robert Penn Warren
Les Fous du roi

Virginia Woolf
Orlando
Les Vagues
Mrs. Dalloway
La Promenade au phare
La Chambre de Jacob
Années
Entre les actes
Flush
Instants de vie

IMPRIMÉ EN FRANCE PAR BRODARD ET TAUPIN
Usine de La Flèche (Sarthe).
LIBRAIRIE GÉNÉRALE FRANÇAISE - 6, rue Pierre-Sarrazin - 75006 Paris.

ISBN : 2 - 253 - 04855 - 0

30/6581/0